KANO Toride
叶 砦

文芸社

プロローグ

「すーばーるー！」

「何だよ」

「くっそさあみぃー！」

「俺も同感です」

「かーえろー」

季節は冬真っ只中。夜になれば尚更、寒い。

学校の放課後いつも通りの夏生の気まぐれにぽっと出た言葉。

「星を見にいこー！」

猫の目を想わせるような薄いブラウンの瞳。そんな瞳で見られたら、もう昴にはどうにもならない。

(その目は卑怯だろ)言いたいのを堪(こら)えて昴は両手を上げた。

「はいはい分かりましたよ」

「やった」

これまで何度、夏生に振り回されたのか分からない。それでも一緒にいることのほうが大きかった。一歩前を行く昴のダウンジャケットの両脇に夏生は手をもぐらせぎゅうぎゅうと抱き付いた。

「暖（あった）けー」

「ちょっ、危ない」

昴のことも気にせず好き放題にする夏生。昴は急に接近されたことと夏生の体温に鼓動が速くなる。少し高い昴の肩に顔を乗っけて、躓（つまず）きそうになりながら暫（しばら）く歩く。

「あ、自動販売機。昴なに飲む？」

「お前俺が金持ってるてんの前提で話してるの？」

「うん！」

「まあ、あるんですけどねえ」

「なににしようかなー。昴、なに飲む？」

「腹も空いたしコンポタ」

「うぇ、後にきそ」

「そう言うお前はなに？」

「もち、ココア」

「お子様」

それぞれが違うボタンを押す。ゴトンと音が鳴り落ちてくる。

「あ、あつあつ」

「ほら貸して」

「はい」

昴は缶を振り開けて夏生に渡した。

「さんきゅー」

二人並んで夜空を見上げた。少し寒くなった背中の体温が恋しい。少し熱いくらいになったココアを手に夏生は夜空を指さす。

「冬の大三角」

月も身を潜め、煌々と輝く冬の夜空。夏生は指で綴る。昴は夏生の指先を辿り、探すが見当たらない。昴にとっては全てが同じに見える。

「ぎぶ」

「残念だな、お前は。うん、かわいそう」

「テストを白紙で出すお前ほどじゃねーよ。それに俺には専門外です。お前が星座オタクなんだよ。ほら、行くぞ。今日泊まっていくんだろ」

「あ、そうだった。早く帰ろ」

缶を捨て、昴は夏生の手を引く。自然と手を取り歩き出す。星空を見上げるように歩く夏生を支えながら歩いた。

流星の泪

～君ヲ想フ～

季節は春へと変わる。緩く春の暖かさが肌で感じ取れる頃、夏生の生活は一遍に変わり始めていた。仕事もせずアルコールに溺れる父親。視線が合えば暴言を吐く義理の母親。部屋の片付けもせず、洗濯物なんて自分の物だけ。手料理すら口にしたこともない。

「何よ、このクソガキ。早く私の前から消えなさいよ。あんたのその目が気に食わないのよっ！　ああ、もう気分が悪い！　私はあんたの母親じゃないのよっ？　学校に行けるくらい感謝しなさいよっ！」

久しぶりに帰ってきて顔を見せた母親。

二階の自分の部屋から階段を下りる途中、ただ目が合っただけでこの暴言である。

家は父親の物だ。そこまで言われる筋合いはない。だが、夏生は無言で部屋へと戻った。

どうやってあの呑んだくれの父親と知り合ったのか謎である。全く理解出来ない。

アルコールに依存し、仕事もせず起きている時は常に酒を呑んでいる。起きればそれで缶ビールが夏生めがけて飛んでくる。

そして暫くしてヒステリックな叫び声と呂律の回らない怒鳴り声が聞こえてくる。

「また始まった。ああ、もう」

なぜ離婚しないのか不思議である。それはそれで夏生は困るが仕方ない。学校が休みなのに下へ降りられない。誰とも会えない。まあ、いいかと、図書館の貸し出しの天文学の本を引っ張り出し、ベッドに横になる。因みに返却期限は過ぎている。

「天体望遠鏡か、……いいな」

読み慣れた天文学の本を開けば色々の星座の写真が載せられている。玄関がガタンと閉まる音に夏生はふと気付く。

(やっと終わったか)

ふう、と息をすれば伸びた前髪がふわりと舞い上がる。夏生は伸び放題の髪を掻き上げて静かになった一階へと階段を下りる。キッチンに向かい冷蔵庫を開けた。

作り置きの麦茶をガラスのコップに注ぎ飲み干す。ぐわっぐわっとヒキガエルのようにイビキを上げ眠る父親を他所に落ちているタバコを拾い上げる。

リビングに向かい締め切ったカーテンを開けドアを開けた。夏生は吸い慣れたようにタバコを咥え火をつける。

夏生がタバコを吸い始めたのは中学に上がる頃。退屈しのぎに父親の吸うタバコに手を伸ばした。最初はもちろん、吸えた物じゃなかったが気がつく頃には当たり前のように吸う自分がいた。

春の穏やかで緩やかな風が頬を撫で伸びた髪を揺らす。

(昴は塾か)

ふと夏生は昴と出逢った頃を思い出す。

昴は俗に言う優等生で顔も整っている上に人あたりがいい。誰かれ構わず、昴は人に囲まれている。だが当の本人は殆ど聞き流しているだけの道化。

あれは昨日のことのように思い出す。学校の図書室。丁度二年生の頃だ。窓を開けるのは原則として禁止されているが、開いていて夏の香りを乗せた風がカーテンを揺らしていた。昴は何気なく立ち寄った図書室で窓を開けて、机に頬杖を付き眠っている少年を見つけた。

少し長い前髪を緩やかな風に揺らしながら少年は寝ていた。放課後はもう過ぎている。昴は声をかけるかどうしようかと悩みながら、確かに眠る少年に見惚れていた。昴の気配に気づいた少年はふっと目を開く。髪を掻き上げ、昴を見る。

「ごめん、邪魔した」

踵（きびす）を返す昴を少年は呼び止める。

「いま、何時間目？」

「えっと、もう放課後」

「ふうん。……名前は？」

「え」

「俺は夏生、日向（ひなた）夏生。お前は？」

猫のような薄いブラウンの瞳。そんな瞳で見詰められ、昴はドギマギと答えた。

「昴、東屋（あずまや）昴」

若干、声が震えた。

「あー俺、お前知ってるよ。二年で頭よくてイケメンって聞いたけど、ほんとだな」

「え、え」

昴は戸惑う。散らかった本を片手にしながらしまっていく。そのどれもが天文学や星座や星々が載っていた。

「ちょっと手伝って。はい」

「わ、分かった」

戸惑いながらも昴も夏生と本をしまっていく。

「さんきゅう。背が高いっていいな。ふう」

「それ、星座が好きなのか？」

「えー。そうだけど、なんで？」

「え、えと。星が見える丘があるんだけど」

「うん。……連れてってくれんの？　デート？」

夏生はからかうように言う。

「ち、違う。そんなんじゃない」

しどろもどろにたじろぐ昴を見て夏生は悪戯に笑った。

「じゃあ、連れてってよ」

昴はホームランボールを受け取った。

「よろしくな、昴」

「よ、よろしくお願いします」

初対面で心惹かれドギマギしながら一度目の約束へと繋いだ。それからあれやこれやで、いつの間にか一緒にいる。昴からの好意も伝わっている。夏生はそれに微笑んだ。


外は夕暮れ。ドアを閉めタバコを灰皿にねじ消す。カーテンを閉じ、リビングに向かう。父親は相変わらず眠りこけている。ふと見つけたグシャグシャに丸め込まれた紙を拾う。広げた紙は判子の押された離婚届。

夏生は一瞬息に詰まる。そして呆然と立ち尽くした。離婚届を広げる手が震えている。なんだかんだといいながら学校には行かせてもらっていた夏生。

(マジか……)

だが手に取った紙が真実だ。

(嘘だろ)

一番に気を取られたのは昴に逢えなくなる。

「いやだ」

ピンポーン。玄関のチャイムが鳴る。一度は居留守を使った。二度目のチャイムが鳴る。

「夏生ー」

三度目、チャイムの音と共に昴の声が聞こえた。その瞬間夏生はガチャガチャと鍵を開け、勢いよく昴に抱き付いた。昴はバランスを崩しながら夏生を抱きとめる。

「え？　ええ？　夏生、どうした」

「俺、もう学校に行けない」

「なにが、どうした？」

昴は腕にうずくまる夏生の顔を両手で持ち上げた。いつも勝ち気で弱さなど見せない夏生の瞳が不安そうに揺れていた。

「これ」

出されたグシャグシャになった離婚届。昴は手にし広げる。少し眉を寄せ昴は離婚届を見た。そして更にグシャグシャに丸める。

「なにしてん、の？」

昴は夏生を抱き締める。

「こんなのただの紙だ。逢えなくなるなんてないだろ、俺が会いに来る。休みの日にはずっと傍にいる。だから、そんな顔するなよ夏生。俺の気持ち知ってるだろ？」

抱き締められながら昴の腕の中で夏生は頷く。

「俺の一目惚れだったんだしさ。俺、夏生が好きだよ。どんなになっても気持ちは変わらない。だから、夏生、こっち向いて」

「うん」

少し顔を上げた夏生の唇に軽いキスをする。

「昴」

「ダメだった？」

夏生は頭を振る。それでも夏生は元気が出ない。不安そうに猫目で昴を見詰める。

（ああ、もう可愛いっ！）

急に速くなった動悸を抑え昴は夏生の手をとる。昴は制服からスマホを取りだし家に連絡を入れる。

「俺んち行こーぜ。そして通話を終えた。母さんがお前のこと心配してんだよ」

「へえ？　なんでだよ」

手を引かれながら夏生は尋ねる。

「お前ん家、この辺りでは有名だからな。でけえ家あるのに人がいないとか、怒鳴り声がするとか母親は派手で家にいないとか、子供、お前がかわいそうとか、そんなとこ」

「マジか。知らなかった」

不安はどこかへ、きょとんとする夏生。「まあ、いいだろ。俺ん家に行くの久々だろ？」

「ん」

もう直ぐ日が暮れる。夏生の手を引きながら昴は歩く。少し俯き加減に歩く夏生。足元も不安定。これからどうすればいいのか分からない。目の先は真っ暗だ。

「夏生」

どうしようも出来ない。精神がずれていく。昴は夏生を抱き寄せる。

「夏生、俺がいるから早く帰って温かい飯食おうぜ。母さんには先に伝えている。ハンバーグだって。母さんお前が来ると嬉しそうだからな。お前ちゃんとした飯食ってないだろ」

夏生の食事はカップヌードル、パン、コンビニの弁当。それらの食費は月に渡される、二、三万の現金で補っている。

「ほら、帰ろうぜ。夏生」


「ただいまー」

ガチャリと玄関の鍵を開ける。

「なっちゃん！」

リビングからスタスタと来る昴の母親。夏生を見て顔がほころぶ。

「さあ、上がってちょうだい」

「は、はい。お邪魔します」

夏生は人見知りだ。慣れたはずの昴の家族でさえ、中々慣れないでいる。

「母さん俺たち上にいるから」

「何言ってんの！　母さんもなっちゃんとお話したいの、あんたはなっちゃんの着替えでも用意してあげなさいっ！」

ご飯だけを食べて帰るはずだったが、いつの間にかお泊まりの話が出来上がっているようだ。

「あの」

「泊まっていくよな、夏生？」

昴の声が夏生の声を遮る。

「ええ」

夏生は突然のことに声を上げた。

「行くぞ夏生」

「じゃあ、母さんよろしく」

「お茶でもだすわ」

「すいません」

「なっちゃんが来るって言ってから、晩ご飯頑張ったのよ、ふふ」

夏生を見て微笑む昴の母親。優しげな目元は昴と似ている。リビングへ通され、ソファーに座らせられる。昴の母親は紅茶を入れ、夏生に差しだし向かいに座る。

「なっちゃん、お家は大丈夫なの？」

「はい、大丈夫です」

「ちゃんとご飯は食べられているの？　なにか困ったことはないの？」

心配そうに夏生を見詰める。夏生は居心地が悪く、瞳が泳ぐ。

「お家に帰りたくなかったら、いつでもこういうふうにお泊まりに来ていいのよ。気を使うけれど、気にしなくていいのよ」

「ありがとうございます。俺は大丈夫です。今日は泊まらせて下さい」

夏生は頭を下げる。昴の心配性は母親譲りだなと毎回思う。あれはいつだったか、父親の暴力で顔に痣が出来、そのまま登校した時だった。昴は夏生の顔を見るやいなや、つめより、夏生の肩を揺らした。

「保健室行くぞ！」

「大袈裟だな。こけただけだってばー」

言う言葉とは裏腹に口元目尻は紫に腫れている。夏生が学校に来ない時も度々あった。夏生の家にチャイムを鳴らし出てきた夏生の顔には案の定、瞼を腫らし顔に、身体に痣が出来ていた。心配する昴。平然とした夏生の態度。

「だいじょぶだよ」

口元が痛いのか少し引きつった笑い顔を見せる夏生。

（大丈夫なわけ無い！　どうしたらいい、どうすればいいんだよっ！）

昴は夏生の手を強引に引き、足早に自分の家へと歩く。

「ちょ、なにすんの。どこ行くんだよ」

歩幅の合わない足取り。昴は握った手を離さない。

「俺ん家だよ。全然大丈夫じゃねえじゃねーか！」

昴の口調が強くなる。

「なんで、なんで、そんなに平然としてんだよっ？　なんで何も言わねえンだよ！　お前風邪だって言ってたじゃねーか！」

昴は立ち止まる。夏生の手を握る昴の手が震えていた。

「ちくしょ、なんで気付かなかった。なんでそんなに痣だらけなんだよっ！　なんで何も言わねえんだよっ！」

叫ぶ昴は涙を零した。夏生の手を握り締める。

「なんで、なんで」

どこへも行けない昴の怒りと悲しみ。

「昴ー。手がいてえよ」

「嫌だ。離さない」

「分かっただろ。どーしようもないんだよお。これが俺の世界なの」

「知らねーよっ！」

「分かったから、俺はだいじょーぶだからよ」

夏生のいつもの口調。涙を流す昴の手をゆっくりと離し、昴を抱き締める。そして軽くキスをする。

「な、俺はだいじょーぶだからよ」

今にも泣きそうな夏生の震えた声。それでも夏生が泣くことはない。

「ごめんな、俺帰るから」

「嫌だ」

涙を無理矢理拭い、夏生を抱き寄せ、胸に抱えて昴は夏生の頬に顔を寄せる。

「俺ん家、帰ろ」

「いいよ、おばさんが俺見たらびっくりするだろ」

「連れて行く」

再び夏生の手を引き、握り返す。そして家に着き玄関に向かう。夏生の顔を見た昴の母親は声をあげる。

「なっちゃん！　どうしたの？」

昴は言葉にしなかったが母親には伝わった。

「ほら、なっちゃん。あがって、手当てしなきゃね。大丈夫？」

「お邪魔します。え、とお、はい、だいじょうぶです」

少しよろけながら夏生は靴を脱ぎ玄関を上がった。昴の母親についていく夏生。

ソファーに座らせられ手当てをされた。昴は二階の自分の部屋に上がったらしい。夏生の肩に昴の母親は手を置く。

「強がりはダメよ。今日は泊まりなさいね。ご飯作るから」

「夏生ー、母さんもう、終わった？」

「大丈夫よ」

頬に湿布、顔はガーゼに包まれた夏生の顔を見て、昴は安心した。

「母さん、ありがと」

「昴でかした」

「うん」

「夏生、部屋行くぞ」

「うん。おばさん、ありがとうございます」

頭を下げた夏生の頭を昴の母親は撫でた。

「ご飯出来たら呼ぶわね」

そんなことを思い出しながら、夏生はソファーに座って出された紅茶を飲んでいる。

キッチンから心地よい音が聞こえる。これが普通の生活なんだと、改めて思う。

「夏生ー風呂入るだろー？」

階段を下りながら昴は夏生を呼ぶ。

「はい、これ」

出されたのは着替えの洋服。

「ちょっとデカいけどいいよな？」

「ありがと」

着替えを渡され、受け取った夏生。

「母さん、俺たち二階にいるからご飯出来たら呼んでよ」

「なあに、もう。なっちゃんを困らせないでよ」

「はいはい、行こ。夏生」

「おばさん、ありがとうございます。迷惑掛けてすいません」

「そんな寂しいこと言わないで。おばさんはお節介よ。ふふ」

笑う昴の母親。優しい瞳で見詰める。夏生は笑顔を作るが失敗する。

「夏生、早く」

「分かったって」

昴に手を引かれ、昴の部屋へ入る。

「はあ、やっと落ち着いた」

部屋に入るなり昴はベッドに身を投げる。

「夏生、こっち」

「え、ヤだよ」

「何でだよ、いいじゃん」

さっきまでの弱々しい態度が微塵もない。

「お前ね、相変わらずツンデレね」

「どこがだよ、ツンデレって何？」

夏生は身体をベッドに沈ませた昴に跨がり座り、両手をつく。

「どうしてほしいの？」

悪戯に笑う夏生。急に昴は真っ赤な顔になる。だが夏生の手を取り胸に抱く。夏生は昴の胸に頬を寄せる。落ち着く。夏生は目を閉じる。

幸せだ。ずっとこのままがいい。これ以上の幸せはない。この手を離したくない。

じわりと夏生の薄いブラウンの猫目に涙が滲む。嗚咽(おえつ)を漏らさないよう、夏生は唇を噛む。震えた夏生の肩。

それを昴は見逃さなかった。抱き締める手に優しい力がこもる。その瞬間、夏生の瞳から大きな涙の粒が零れた。

やがて聞こえ始めた泣き声。ギュウッと、昴に抱き締められる。

「……ごめん」

夏生は涙声で呟く。

「大丈夫だよ、夏生」

ずっと「夏生」と名前を呼んでほしい。こんなにも昴のことが好きだ。カチコチと時計の音が響く。夏生はスンと鼻を鳴らした。

「泣き虫だな、夏生は」

「うるさい」

身を起こそうとする夏生の手を取って、また抱き寄せる。

「もう、すばる」

長い前髪越しに睫毛の長い猫目が昴を見る。薄いブラウンの瞳が揺れる。昴は不意に顔を近づけ、キスをした。

「ああもう！　なんでそんなに可愛いんだよっ！」

「はあ？　何だよそれ。俺を可愛いとか言うんじゃねえ！」

昴の身体から逃れ、昴めがけて枕が飛ぶ。ボスボスと叩く夏生。

「だってしょーがねーじゃん！　俺の一目惚れ、まさか告白をオーケーしてもらえるとは思ってなかったしよ。奇跡だろ」

「奇跡って大袈裟な」

昴に跨がりながら枕を叩きつける。

ドタンバタンと交戦が続く。暫くすると階段の下から昴の母親の声が聞こえた。

「昴、なっちゃん、ご飯よー」

その声にふと我に返る。枕で叩かれ続けた昴の髪はボサボサで、夏生は目を泣き腫らしてる状態だ。

わしゃわしゃと髪を整え昴は下の母親の声に返事を返す。泣き腫らした夏生の瞼はどうしようもなく前髪で少し隠した。

「行こうぜ」

夏生の手を取り、階段を下りようとする昴に、隙を見てキスを返す夏生。

「おまえなあ！」

「ふん、そのまま階段から落ちろ」

「ああ、もう！」

「はいはい。うるさい。じゃあな」

たんたんと階段を下りる夏生。昴は赤くなった顔を両手で隠し、悶絶する。

「あら、昴は？」

「ええと、分かりません」

「行くよー！」

階段を下りてくる昴。夏生は素知らぬ顔で昴を無視する。昴は夏生をうらめしい顔で見た。

ダイニングテーブルに並べられた手料理。ハンバーグにスープにサラダ。

「さ、なっちゃん座って」

「ありがとうございます」

久しぶりのまともな夕飯。夏生は手を合わせてハンバーグを口にした。

「おいしい」

不意に零れた言葉。満足そうな昴と母親。

「おかわりあるからね、たくさん食べて」

口に手をあて夏生は頷いた。改めて自覚する。自分の家族はないのだと。

「ご馳走様でした、おばさんありがとうございます。美味しかったです」

「ありがとう、なっちゃんはいい子ね」

夏生は長い前髪越しに照れたように笑う。

「なつきー？」

「うん？」

「風呂入るだろ」

「うん。着替え借りたし、入る」

「なっちゃん、片付けはいいから。先にお風呂どうぞ」

「じゃ俺も」

「断る。ぜっっったいに嫌だ」

「あら、フラれたわね昴」

「ええー、なんでよ」

「嫌」

「ですって、昴。ほら、なっちゃん、お風呂いいわよ」

　あからさまに肩を落とす昴。

（一緒に入りたかったあ）

　昴は心で嘆き、着替えを持って浴室に行く夏生の背中を見る。ふと夏生は振り返り、舌を出した。

「なんだよそれぇ……」

　項垂（うなだ）れる昴。

「ほら、昴片付け手伝って」

「ああ、もう。あいつ」

（後で覚えてろよ）

トボトボと食器洗浄機に皿を入れていく。

ゴウンと音が鳴る。

渡された洋服を手に夏生は洗面所へ行く。風呂場は直ぐそこだ。いつもはシャワーで済ます夏生。湯船に溜まった湯を見詰める。

「たまには、いっか」

髪、身体を洗い、湯船に足を入れる。少し熱い。全身を沈め、ため息を吐いた。

夏生の白い肌が湯船の温かさに軽く蒸気する。

そろそろ、のぼせる頃、夏生は湯船から出た。

「きもちよかったあ」

久々に湯船に浸かった夏生は機嫌良く、身体を拭いていく。髪をゴシゴシと拭く夏生。

洗面台に写った自分の顔を見る。

「髪、長くなったな」

肩先に着く毛先。前髪は掻き上げても目にかかる。

「邪魔だなあ」

呟いて下着に足をとおし、ズボンをはいた時、がらりと洗面所のドアが勢いよく開いた。

「はあああ」

「す、昴？」

「遅かったああああ！」

「ちょっと着替えてるんですけど」

「知ってるよおお」

上着に手を通そうとした瞬間、あらわになった夏生の白い身体に昴は反応する。上着を手に取る夏生を引き寄せる。

ポタポタと髪から水がしたたる。上半身の夏生の身体。昴は首筋に噛みつき吸い付いた。

「なになに、何してんだよ馬鹿！　はーなーせー！」

「待ってもう少し」

「何やってんだ馬鹿！」

上半身裸の夏生の身体を抱く昴。

「後で出来るだろ、もう離せって」

「後で？」

「そう！　後で！」

「言ったからな？」

「言ったから出て行け。せっかくの風呂が台無しだよこの馬鹿！」

「分かった」

すんなりと夏生の身体から離れると昴は大人しく出て行った。

「はあ」

洗面台の鏡に映った夏生の細い首筋。噛まれ吸い付かれた赤い跡が自分の物だと言うように残っていた。

「え？　ちょっと待て、後でって何？　何、俺馬鹿なこと言った感じ？……怖い怖い」

　ささっと上着に手を通し夏生は洗面所から出た。

「お、っとビビった。何してんだよお前」

　ずっと待っていたのか服を持ち腕を組む昴がいた。

「お前の風呂待ち」

「ああ、ごめん」

「いいよ」

　すれ違う前に昴は呟く。

「後でな」

「お、おう」

(俺何されんの)

　ビクビクと夏生は両肩を抱き締めた。

「なっちゃん、お茶でもどう？」

「あ。はい」

「あの子、また何かしたかしら？」

「いえ、多分、大丈夫です」

　苦笑いの夏生。昴の母親はティーカップの紅茶を渡す。

「いただきます」

「お砂糖は？」

「あ、お願いします」

「はいどうぞ」

つかの間の時間。

いつの間にか風呂から出てきた昴。

「なーつーきー」

「もーあんたは」

「俺も混ぜて」

「父さんはまだ？」

時計の針は夜の九時を回っていた。

「残業みたいね」

「ふうん」

昴の母親は父親が帰ってくるまで起きている。良妻だ。

「母さんも無理しなくていいのに」

昴の言葉に母親は
「大丈夫よ」と微笑む。

「ほら、もう寝なさい」

「なっちゃん、ありがとうね。疲れたでしょ、ゆっくりお休みなさい」

「おやすみなさい。今日はありがとうございました」

「いいのよ、いつでもいらっしゃい」

「はい」

夏生はぎこちなく笑った。

「じゃあ母さん、先に寝るね。おやすみ」

「はい、おやすみなさい」

昴の後ろを歩く夏生。階段を上がる。前を行く昴は妙にわくわくしている。そして部屋に入るやいなや、夏生の手を取りベッドに押し倒す。

「ええぇ。なになに、こわいこわい」

身を守るように夏生は布団にくるまる。

布団を剥がし、夏生を仰向けにして手を重ねる。指を絡め、おどおどとする夏生の唇にキスをする。唇だけじゃ我慢が出来ず、頬や瞼、額に耳に、キスを落としていく。くすぐったさに夏生は声を上げた。

「も、う、やめろ」

押し倒され下から見上げる昴の表情は嬉々としている。

「夏生、お前が言ったんだろう『後で』って」

「あ……」

ぽかんと口を開けた夏生ははっとする。「しまった」と。

「ああ、もうそういうことかよ！　俺の馬鹿ー。最悪だ……」

両手で顔を隠し身もだえる。

「だからな、お前の負け。大人しくしろ」

顔を両手で隠す夏生の服にするりと手を差し入れ白い肌を撫でる。

「ちょいちょい。待て。昴」

「やだもーん」

シャツをめくり身体にキスを落としていく。細い夏生の首にはくっきりとキスマークが出来ている。満足げに昴は言う。

「俺のモノ。浮気するなよ」

そう昴が言ったあと、夏生はばふんと昴に枕を投げつけた。

「浮気なんかするか、このアホっ！　お前がもの好きなだけだ。ああもうどけよ。俺はねみぃーんだよ！」

暫くの攻防が続く。

「夏生、俺のこと嫌いなの？」

「はあ？　何言ってんの」

ベッドから身体を起こしながら夏生は言う。

「お前はどうなんだよ」

「好き、大好きだよ。お前が」

そう言う昴の頬をすり抜け、昴の唇にキスをした。

「俺も一緒。だ、馬鹿」

夏生の不意打ちに昴は顔を赤くした。

「だから、昴」

夏生は言いながら赤面する昴の首にガブリと噛み付く。

「いたいいたいいたい。夏生、それ違うヤツ。マジ噛み！」

夏生は存分に昴の首に噛みつき、唇を離した。

「ほら、キスマーク」

テーブルに置かれた鏡を渡した。

「え、めっちゃ噛み跡。キスマークじゃないっ！」

「ふん」

見事に出来上がった噛み跡を夏生は見詰め鼻をならした。

「このツンデレ！　マジで噛むかよふつー」

「はあ、お前、馬鹿。俺は寝る」

ベッドを直し、夏生は毛布にくるまる。

「……昴」

毛布からちょこっと顔を出し、嘆いてる昴の名前を呼ぶ。ちょいちょいと手招きする。

昂は招かれながらベッドへと向かう。

「一緒に寝るぞ」

「はい、昂。腕枕」

パタパタと布団を叩きこっち来いと催促する。もそりと毛布にもぐる昂の腕を取り、自分の頭を乗っけた。

「おやすみ、昂」

「おやすみ、夏生」

夏生は昂の頬にキスをする。

「このツンデレ」

「ふ」

昂の腕の中で夏生は笑みを零す。

突発的に昂の家に泊まることになってしまった夏生はどこか安心したようにそっと目を閉じた。

「夏生。愛してるよ」

耳元で甘い言葉を呟く。こくんと夏生の頭が頷いた。

(ああ、純愛だな。愛おしい、愛おしくてどうしようもない)

腕の中で夏生は、すぅと寝息を零し深い眠りに就いた。

「おばさん、ありがとうございました」

「いいのよ、いつでもいらっしゃい」

玄関先で夏生は頭を下げた。

「お邪魔しました」

にこにこと微笑む昴の母親につられ、夏生も笑みを零す。

「あら、なっちゃんの笑顔。嬉しいわ」

「え、と」

不意に零した笑みに夏生は照れながら頬をかく。

「じゃあ、帰ります」

玄関のドアに手を掛けた時、バタバタと二階の階段を駆け下りてくる足音が聞こえる。

「まって、まって」

学生服を着た昴がドアに手を掛ける夏生を昴は引き止めた。

「もう、昴！　朝から騒がしいわね」

「母さん、弁当」

「はいはい」

「家まで送る」

「学校だろ。優等生のお前が遅刻するのは駄目だろ」

「いいの。かあさーん、早く」

「もう聞こえてるわよ。はい」

弁当箱を手に取り、鞄に詰めると靴を履いた。

「行ってきまーす」

「ありがとうございました」

「はい、行ってらっしゃい。なっちゃんも学校、遅刻しちゃうわ」

「あ……、はい」

つかの間の時間だった。現実は厳しい。夏生はグッと手を握る。

「昴をお願いね。なっちゃん、何かあったら連絡してちょうだい」

「はい」

「ええ、行ってらっしゃい」

見送る昴の母親に頭を下げ、夏生は昴に手を引かれ歩き出す。

「……」

黙ったままで夏生は歩く。制服姿の昴。普段なら同じ制服で歩いていた。沈黙を続ける夏生に昴は黙々と歩く。

なんと言葉をかけていいのかも分からない。でも言えることは一つだけ。

昴は夏生の手を握り締めスゥと息を吸い込み、大声を上げる。

「俺は、絶対お前の手を離さない。お前の笑った顔も、怒った顔も、泣いた顔も、ツンデレな所も大好きだっ！　俺を振り回すお前が好きだ」

「ちょ、声でかい」

「いいんだよ！　これが俺の気持ち。今のお前の気持ちに言葉が何も浮かばないけど！　めちゃめちゃ愛してる」

夏生を引き寄せ抱き締め瞼にキスをする。

「お前がいないとか、考えたくない」

そっと夏生の細い首を手で撫でる。昴が付けたキスマーク。

「これが消えたら、またつけてやる。お前の噛み跡も全部」

「わ、分かったからお前、もう何も喋るな」

俯いた夏生の耳が少し赤くなる。

「もう可愛いなお前は！」

「声がでかいって！　他に人がいるだろ！」

夏生の言葉通り通勤する人や通学中の人たちとすれ違う。

「大丈夫、お前は中学の男子には見えないから」

「はあ？　どーゆー意味だよ」

薄いブラウンの猫目。白い肌。伸び放題の髪の毛。どこからどう見ても女子の部類に入る夏生の容姿。昴は夏生の髪に触れる。

「こんど髪留め買ってやる」

「乙女か！　俺は男だ！　健全な男子だよっ！」

「俺、ここまでで、いいから」

「え、家まで送るよ」

夏生は抱き付いた昴から身体を離すと
「行ってこい」と言葉にしながら微笑み、背中を押す。

「ほら遅刻する」

「……お前のいない学校なんてつまんねぇ」

「……」

夏生は言葉に詰まる。

「ごめん。……困らせたな。学校終わったら会いに行く」

「うん、待ってる。行ってこい」

「分かった。じゃあ、またな。浮気するなよ」

「馬鹿、お前以外にいるかよ」

夏生は知らない。女子生徒からの噂話に始まり、男子からも好意的な目で見られていることに。クラスは違えどそんな色目の視線から遠ざけるように圧をかけ、昴は夏生と一緒にいた。授業中に教室から姿を消し、屋上でサボってる夏生。図書室で肘をつき寝ていることも、ふらふらと歩く姿も。どこか近寄りがたい、でもミステリアスな雰囲気を漂わせる夏生。

長い前髪越しに見える薄いブラウンの猫目。そんな瞳で見詰められると言葉をなくす。

そして対照的な昴。優等生で社交的。容姿端麗。涼しげな瞳で相手に応える。勉強はもちろん、スポーツも抜かりなくこなし、表情はいつも明るい。だがそれはモノだった。仮面を張り付けて学校ではふるまう。

『疲れる』

道化の役も単純ではない。だがそれらの世界から覆われるように微笑む夏生に救われる。

「夏生」と呼べば「昴」と応えてくれる。

今も思い出す。あの日、図書室で長い髪をなびかせながら静かに眠る少年の姿を。瞬間的に心を惹かれた。

昴の初めての初恋だった。遅刻上等で学校に向かう昴。隣で歩く夏生がいない。どこか心許なく酷く寂しい。

夏生に見せられた離婚届の紙。それが現実だ。

「学校行っても意味ねえな」

呟き昴は学校の正門をくぐった。

ガチャリと玄関を開ける。家に上がると昨日のことが夢のように、現実が夏生に容赦なく降りかかる。散らかったリビング。妙に静かだ。

いつもイビキをかきながら眠りこける父親の姿がない。

夏生はほっとしたようにキッチンに向かい、冷蔵庫を開ける。何もない。取り敢えず麦茶をコップに注ぐ。麦茶を口にしながらリビングを徘徊する。放り投げられたタバコ。手で拾い上げ中身を見る。開けたばかりのタバコだった。

「らっきー」

手慣れたようにタバコを咥え火をつける。夏生は一息吐き、タバコをふかす。

タバコを吸っていることは昴は知らない。別に隠してはいないが、昴がいれば必要ない。

「俺がなにしたってゆーんだよ」

静かなリビングに夏生の声が響く。夏生の住む家は父親の両親が建てた一軒家だ。本来、一緒に住んでいるはずの家。だが二度目の母親と馬が合わず、祖父母は家を手放し地元へと帰ってしまった。昔造りの家は無駄にでかく、猫の額ほどだが庭がある。庭がある部屋は祖父母の部屋。縁側があり、そこから見える日が差す庭が夏生は好きだった。小さい頃、よく祖父母に遊んでもらった。

まさか、こんなことになるなんて想像もつかなかった。タバコを吹かしながら縁側に向かう。久々に縁側のある襖を開けた。朝の清々しい太陽の日差しが差していた。使われずに閉められていた縁側は当時のまま、綺麗なままだった。夏生は早くもタバコをねじ消し、一度自分の部屋に戻りクッションを取りあげ縁側に向かう。僅かに窓を開ける。さわさわと髪が風に舞い上がる。

「昴」

本来なら学校へ行き、昴といるはずだった。でも行ったところで勉強など頭に入らない。

屋上か、図書室でサボってるはずだった。

(そもそも、授業なんてまともに受けてないしな)

ホームルームが終わった頃に教室に入り、席に着く。そこからノートを広げ、欠伸を漏らす。ペンを器用に回しながら机に肘をつけ、退屈になると教室を後にする。教師の呼び止める声も届かない。

一番落ち着くのは図書室。禁止されている窓を開け、そこから吹く季節風に髪を揺らす。お気に入りは奥の席だ。窓を開ければふわっと風が入ってくる。日差しも心地よく、夏生のお気に入りの場所だった。そして思い出の場所でもある。

この席で昴が夏生に告白した場所。顔を赤くしながらいつもは余裕のある昴の瞳が揺れ動く。吐き出す言葉はどれもしどろもどろとしている。あげく、肝心な告白は放課後のチャイムと重なる。そして、改めて、口にした。

「お、お前が好きだっ、へっ返事はいい。ダメなら、図書室を出て行ってくれ」

見詰める昴は顔を合わせず、下を向いたまま黙っている。

夏生はふっ、と笑みを零した。ピクッと昴の肩が動く。時間が経つ。もう生徒もまばらだ。夏生は動かない。そっと顔を上げた昴は夏生を見詰め、直ぐにそらす。

「返事」

「え?」

「出て行かなかっただろ」

「……あ」

クスクスと夏生は笑う。

「……ま、まじ？」

「まじ」

「っ……！　は、は」

「俺、男だよ？」

「せ、性別は関係ない」

「でもお前女子にモテモテじゃん。好きな人いないの？」

「いる。夏生、お前」

「ふうん。……俺も好きだよ、昴」

その言葉が昴の胸に突き抜ける。

「りょーおもい」

「本当か？」

「うん」

悪戯に笑うと夏生は頷いた。

「ヨロシクね」

「よ、よろしくお願いします」

そこから離れたことはなく、学校でも一緒だった。

「懐かしいな」

呟いて夏生はクッションを頭におき、日差しが心地よく静かな縁側で瞼を閉じた。柔らかな風が吹く。いつの間にか寝てしまった。夏生の口から寝息がもれる。

「東屋くん」

一日の授業が終わり、夏生に会いに外へと足早に廊下を歩く。その昴に声がかかった。見た目は普通より可愛らしい女の子だ。足を内股にしながら昴にははにかんだような照れた笑みを見せていた。

「えっと、今日は日向君と一緒じゃないんだね」

「うん。君は？」

「あ、かすみって言うの」

「そう、それで？」

「あの、えっと……あたしと」

またもこのパターーン。いい加減、そろそろ面倒くさい。普通の男子だったら大いに喜ぶだろう。もじもじとする姿も可愛く映るだろう。だが昴には木っ端微塵に興味がない。

若干、苛立つように昴は早口に言う。

「ごめん、俺付き合っている子がいるから」

「え、うそぉ。聞いてないよそんな噂。誰、どこの子っ？　あたしより可愛い子？　嘘よ、ねえ、誰、東屋くんっ！」

「ごめんね、君より可愛くて大切な人。じゃあ、急いでるからごめんね」

踵を返すと昴は女子の嘆く声を背にスタスタと歩き始めた。

(夏生)

いつも思うのは夏生だけ。初めて自分から告白した。たった一人の相手。そして繋いだ手の平。今年で中学三年。付き合い始めて半年になる。昴は浮気の「う」の字もなく、ただひたすらに一途に夏生を想う。

密かに耳にする夏生の名前。女子が言うのならまだしも、裏で囁く好意的な男子の発言に昴は少なからず不安になる。

「誰にも渡さない」

女子の顔は皆、同じ顔に見える。男子が口にする夏生の名前に怒りがこみ上げてくる。

「まあ俺に敵うヤツなんていないだろう」

自分の容姿と頭の良さは伊達じゃない。そう、昴には堂々とした自信がある。顔がよくても馬鹿だとただのお飾りだ。生まれ持った容姿と釣り合うように昴は勉強に励んでいた。

(あ、髪飾り。……買いに行かなきゃ)

靴に履き替え昴は反対側にある駅の雑貨屋へと歩き出した。

「どんなのがいいのかな」

髪を伸ばしっぱなしの猫っ毛の夏生の髪。ふわふわと風に揺れる髪を思い、ヘアアクセサリーを選ぶ。

「よし」

昴は少し足早に夏生の家へと向かった。

（どんな顔するだろ）

そう想う昴の顔は浮かれている。制服のポケットにしまった髪飾り。プレゼントの包装までしてもらった。

夏生の家に着き、チャイムを押す。一度目は反応なし。二度目も反応なし。

「留守か……」

すると垣根の方から夏生の声が聞こえる。

「こっちー」

「え？　夏生？」

「庭のほう。こっちこっち」

夏生の声の方へと体を向ける。剪定されていない垣根に肩を引っかけながらガサガサと庭へと通り抜けた。

「お帰り」

「ただいま」

挨拶のようにキスを交わす。

「こんなとこあったんだ」

「そ、俺のお気に入りの場所」

座れとトントンと床を叩く。

「あ、待って。はい夏生」

「ん。なになに」

昴はポケットから包装された袋を夏生に手渡す。

「えー。なんで？　プレゼント？　今日何かあったっけ？　記念日とか？」

夏生は言いながら、包装紙を綺麗に剥がす。

「へ？」

手に出すヘアアクセサリー。丸いポンポンが付いたゴム。色は可愛らしく薄いピンク色で、何か中に入っているのか夕陽にキラキラと輝いた。

「可愛いだろ」

「お、おう」

「かしてみ」

昴は夏生の髪を整え前髪を結ぶ。

「うん、可愛い」

「あ、ありがと。って、馬鹿。何だよこれ」

「髪飾り。ほら、買ってやるって言っただろ」

くくり上げられた前髪。あらわになった小さい顔。薄いブラウンの瞳。大きな猫目が昴をとらえる。

「あ、やっぱダメ」

「はあ？」

「その目」

「目がなに？　俺のコンプレックス！」

「他人には見せられない。返して。今度、違うの買ってくるから」

「いやいい。貰っとく。視界良好。素晴らしい」

「ダメダメ、お前のその顔、俺以外見せられない」

「もう、お前、本当馬鹿！　勉強のしすぎがお前をダメにしてんのか。はあ」

「ううぅ」

嘆く昴。夏生は少し上機嫌だ。

「何か飲むか？　いっても麦茶しかないけど」

「ううぅ、麦茶でいいぃ」

「ほら、ふざけんなって。……ありがと」

縁側に座る昴。夏生は立ち上がると同時に、昴の頬にキスをした。

「ああ、もう！　なーつーきー。お前浮気すんなよー」

キッチンから夏生の声が上がる。

「お前みたいなもの好きはいねーよ」

（それがあるんだよー）とは言えない昴。

「はい」

「ありがとうございます」

コップを受け取り一口飲むと「ふう」と息を吐く。

「ここ落ち着くな」

「だろ」

結び上げられた髪の毛がふわふわと揺れる。

「がっこ、どーだった？」

「んーつまんねえ。全然楽しくねえ。お前がいない学校とか全部無理」

夏生は知っている。容姿端麗。誰にも優しく涼しい顔で笑い、そして頭もいい。そんな学校で何もかも取り繕い道化の仮面を被っていることを。そして、それは夏生にしか分からない。夏生は隣に座り、身体を寄せる。

「もう、無理すんな」

「そうか……。夏生」

「ん？」

「愛している」

「俺も愛してるよ」

寄り添う夏生。とん、と頭が昴の肩に当たる。心穏やかに気持ちを落ち着かせてくれる。

「昴、塾は？」

「うん、行きたくねーけど、行かなきゃなあ」

「おう」

昴は立ち上がり大きく伸びをした。

「じゃあ、行ってくるわ。夏生キスして」

「お前がしろよ。ったく」

言いながらも夏生はキスを交わす。瞬間、ギュッと抱き締められる。

「お前は子供か」

「いいのー」

頬を擦り付け、夏生の白く細い首を撫でる。

「ほら、行ってこい」

「うん。……また明日な」

「待ってる」

頷く夏生。離れがたさが胸にくる。それでも夏生は昴の背中を押し、笑顔を向けた。

「行ってらっしゃい」

「……おう」

垣根を越え背を見せた昴の身体。心が痛い。それでも振り返る昴を手を振って見送った。

(今日も親父は帰ってこない)

父親が三日経っても帰ってこない。いなければ断然いいのだが、静かな部屋に一人は少し寂しい。学校に行けなくなって一週間が過ぎた。学校帰りに会いに来る昴。その僅かな時間だけが今の夏生には至福の時だった。キスをして抱き締め合う。

「好き」「愛している」

昴が囁く度に、そのくすぐったい言葉に夏生は昴の腕の中で身じろぎする。そうして塾へ、家へ帰る昴の背中を見届けた。

いつまで続くか分からない生活。食費はまだある。貯金していた、十五万。まだ食いつないでいける。それでもいつかはそのお金もそこをつく。アルバイトでもしたいところだが、まだ未成年のせいで働けない。年齢を誤魔化しても通用しない。

（どうしようか）

そう思いながらも気付けば父親が帰ってこなくなって一週間が過ぎていた。

「どこに行ってんだ」

考えるが思い当たる場所がない。他所で女でもつくったか、そう思った時、家の電話が鳴り響いた。夏生が電話に出ると、相手は警察だった。

「日向さんのお宅ですか？」

「……はい」

ドギマギしながら話を聞く。

「お母様はいらっしゃいますか？」

「……いません」

「そうですか。君の名前は、日向夏生さん、でよろしいですか？」

「はい。……あの、何でしょう？」

「落ち着いて聞いて下さい。……君のお父様は日向省吾さん、お名前はあってますね」

「はい、父親です」

「二日前、遺体で見つかりました」

「え」

言葉をなくす。ドギマギしていた心臓は一気に動悸に変わり、心臓が口から飛び出そうだった。心臓が跳ね上がる。

「遺体って、遺体って、なんで……」

訳が分からない。確かに一週間、家にはいなかった。でも、なんで。そんな言葉が頭を駆け回る。

「今からお宅へ伺わせていただきます、お時間は大丈夫でしょうか？」

「……はい」

「それでは詳しいお話は後ほど」

がしゃんと一方的に電話を切った。

「……」

再び鳴る電話。夏生は無視をした。いなくなればいいとは思ったが、死んでほしいなんて思ってなかった。夏生は受話器に手を置きながら放心状態になる。

（死んだ……？）

まだ、話が呑み込めない。

（なんで、どうやって。どうして、……死んだ？）

立ち尽くす夏生。軽く目眩を起こす。そして玄関のチャイムが鳴る。夏生はふらりと玄関を開けた。二人の警官が立っていた。

「日向夏生さんですね？　私たちは警察官です」

警察手帳を見せる二人の警察官。制服ではなく、ほぼ私服に近い格好だった。

「詳しい話と、君のお父様のご遺体の確認、一緒に来ていただけますか？」

「……はい」

乗せられたのはパトカーではなく普通のセダンだった。車の中は静かで道を走る音だけが身体に響いた。そして着いた先は病院。言われるまま夏生は車から降り、警察官の後ろを歩いた。

病院の先生、看護師一人と警察官二人。遺体安置所へと案内される。

「日向省吾さん、五十六歳。三日前、道路の溝に倒れていたところを通行人に発見され、救急車を要請。死亡時刻は不明、死因はアルコールの大量飲酒。道路の溝に溜まった水流での水死。と、なっております」

医師は淡々と言う。そして顔に被された白い布を取った。

「君のお父様で合ってますね？」

「……はい、合ってます」

遺体安置所に冷たく眠る父親。いつもアルコールの匂いがしていた唇は固く閉じ、当たり前のように息はしていない。

夏生は思った。

（なんて穏やかな顔なんだろう）と。

眠る父親はどこか微かに笑みを浮かべて幸せそうに眠っていた。

「……お、おやじ」

その顔に大粒の涙が流れた。手を取り頬を寄せる。冷たく凍てついている。温もりを探すように硬直した身体を抱き締めた。

知らずのうちに涙が溢れる。嗚咽が漏れる。嫌いなはずの父親。時には暴力もあった。それでも、生まれてきた時には大きな愛で育ててくれたのだろう。そうして前妻と別れ、父親は職を手放しアルコールに逃げ道をつくった。どこで間違えたのだろう。

「な、なんで。……おい、クソ親父。なんか言えよ。……なんか言えって、なんか言えよっ！　酒でもなんでもいいからっ、起きろよクソ親父っ！　お、俺を独りにするなよ。……、頼むから、起きろ。なあ、親父……独りは嫌だ」

答えはない。座り込んでしまった夏生の背中を看護師が撫でる。

「日向さん、お気の毒ですが……」

「やめろ、俺にさわるなっ……！」

夏生は看護師の手を勢いよく払いのけふらりと歩き出す。

「どこ行くんですか？」

「……家に帰る」

「お父様は」

「俺の父親じゃない……俺に親はいない」

「日向さん、どうなされるんですかっ！」

「……好きにすればいい」

呼びかける声を無視して重いドアを開け病院を後にした。外は夕暮れだ。茜色の夕陽がふらふらと歩く夏生の額に影を落とす。

足が重い。まるで十字架を背負っているようだった。

嫌いなはずだった父親。人の死はこんなにあっけなくこんなにも静かな終わりだった。義理の母親は出て行き、夏生は学校へ行けなくなった。そして実の父親は死んだ。

父親の死は正直、堪（こた）えた。だがなるべくしてなった最期。

「胸が痛い」

夏生は呟き泣きながら歩いた。俯き涙を零しながらただ、歩いた。

小さい頃の記憶。父親の大きな手の温もり。愛情に包まれていた幼き日。憎みながらも……大切だった。その記憶だけが胸を締め付け、病院から家までの道のり、夏生は声も出せずに泣きながら歩いた。

父親の葬儀は田舎に住む祖父母の間で静かに執り行われた。葬儀に夏生は参列していない。祖父母からの一緒に住もう、帰っておいで、の声を断り、独り広い一軒家に住む。

縁側に力なく横になり春から梅雨の匂いを乗せた季節風に髪をなびかせ身を委ねる。

ピンポーンと夕暮れに合わせて玄関のチャイムが鳴るが、夏生は出なかった。

「なつきー」

自分を呼ぶ昴の声。それでも玄関を開けることはなかった。どんな顔で、どんなふうに、昴に会える。平常心を保てる自信がない。

(今日、何日だっけ)

日付さえも曖昧だ。父親の死から時間は止まってしまったように夏生はぼんやりとしている。やつれきった表情。ご飯も喉を通らず、身体が拒否し、全て戻してしまう。ここのところ、何も口にしていない。

(昴……)

縁側の床に指先で名前を書く。手に通された髪留めのポンポンが床にカラカラと音を立てた。夕暮れが近い。

「すばる……あい、たい」

口にした瞬間、ガサガサと垣根を掻き分け庭に姿を見せた昴。

「なんだよ、いるんじゃねーか。夏生、大丈夫か?」

「すばる……」

「俺、何度もチャイム鳴らしたんだぞ。なんで出ないいんだよ。心配してんのに。俺のこと、嫌いになったのか……？」

　夏生は首を振る。

「あいたかった」

昴の手に支えられながら身を起こし、昴を求める。

「すばる、キス」

昴はどこか安堵し、胸を撫で下ろし夏生の要求に応える。

「もっと」

両手を取り胸に抱き寄せ、夏生が満足するまでキスを交わした。

「痩せたな」

「そうかな」

　抱いた肩は華奢だった。

「なんかあったのか？」

　夏生は力なく笑い首を振る。

「なにもないよ」

「ちゃんと飯食ってんのか？」

「食欲ない」

「ちゃんと寝れてんのか？」

「寝れない。昴、髪の毛結んで」

肩先に触れる髪の毛。夏生の前髪を掻き上げ出されたポンポンのゴムで結ばれる。夏生の薄いブラウンの猫目は大きく、睫毛が影を落としている。

「のど、渇いた」

「冷蔵庫か？」

こくんと夏生は頷く。

「邪魔するな」

昴は靴を脱ぎ、リビングへ上がる。リビングは薄暗く随分と散らかっている。そしてキッチンに行き、昴は少し驚きを見せる。

(何があったんだ)

キッチンの床は割れた食器やガラスのコップが散乱している。昴は足元に注意しながら冷蔵庫を開け、残されたガラスのコップに麦茶を注ぎ、夏生の元へと戻る。

「ほら」

コップに注がれた麦茶を一気に飲み干す。

「ありがと」

「俺んち行くか？」

夏生は首を振り笑う。

「だいじょうぶ。帰れ」

「いや、一緒に俺んちに行くぞ。一緒に帰って、飯食って、温かい風呂入って一緒に寝よ？夏生、な？」

夏生の肩を抱き寄せる。

「一緒に帰ろ」

夏生は頷いた。

「よし、決まりだな。立てるか、夏生？」

夏生は立ち上がろうとするが、力が入らず直ぐに座り込んでしまう。

「ちょっと待ってろ」

夏生の身体を腕に縁側のドアを閉め昴はしゃがみ、夏生を背負う。

「ハズい」

「いいんだよ。じゃあ、行くぞ」

昴は夏生を背に垣根を越え、帰路へと足を運ぶ。夏生は昴の首に手を回し背に頬を寄せる。

「昴、だいすき……」

「俺もだ」

「お前より俺の方が好き」

「じゃあお前の倍より愛してる！」

すれ違う人の目を気にせず、昴は軽々と夏生を背中に乗っけて家へと歩いた。

昂の背中に背負われた夏生は昂の体温と心地よく聞こえる心音を耳にしながら眠りに就いていた。スゥと聞こえる寝息。

「……夏生？」

呼ぶが返事がない。

（落ち着いたか）

縁側で見た夏生は明らかにやつれていた。目元はクマが出来、眠れてないのが一瞬で分かった。

「昂」と呼んだ声も頼りなく弱々しかった。

（何があった）

見るからに明らかな夏生の弱りよう。血色も悪い。昂は眠りに落ちた夏生を背負いながら自宅のチャイムを鳴らした。ドアの向こうから聞こえてくる足音。ガチャリと明けた昂の母親は一瞬、驚き状況を理解しそして頷いた。

「母さん、ありがと」

「ほら、いいから」

昂は靴を脱ぎ二階の部屋へとそのまま上がる。ドアを開け、夏生をベッドに寝かせた。

「夏生……何があったんだよ」

蒼白い夏生の頬を撫でる。会えなくなって五日。やっと会えたと思えば夏生は力なく縁側に横たわり虚ろに昂を見詰め、開け放たれた窓から吹き込む季節風に髪をなびかせていた。

心配する昴に「何もないよ」と力なく笑う夏生。昴は夏生の額にキスをすると、静かに部屋を出て行く。

「母さん」

「……なっちゃん、大丈夫なの？　いったい何があったの？」

「分からない。でも何かあったのは確実。夏生の家、あいつ以外誰もいなかった。キッチンも皿やガラスが割れて散乱してたし。母さん、町内会で何か知らない？」

「いいえ、分からないわ」

困ったように昴の母親は首を振る。

「今日、このまま夏生を寝かせたい、いいかな？」

「当たり前よ。そうした方がいいわね」

「ありがと」

「ちょっとなっちゃんの様子見てくるわ」

「寝てるから静かにね」

「分かってるわよ」

昴の母親は洗面器にお湯を溜め、タオル片手に昴の部屋に入る。ベッドで静かに眠る夏生の姿。熱があるか確かめるように夏生の額に手を当てる。

（熱はないみたいね）

ほっとし、濡れたタオルでそっと顔を拭く。

「……とお、さん」

ぽつりと夏生の口から言葉がもれる。

「……」

何があったのか心苦しい。伸びきった髪を撫でる。優しく、そっと。いつの間にか昴の母親は涙を流していた。

「こんなにいい子なのに」

呟いて涙を拭った。

「母さん」

静かにドアを開け昴は入ってくる。

「泣いてるの？」

「……いいえ、何でもないわ。熱はないみたい。夕飯の支度するから、なっちゃんのことよろしくね」

「うん」

洗面器をもって母親は部屋を後にする。

「夏生」

「……」

静かに寝息だけが聞こえる。夏生の手が無意識に昴を探すように空を掴む。昴は傍に行き、その手を握った。

「ここだよ」

一瞬、薄く瞼を開き、昴を見ると微かに夏生は微笑んだ。そして瞼を閉じる夏生。

「安心しろ」

昴は呟き夏生の顔を見た。長い睫毛が影をつくる。余程、眠れていないのか、今はぐっすりと眠っている。暫くは起きないだろうと、握った手を離し、布団を掛け直す。夏生は熟睡し起きなかった。

「なっちゃん、どう？」

夕飯をつくりながら母親は心配そうに尋ねる。

「ぐっすり寝てる」

「そう、よかったわ。なっちゃん、ご飯食べるかしら」

昴は首を振る。

「今は寝かしてあげたい」

「……そうね」

「いきなり連れてきてごめん」

「いいのよ。……あの寝顔、ずっと寝られてなかったようね。疲れてるのね、きっと」

「五日間、あのままだったのかな？」

「……かわいそうに」

「早く見つけられたら」

「なっちゃんのお父様はいなかったの？」

「うん、いなかった。生活感がまるでないし、あいつ独りだったのかな……」

（どうして、もっと早く気付かなかったんだ俺は）

「母さん、俺夕飯は後にする。夏生の家に行ってみる」

「今から？」

「うん、ちょっと確かめたいことがある」

昴の母親は困ったように昴を見詰めるが、しょうがないと頷いた。

「人様のお家だから、気を付けなさいね」

「分かってる。じゃあ、夏生のことよろしくね」

「分かったわ、夕飯は残しているから」

「母さん、ありがとう」

「ええ、なるべく早く帰るのよ」

「分かった。行ってくる」

玄関のドアを開け、夏生の家まで歩く。外はもう日が暮れている。それでも確かめないといけない。

（絶対、何かあるはずだ）

夏生の家へと着き、玄関が閉まっているのか確認する。そして垣根を越え縁側へと向かった。からからと開け、靴を脱ごうか迷ったがあの部屋の様子じゃまともに歩けない。

「失礼します」と、呟き土足のまま部屋に上がった。

「電気は、と」

手探りで電気のスイッチを付ける。パチパチと音とともに電気がついた。薄暗かったリビングは電気の明かりの下に明らかになる。リビングは想像以上に散らかっている。テーブルの上は食べかけの弁当や飲みかけのお茶やジュースで溢れている。床にふと目を落とす。

夏生が吐いたのであろう、嘔吐物があった。

「夏生」

どんな生活をしていたのか、所々に夏生が吐いた嘔吐したモノがあった。昴は言葉をなくす。

（もっと早く気付けてたら）

自分の不甲斐なさに、怒りがこみ上げてくる。ドンと壁を殴る。

「どうして……！」

呟きながら壁にもたれる。ずずっと座り込む昴。夏生がどれほど酷い生活をしてきたのかと、涙が零れる。

夏生は笑いながら言った。

「なにもない。だいじょうぶ」

「全然、平気じゃねえじゃねえか」

降り落とした手にガサリと何かが触れた。昴が拾い上げたそれは『おくやみの手紙』だった。

「は、なんだよ、これ」

ガサガサと手紙を開ければ、『日向省吾様。五十六歳。永眠』と達筆な字で書かれていた。

「省吾？　夏生の父親か？」

昴はあの時「何でもない」と笑った顔を思い出し、耐えきれずに夏生の名を叫び、涙を溢れさせた。手紙を握り絞める。ボロボロと涙が止まらなかった。

「な、なつき……、なにも、ないって。お、俺は、夏生、独りで……」

身を屈め昴は泣き叫ぶ。夏生はずっと独りで何をしていたのだろう。どれほどの思いでこの広い家に独りでいたのだろうか。考えれば考えるほど、自分の情けなさに涙が零れてくる。

「恋人失格だな……」

早く夏生の元へ帰らなければと涙を拭い、立ち上がる。会いたい。抱き締めたい。愛してると伝えたい。大好きだと言いたい、たくさんキスをしたい、思いっきり甘やかしたい。思いが昴をかき立てる。一通の手紙を握りしめて、夏生の家を後にした。ガチャンと玄関を閉める。

「ただいま」

直ぐにパタパタとリビングから足音が聞こえる。

「おかえり、どうだったの？」

迎える昴の母親。昴は握りしめた『おくやみの手紙』を見せる。

母親は言葉をなくした。

「日向省吾。……夏生の父親。母親は離婚して今はいない。あいつ、学校行けてないんだ」

「そんな、いつから」

「この前、夏生が泊まった日から」

「だって、あんた。なっちゃんのお家に行ってたんじゃないの？　何かあったか気付かなかったの？……いつも一緒だったじゃない。なのにどうして」

「行ったよ！　毎日、何度もチャイムも鳴らした。電話も掛けた！　でも……でも、あいつは出なかった！」

昴は憤りに壁を殴る。

「昴……」

「やっと見つけたら、あんな状態だった」

拳を握りしめ、昴は唇を噛む。

「ずっと独りだった。あいつは何もないって。……なにもないよって。母さんごめん。……夏生見てくる」

「ええ。何かあったら呼ぶのよ」

昂は頷き二階の自分の部屋にあがる。静かにドアを開け、眠りに就く夏生を見詰めた。優しく頬を撫で、そっとキスをする。

「ん」

僅かに夏生は眉を寄せる。その柔らかな頬には涙の跡。

「安心しろ。夏生、愛してる」

夏生の手を握り、まるで祈るように手の平を合わせる。

「……す、ばる」

夏生の瞼が開いた。覗き込む昴の顔を虚ろに見詰める。

「……は、は」

言葉が出てくるよりも先に昴は涙を零す。昴の涙が見上げる夏生の頬をポタポタと伝い落ちていく。

「な、なつき」

「昴」

伸ばされた手。昴は夏生を引き寄せ抱き締める。

「おまえ……おまえなあ」

「うん」

「こん、なになってよ。なんで……何もないよって」

「うん」

久々に感じる夏生の体温。弱々しく身体が揺れる。

「……なつき」

「うん」

「愛してる」

「……俺も」

夏生は微かに微笑んだ。

「ここ、お前の部屋？」

「覚えてないのか？」

「……ごめん、分からない」

「いや、いいんだ」

抱き寄せながら昴は首を振る。ただ、心が痛い、そして愛おしすぎる。

「寝れたか？」

「うん。……ごめん、迷惑かけたな。俺、家に帰んなきゃ」

「ふざけんなっ！　誰もいない家に帰ってどうすんだよっ！……全部知ってる。父親が亡くなったことも、ずっと独りでいたことも。……飯もまともに食べられてないんだろ！　さっき、お前の家に行ってきた」

「……そうか、全部バレちゃったんだ。隠してたのにな。……あ、はは」

「なんだよそれ、なんで笑えるんだよっ！」

昴は夏生の肩を掴む。

「俺は……そんなに頼りないか？」

「違う。昴、お前に会いたかったよ、ずっと」

昴の顔を夏生は両手で包み、キスをした。

「この顔を見たかった。こうして触れたかった。でもな、それが出来なかった。離婚して親父が死んで、独りになって。現実から逃げようとした。お前が毎日来てたことも知ってる。俺を呼ぶ声も聞こえてた」

夏生は肩を震わせる。

「俺は大丈夫って」

笑う夏生の頬に涙が流れる。

「なんともないって。でも、お前の顔見たら全部が壊れそうで、現実を突きつけられるのが怖くて……酒呑んで、殴られても。あんなダメな親父でも、それでも……、親父が好きだった。そう、想った」

真実はそうだった。昴はどんな言葉をかけていいか分からず、夏生の震える肩を抱いた。ただ、静かに涙する夏生を抱き締めることしか出来なかった。

夏生の言葉がきつく昴の胸を締め付ける。

「もう少し眠ろう」

昴は夏生をベッドに寝かせ一緒に布団に入る。胸に抱き、昴は眠りに落ちた夏生を涙を堪えて見詰めていた。

いつの間にか眠ってしまった昴。

「……」

夏生はそっと瞼を開く。目の前にある愛しい顔。静かに昴の頬に触れた。

「ごめんな、ありがとう」

眠りに就く昴の額にキスをした。

「大好きだよ」

呟いた瞬間、パチリと昴の目が開く。

「……俺は、愛してる」

「……馬鹿」

がばっと布団がめくれる。昴は夏生に跨がるとこれでもかというように、あちこちにキスを落としていく。

くすぐったさに夏生は抵抗する。

「馬鹿、お前起きてたのかよ、もう、はーなーせー！」

「やだ、離さない。これまでの分、全部受け取れ」

長い髪が乱れ額にかかる。薄いブラウンの猫目が恥ずかしさに揺れ動く。抵抗するがその倍の力で昴は抱き締める。

「大丈夫、これ以上はしないから」

夏生の手を離し白い首にキスをする。

「俺はお前を大切にしたい、守りたい」

「どんな時もどんなんなっても、その瞳に映っていたい。お前をあの家に帰らせたくない」

「……それは出来ないよ。お前の傍にいたいけど、一緒にいたいけど。俺はあの家に帰らないといけないい」

「分かってる！　分かってるよ」

「すばる」

昴は夏生の身体を離し、ベッドに腰掛ける。静かになった部屋。昴から解放された夏生は昴の背中に手をあてる。俯く昴の肩が震えている。夏生は昴の背中を抱き締めた。

「ごめんな、昴」

「……謝るな。謝らなきゃいけないのは俺のほうだ。もっと早く……お前を見つけられたら」

背中に感じる夏生の体温と吐息。優しく脈打つ音が伝わる。

トントン。昴の部屋のドアが叩かれた。

「……、今あける」

ガチャリとドアを開ける。心配した表情の昴の母親が立っていた。

「母さん」

「なっちゃんはどうなの？」

「大丈夫。今起きたばかりだよ」

「おばさん、すいません」

申し訳なさそうに夏生は頭を下げた。

「よかったわ。……なっちゃん大丈夫なの？　お腹はすいていない？」

「大丈夫です。あの、俺帰ります。迷惑かけてすいません……」

昴の母親は昴を押しのけ、夏生の傍に寄ると、夏生の頬を叩いた。

「ちょっと、母さん何してんだよ！」

「……昴はいいから黙ってなさいっ！」

状況が呑み込めない夏生は叩かれた頬を触る。

「なっちゃん。……話は昴から聞いたわ。貴方のご両親のことも、お家のことも、学校に行けてないことも」

「……そ、うですか……」

夏生は言葉に詰まる。

「……え、と。すいません」

「お家に帰ってどうするの！　誰もいないんでしょ？　独りでどうにか出来るか思ってるの？　あなたは……ま、だ。まだ……子供なのよ」

夏生の手を握りしめ、昴の母親は涙を零す。

「なっちゃん、こんなになっちゃって。ご飯も食べられてないんでしょう？　どうして何も言ってくれなかったの」

　涙の滲んだ目元は昴とよく似ていた。

「暫くは、このお家にいなさい。ね？」

「でも……」

「いいの、母さん？」

「当たり前じゃない」

　戸惑う夏生。どうすればいいのか分からない。昴の母親は涙を拭いつつ、夏生の両手を握る。

「おばさんはお節介よ」


　昴の家に泊まってから四日になる。

　気を使わなくていいと昴の母親は言うが、気を使わない方が、何倍も気を使う。だから、昴の部屋からなるべく出ないようにしていた。

　当たり前に出てくる温かい手料理。お湯に満たされた湯船。

　これが普通の暮らしだと夏生は複雑な気分で過ごしていた。時々様子を見に来る昴の母親。

　トントンとドアが叩かれる。

　夏生はドアを開けた。

「退屈じゃない？」

尋ねるが夏生はぎこちなく首を振る。

「大丈夫です」

「そう？　そうね、じゃあおばさんのお茶の相手でもしてもらおうかしら」

「は、い」

「決まりね。ふふ、デザートも用意するから待っててね」

「はい、すいません」

「またそれ。全然気にしてないわよ。お茶の相手が出来ておばさん、嬉しいわ」

夏生は笑おうとするが失敗する。そんな夏生を優しく見詰め、昴の母親は微笑んだ。

鼻歌交じりに母親は階段を下りていく。元々、人見知りがある夏生。重苦しいため息を吐いた。

「……なにかないかな」

ごそごそと勉強机、本棚をかきまわす。

「エロ本は——」

ベッドの下に手を入れ探る。健全な男子ならあるはずのエロ本。

「あいつは……ないな」

夏生に注がれる昴の愛情は、時にうっとうしいくらいだ。

付き合い始めて半年。それ以上に濃密な時間を過ごしている。トントンとドアが叩かれる。

「なっちゃん、いらっしゃい」

「はい」

階段を下り、昴の母親に手招かれる。言われるままソファーに座り夏生はじっとしている。カチャカチャとティーカップが並ぶ。

「なっちゃん、甘い物は平気かしら？」

「はい、平気です」

「よかったわ。昴も父さんも甘い物たべないから。……はい、どうぞ」

「いただきます」

出されたケーキ。二人で午後のお茶会。昴の母親は嬉しそうにケーキを口にする。

「あの子、いつもなっちゃんにへばりついて何か迷惑かけてないかしら？」

「……えと、俺の方が迷惑かけっぱなしです」

「あら、そんなことはないわよ。あの子いつもなっちゃんのことばかりよ」

「そうなんですか」

恥ずかしさを誤魔化すようにケーキを口に紅茶を飲む。

「一番大変なのがバレンタインデーなのよ。両手いっぱいのチョコ。モテモテなのは母親として嬉しいのだけれどね、全部捨てちゃうのはもったいないでしょう？　そうね、なっちゃんならどちらからも貰えそうね、ふふ」

「ないです、俺」

「あら、こんなに可愛いのに。女の子も見る目がないわねえ」

昴の母親は微笑む。照れたように笑う夏生。

「そう、その笑顔！　もったいないわ」

「え、と。そ、そんなことないです」

「そんなことがあるのよねえ。ええと、何て言うのかしら。……そうねえ、今風に言えば小悪魔って言うのかしら」

夏生はぶんぶんと首を振る。

「こ、こあくまって、違います」

「ふふ、こんな楽しいデザートタイムは久しぶりだわ」

「あら、もうこんな時間ね」

ふと壁掛け時計を見上げる。時間は四時を過ぎていた。

「楽しいのはあっという間ね、なっちゃんありがとうね」

「いえ、ご馳走様です」

夏生は共に食器をかたづける。

「あの、おばさん……」

昴の母親は振り返る。

「俺、自分の家に帰ります。……このままじゃ駄目だなって」

言葉を探す夏生を見詰めて昴の母親は言う。

「自分の気持ちと闘ったのね」

「……はい」

頷く夏生は、覚悟を決めた、と言うように手を握りしめた。

「そう、分かったわ。……でもなっちゃん。約束してちょうだい。何かあったら、昴でもいい、おばさんでもいいから言いなさいね」

「はい。分かりました。ありがとうございます」

「でも、今日は泊まっていきなさい。急になっちゃんがいなくなったら昴に叱られちゃうわ」

「分かりました」


「夏生？」

デザートタイムを終えた夏生は昴の部屋に戻り、ベッドにもたれうたた寝をしていた。

「……ただいま」

昴は眠る夏生にキスをする。

「ん。……昴」

「ごめん、起こしたな」

「ううん。大丈夫。お帰り。……髪結んで」

「はいはい」

「髪どうにかしなきゃ」

「今のままでも充分、可愛いよ」

夏生の髪を結びながら昴は、当たり前だと言うように夏生の髪を結ぶ。

「俺を可愛いって言うんじゃねえ」

「だって本音だもん。仕方ない。……はい出来た。うん、可愛い」

「もう、黙っとけ」

「……さっき、母さんから聞いた」

「うん」

すっと目を伏せた夏生。

「分かってほしい」

呟いた夏生。昴は夏生を抱き寄せる。

「分かってるよ。……俺の我が儘聞いてくれる？」

「うん」

昴は若干声をつまらせ、ぽつりと呟く。

「風呂、一緒に入りたい……って」

「……いいよ」

恥ずかしそうに夏生は頷くと昴を見詰める。

「ほ、本当？」

「う、ん」

昴は嬉しさに声を上げる。ぎゅっと夏生を抱き締めた。

「はぁ、まじか」

「もう、馬鹿だろお前」

腕に抱き締められながら夏生は呆れたようにため息を吐いた。

「すばるー、なっちゃん。ご飯よー」

「はーい。分かったー」

夏生は昴の腕からするりと抜け出す。

「あー。……ちょい待ち」

「ん？」

「ただいまのキス」

「さっきしただろ」

「俺がな」

「お前、ほんと馬鹿」

「いいの。お前に馬鹿って言われるの好きだよ」

「……馬鹿」

少し照れたように夏生は呟くと、身長に差がある夏生は昴の胸に手を当て、背伸びして頬にキスをした。

「ああもう。大好き」

「もういいだろ。おばさん待ってる」

パチッと昴の頬を叩く。

「風呂、楽しみだなー」

昴の語尾に嬉しそうな音符が見えた。

「俺が先入るから、お前は後で来い」

階段を下りながら夏生は言う。

「分かった」

「ごちそうさまでした」

夏生は手を合わせる。

「片付けはいいわよ。お風呂入って身体を温めて」

「ありがとうございます、美味しかったです」

上機嫌な昴。それを見て母親は聞く。

「昴、あんたなんだか楽しそうね」

「夏生と風呂」

「またあんたは。……なっちゃん困らせないでよ」

「はーい」

「先に入るから後でな」

「分かった」

ご機嫌な昴を後に夏生は先に浴室に入る。髪を洗い身体を洗った。湯船に入浴剤を入れる。乳白色に染まった湯船に足を入れた。

「すばるー」

洗面所で待機していた昴はわくわくと服を脱ぎ、浴室のドアを開ける。

カラカラとした音に反応し肩までお湯に浸かった。髪が湯船にゆらゆらと揺れる。湯気に染まった浴室。夏生は髪を洗う昴を見詰める。

まっさらな背中。泡が伝う。

（こいつの背中、こんなに広かったっけ）

「……夏生？」

不意に振り向く昴。

「な、なんでもない」

夏生は気恥ずかしさに視線を逸らす。ブクブクと泡を立てドキドキする気持ちを落ち着かせる。昴は身体を洗い流し濡れた髪を掻き上げた。

「あ……」

夏生は不覚にもドキッとしてしまった。

（これじゃ女子が喜ぶわけだ……）

「どうした？」

「う、ううん。どうもしない」

「夏生、入っていい？」

なるべく顔を合わせないように、平常心、平常心、と心に言い聞かせる。

「もう少し前」

「う、うん」

湯船に浸かった昴は満足そうに「はあ」と大きく息を吐いた。

「なあ、夏生」

「なに」

「なんで目逸らすんだよ、もっとこっち来て」

「あ、ちょ、ちょっと待て」

「いいから」

昴の腕から逃げるように夏生は身体を丸める。

「恥ずかしいんだよ！」

昴の顔にパシャンとお湯をかける。水を弾く白い肌。昴は夏生の腕を引き寄せ、身体を抱く。夏生の耳がほんのり赤く染まった。

「可愛いな、お前は」

「うるさい」

「誰にも渡したくねえ」

「お前みたいな奴どこにいるんだよ！」

「はあ、お前。どんな目で見られてるか知ってるか？」

「陰キャなぼっち。……陽キャなお前と一緒にするな」

「ああ、これだからお前は。はあ。まあ、いいや俺に勝てる奴なんて他にいるわけないしな」

「随分な自信だな」

「当たり前だろ。俺、かっこいいだろ？」

「……はい」

「よし、認めたな。俺は」

「努力してんだもんな」

「そう、お前を誰かに取られたくない。お前のその目は俺だけを見ていてほしい」

夏生の髪をわけ、あらわになった白い首筋にキスをする。

「愛してる」

「ふうん」

「お前は？」

「言わなくても分かるだろ、この馬鹿。ああ、もう無理。のぼせる」

夏生は高鳴る胸と少し熱い湯船に浮かされる。ぐったりと昴の腕にもたれた。

「な、なつき？」

「む、り」

そうして熱にのぼせた。


「全くあんたは」

昴のベッドに横になる夏生。冷たいタオルが額を冷ます。

「すいません」

「いいのよ。ほらお水」

夏生は冷たい水を一気に飲み干した。

「夏生、悪かった。……母さん、後は俺がやるから」

「おばさん、すいません」

「大丈夫？」

「はい」

「何かあったら、呼んでちょうだい」

「はい」

「母さんありがと」

「おやすみなさい」

頷いた昴の母親は軽く昴を小突きトントンと階段を下りていく。

「ええ、おやすみなさい。なっちゃんもね」

「分かったってば。おやすみ母さん」

「全く誰に似たのかしらね。じゃあ昴、なっちゃんを頼むわよ」

「う、ひどい」

「もう、バカ息子」


「大丈夫か？　悪かった」

「謝んなくていい。お風呂、気持ちよかった」

「座れるか？　こっち来い、頭拭いてやる」

「ん」

夏生はベッドに腰掛け、ごしごしと頭を拭かれる。ゆらゆらと揺れる頭。

「……昴」

「んー？」

「……浮気するなよ」

「ふ、お前を超える奴がいるかよ」

昴は笑うと、愛おしそうに夏生の頭に額を当てる。

「お前がいれば何もいらない。お前にはずっと笑っていてほしい」

「うん」

「ずっと一緒」

二人小指で交わした約束。


「おばさん、お世話になりました」

「昴に顔を見せたかったけど」

「学校ですよね。俺は大丈夫です」

「そうね、ごめんなさいね。何かあったら連絡してちょうだい。逆に気を使わせてしまったわね」

「そんなことないです。ご飯おいしかったです。色々とありがとうございました」

昴の母親は夏生の両手を握り、心配そうに眉を寄せた。

「あなたは独りじゃないから」

「はい。じゃあ、帰ります。……ありがとうございました」

玄関のドアを開けると昴の母親に見送られながら、独り歩き出す。久しぶりに見上げた空は青々しく清々（せいせい）と澄み渡っていた。

歩く夏生。五日間同じ時を過ごせた。

もっと一緒にいたい。もっと傍にいたい。

無理な我が儘と知っている。それでも幸せな時間だった。夏生はそっと胸にしまう。

これからどうすればいいのか分かるはずもない。自宅に帰ってそれからどうするか。頼れる人は遠く田舎に住む祖父母だろう。

（それじゃあ、昴に会えなくなる）

ころころと変わる思考回路。あっちにいったり、こっちにいったり。夏生は首を振る。考えても仕方がない。なるようにしかならないだろう。たどり着く先はきっと決まっている。

自宅に戻り玄関を開けるが開かない。

「あ、そうか」

垣根を掻き分け縁側の窓を開ける。

「これが現実か」

散らかったリビングを見渡し重いため息を吐いた。まずは片付けだ。

全ての窓を開け空気の入れ換えをする。ゴミ袋を片手に分別せず、入れていく。

ふと、夏生の手が止まる。

『おくやみの手紙』

散らばった数枚の手紙を拾い上げ胸に当てた。

「おやじ……。馬鹿だな。俺も大概だけど……」

達筆な文字で書かれた夏生の父親の名前。

『日向省吾』それを見て現実を知る。

「ん」

ぽたりと涙が零れた。泣き声が今にも漏れそうだったが、大きく息をすって涙を堪える。が、失敗した。

「……ふ、ふっ、く」

そう、心は正直だ。夏生は手紙を握りしめてうずくまる。

「……あんたは、もう……帰ってこないんだな。なあ、あんたは……幸せだったか？」

二度と戻らぬ父親。問いかけても答えはない。

「俺を独り残してどこいくんだよ」

胸が締め付けられる。とても苦しく悲しすぎる。嫌いなはずだった父親。死んでしまえばどんなに酷いこともいい思い出へと変わってしまう。

「卑怯だろ……なあ、クソ親父！」

涙が溢れて止まらない。涙で滲んで何も見えない。ただ、手紙を胸に握り締めうずくまって涙を流した。夏生は暫く涙にくれた。

涙を拭いてふらりと立ち上がる。ライターを手にし手紙を持ちキッチンに行く。握りしめた『おくやみの手紙』。

しゅっ。と火をつける。直ぐに燃え広がり、散った。

「おやじ……ばいばい」

もしも天国があるなら報われるだろう。報われてほしい、切に願う。そうして夏生は黙ったまま部屋を片付けた。

もう直ぐ夏の始まりを告げる梅雨の季節が始まる。湿った風が部屋を吹き抜けていった。

手元に残った十五万。まだ、大丈夫だろう。

部屋の掃除を終えた夏生はタバコを拾い上げ火をつける。湿った風にかき消される紫煙。縁側の窓にもたれながらぼんやりとしていた。風に揺れる髪の毛。昴にプレゼントされたゴムで髪を結ぶ。一本吸い終え、灰皿にタバコをねじ消す。

玄関に向かいポストを開けた。チラシや勧誘の中で夏生宛の手紙を数通見つける。頼りは父親の祖父母だ。夏生は気になり電話に向かう。留守電が何件か溜まっている。再生する。

「夏生ちゃん、おばあちゃんたちと暮らしましょう」

「帰っておいで」

「無事なの？」

どれも夏生を心配する祖母のメッセージだった。

「ばあちゃん」

夏生は呟く。行くあてはどこだろう。もちろん、夏生は田舎に行くつもりはない。

「昴……ばいばいか」

時間は限られている。最後の時は近い。

気を取り直して夏生はお金の入った財布を取る。靴を履き外へ出る。行き先はドラッグストア。やりたいことをやろうと金髪に染まるブリーチ剤を買って帰った。

夏生は帰宅しさっそく髪を染める準備をする。ツンと鼻につくニオイ。手の平に液を出し髪になじませる。やり方は適当だ。そして二十分放置する。時間が経ち、夏生はシャワーもかねて浴室に向かった。

シャワーを終え出てきた夏生。細く猫っ毛の髪は綺麗に金髪に染まっていた。鏡を見て夏生は満足そうに毛先を弄った。

髪を乾かし、リビングで一服する。思い巡るのは父親の死に顔。冷たく硬い身体とは裏腹に父親は穏やかに眠っていた。

「幸せか？　おやじ……」

金に染まった髪が揺れる。髪を結んだ夏生はどこか遠くを見ていた。終わりの始まりが来るのを待つ。それはとても残酷で静かに鐘を鳴らす。

ピンポーン。静かな部屋。不意に玄関のチャイムが鳴る。夏生は一度無視をしたが聞こえてくる昴の声。夏生は玄関を開けた。

「昴、どした？」

「っそれより、髪！」

「ああ、似合う？」

昴は夏生を見詰める。金に染まった長い前髪越しに薄いブラウンの猫目が悪戯気に笑う。

「に、似合う。髪留め使ってくれてるんだな。嬉しい」

「うん、使ってる。視界良好、素晴らしい。それよりどうした？」

荷物を抱える昴。しどろもどろに昴は言う。

「えっと、お前が心配で……それと、明日土曜だろ？……お前んちに泊まりに行こうと思ってさ……、母さんには言った。……ダメ、か？」

「……ほんっと、お前馬鹿。……はいバッグ貸して」

昴からバッグを受け取り夏生は部屋へ通す。

「綺麗になったな」

「片付けは大変だったけどな。ちょっとやらかしたみたいなだけ」

「その髪、どうしたんだ？　似合うけど」

「うん？　どうせ何も出来ないし、髪でも染めようかなって思って。単純な理由」

夏生は髪を弄りどこか遠くを見て笑う。夕暮れが近く蒸し暑い湿った風が開けた窓から吹き抜ける。

「飯、まだだろ」

「うん。急に悪い」

「いいよ。買い出し行くけど来るか？」

「え、行く。行きたい」

「なに食べたい？　簡単なのしか作れないけど」

「手料理？」

「そうだな。じゃあ、行くぞ」

玄関を閉め歩き出す。ゆらゆらと結ばれた金髪が揺れる。実際、とても似合っていた。外国の少年みたいだった。

「似合うなその髪。すげえ綺麗」

「だろ？　反抗期ってやつ」

夏生は笑う。隣で歩く少し身長が高い昴は夏生の手を取る。ぶん、と離されるがまた繋ぐ。夏生は呆れたように言う。

「お前は何がしたいんだよ」

「だって。いいじゃん。……それより夏生の手料理楽しみだなー」

「期待すんなよ」


スーパーに入り、買い物カゴを昴に持たせる。ホイホイと食材を入れていく。お会計を済ませて帰路に就く。夕陽が二人の長い影をつくった。

夏生は食材をキッチンに置く。

「お前んちみたいに綺麗じゃないけど、夕飯出来るまでテレビでも見てろ」

「え、俺も手伝う」

「いやいらない。邪魔だから、先に風呂でも入ってこい」

「ええ、一緒に入りたい」

「馬鹿言うな。さっさと行け」

「うう。はーい」

「あ、湯船使うなら洗えよ」

「シャワーでいいよ。じゃあ、風呂入る」

「上がった頃には出来てるから」

浴室へトボトボと向かう昴。そんな後ろ姿を見て夏生は微笑した。さっさと手際よく肉ジャガが出来上がり炊飯ジャーの音が鳴った。

そしてシャワーを済ませた昴。立ち込める夕飯の匂いにお腹が鳴った。わくわくと髪を拭きながらリビングに行く。並べられた夏生の手料理。

「肉ジャガ。味に文句は言うなよ。ほら、座れ」

「まじ、俺の好物。……いただきます」

二人で手を合わせ夕飯が始まる。パクパクと口にする昴。余程美味しいのか、または嬉しいのか、箸がすすんだ。

「夏生、いつでも嫁にこい」

「はいはい。喜んでくれてけっこう」

「うまい。マジでうまい」

「分かったから」

他愛ない話をしながら夕飯は終わり、食器を片付ける。俺が洗うと申し出た昴に食器洗いは任せて、夏生は部屋に戻ると言い、自分の部屋へと階段を上がった。

本棚から星座の本を取り出し、ベッドにもたれページを開く。ここからじゃ星は見られない。月も霞んでいる。

ふと思い出す。あの日二人で見た冬空の下の夜空。息を白く染め星空を見上げた。

ガチャリと部屋のドアが開く。昴が片付けを終え、夏生の部屋に入ってくる。

「皿洗い、ありがと」

半分心細かった夏生。昴の突然の訪問に安心した。

「何見てんの？」

「いつもの」

「またそれか」

「え？　悪い？」

「新しいの買ってやろうか？　明日本屋行こ」

「え、マジ？」

「マジ、マジ。行こ」

「やった。昴愛してる！　ちょー愛してる！」

「普段言わないくせに。都合いいなお前は」

それならと、夏生は昴を引き寄せ頬にキスをする。夏生の不意打ちはいつも突然だ。

思いがけないキスに昴の顔が緩む。

単純なやつだ、と夏生は口の端に笑みを浮かべた。

「髪、いいな。俺もやってみたい」

「お前死ぬな」

「怖いこと言うなよ。でも綺麗に染まるんだな。しかも似合うって最高じゃん。可愛い」

「はいはい。あ、でも髪切ろうか悩んでる」

「俺は今のままが好きだけどな」

「そうか。まあ目隠せるならこれでいいか」

夏生は金髪の毛先を弄る。毛先が透き通る。

昴は不思議そうに尋ねた。

「そんなに自分の目嫌いなの？」

「うん。嫌い。めっちゃ嫌い。俺のコンプレックス」

「んー。綺麗な目してると思うけどな。ああ。でもダメ。俺以外にそんな目をするな」

「馬鹿は死んでも治らないってほんとかね」

「俺だって頑張ってるんですー」

「知ってる。でも、もう無理はするな。俺はお前が心配だ。疲れるだろ、優等生なんて。

俺はかまわない。素のままでいけよ」

「大丈夫。ありがと。でも、言っちゃったんだよね。付き合ってる人がいるって」

「え、マジで？　俺の名前とか言ってないだろ？」

「名前は言ってないけどもう学校中に広がってる。……もうどいつもこいつも私より可愛い子って、ほんとうんざりする。俺の本命は夏生だけ。俺の気持ちちゃんと伝わってるか？」

「馬鹿がつくほど伝わってるよ。なんてね」

クスクスと夏生は笑う。夏生は昴を引き寄せベッドに押し倒す。

「え、なになに」

「いつもやられっぱなしだからな」

夏生はそう言うと昴の腕にがぶりと噛み付く。

「いたいいたい、噛むな夏生、おい。それキスマークじゃない、ただの噛まれた痕になる。いたいって」

「ふん。お返し」

「わあ、綺麗な歯並びしてますね」

噛まれた腕を見る。昴は逃げようとする夏生の腕を取った。顔を背ける夏生。抱かれるのを拒否し、夏生は昴の頬をパチパチと叩いた。

「俺は寝る」

ベッドに横になる夏生。昴を手招く。

「……このツンデレ」

「はい、昴。腕枕」

トントンと布団を叩く。昴は布団に招かれ、広げた胸に夏生を引き寄せる。夏生は満足そうに昴の腕の中に収まった。

「夏生」

「ん？」

「おやすみのキス」

「ん」

夏生はキスをして丸まった。

「おやすみ、すばる」

「おやすみ」

夏生が今、一番に欲しい暖かい温もり。昴の胸に抱かれながら昴の穏やかな心音を聞く。夏生はそうしているうちに、深い眠りへと落ちていく。昴は夏生の寝顔を見詰め、少しだけ不安を覚えていた。

グルグルと頭から離れない、あの手紙。実際に夏生は独りになった。これからのことが昴の頭に過る。離したくはない。離れたくない。

「夏生。愛してるよ」

聞こえたのか夏生は微笑んで頷いた。この笑顔の為なら何でもしたい。けれどまだ力のない昴には何も出来ない。葛藤が生まれる。

今はただ、傍にいることしか出来ない。それも学校のない土日と限られている。塾があれば尚更だ。昴は夏生を引き寄せ金色の髪に触れる。この際に出来ることをしようと金髪になった夏生。それがたった一つの抵抗出来ることだった。

「おやすみ、夏生」

そして昴も瞼を閉じた。

ふと、夏生は目を覚ます。目覚まし時計は深夜の三時を回っていた。嫌な時間に起きたなと、長い前髪を掻き上げる。隣で寝る昴の横顔。切れ長の瞳を縁取る睫毛。薄い唇。整った顔。自分のどこに惚れたのか分からない。昴は可愛いと何度も言う。嬉しくないと言えば嘘になるが、自分のどこがいいのかなんて分かるはずもない。

母親に似た夏生の瞳。小さい夏生を家に残しどこかへ行った。夏生の母との思い出は小学生で止まっている。二度目に迎えた義理の母親。自分を嫌いながらも学校には行かせてくれた。劣等生じゃないが夏生は授業をまともに受けたことがない。名を呼ばれるがひらひらと手を振りながら教室を出て行く。幽霊のように廊下を彷徨(さまよ)い、図書室に向かう。長い前髪を揺らしながら図書室の窓を開け、静寂な時間の中星座の本や天体の本を引っ張り出し、机に座る。飽きもせずに何度もみた本ばかり。

この図書室の奥の席、夏生のお気に入りの場所だ。日当たりもよく風も吹き通る。そしていつの間にか寝てしまう。

(昴と会ったのも図書室だったな)

頭がよく整った顔立ちの昴は人あたりもよく、いつも人に囲まれていた。そして女子からは当たり前のようにモテる。まるで青春ドラマに出てくる主人公のようだった。

昴の名前は当たり前のように噂で聞き知っていた。一度廊下ですれ違った。ふと、振り返るような仕草をする昴には気にもとめず、夏生は窓の向こうを見ながら歩き去って行った。すれ違いざまに見た昴の顔。

「イケメンだ」と素直にそう想った。

まあ、俺には関係ない、住む世界が違う、と夏生の中から昴は薄れていった。

（まさか告られるとは）

「俺のどこが好きなの？」と聞いた時がある。即答だった。

「全部」

特に夏生の顔が昴のドストライクゾーンにはまった。昔のことを思い出しながら夏生は静かに部屋を出る。タバコを拾い上げ縁側の窓を開ける。火をつけると夜風に煙がかき消された。

（星座は……）

鈍く光る星。夏生は指先で星座をなぞる。

「なあ親父。……あんたは幸せだったか……？」

（俺はこれからどう生きればいい？）

（俺を残してあんたはどこに行く？）

見上げる夜空。星は瞬かない。視界が滲む。震える手でタバコを吸った。

「ああ、馬鹿だな……」

眠る父親の最期の顔が余りにも優しすぎた。こうやって幸せだけを残して思い出になっていくんだろう。夏生はそう思った。

堪えきれず涙が溢れる。いつの間にこんなになってしまったんだろう。どこで間違えたんだろう。どうして終わりはこんなにあっけない。頬を流れる涙。父親の面影がどこにもない。部屋を見渡しても見つけられない。

「どこにいる？」

かすれた声で呟いた瞬間、名前を呼ばれた。

「ん、起きたのか……？」

ふう、と煙を吐いた。背後に感じる昴の姿。

「何してる。お前タバコ」

「うん」

「未成年だろ。消せ」

「いや、部屋に戻れ」

涙声の夏生。

「夏生」

「いいから部屋戻れって！」

声が大きく響いた。昴は夏生の手からタバコを取りあげ、目についた灰皿でねじ消す。

「夏生、こっち向け」

夜風に揺れる金髪。無理矢理腕を引っ張り夏生の顔を正面から見詰めた。

「は、はは」

ポロリと涙が溢れる。俯く夏生。そして笑う。

「……、俺、独りになっちゃった」

涙が止めどもなく流れる。それでも必死に笑顔をつくる。歪んだ笑顔を昴は見詰める。

昴は夏生を抱き締めた。

「おれ、は」

昴に縋るようにずるずると床に座り込む。

「な、なあ俺はこれから……どうすればいい、どうやっていけばいい？　全部、全部なくなった……、おやじ、卑怯だろっ！　もう……もう、何も言えない、よ」

座り込む夏生を昴はこれ以上ないくらい引き寄せ胸に抱き締める。夏生の心が痛く、昴の胸に突き刺さった。

精一杯、伝えた。

「俺がいる。夏生？　泣くな。俺の胸に耳を当ててみろ」

頬を濡らし夏生は耳を当てる。とくんとくん、と心音が伝わる。どうしてなのか分からず、余計に涙が溢れた。

「お前が、俺が生きてる証拠。……明日、あの丘に行こう。……祈ろう、さよならを言おう。だから、泣くな」

昴の心音は安らぎに満ちていた。

「……さよならか……。うん」

昴は夏生の顔に手を当て、夏生の涙に濡れた顔を見詰め滲んだ目元にキスをした。

二日目。星の見える丘に二人で立っていた。

「久しぶりだな」

「……そうだな」

夏生は呟くように言って夜空を見上げる。

「やっぱりここだな。……なあ、夏生？　覚えてるか？」

「……最初のデート」

昴は苦笑いする。

「俺なんて緊張してさ、お前の顔も見られなくて。夏生は俺のこと馬鹿なんじゃないかって涼しい顔してさ。それでも嬉しくてさ、お前のこと手放したくないって、不器用でも必死でさ。やっとここまでこれて、お前の手をとってさ抱き締めてキスして、好きだって、大好きだって、愛してるって」

昴の声が震える。

「っ……伝えてこうやって一緒にいられて、幸せなんだ」

昴は涙が滲んだ顔で必死に伝える。

「お前の泣き顔、見たくない。もう、見たくない。……お前の笑った顔が好きだ」

昴は涙を拭い夏生を引き寄せる。だが夏生は呟いて首を振った。

「お前が泣くことじゃない。それでも泣くんだな、お前は。このお人好しが」

「……だって、余りにも悲しすぎる」

木々が揺れる小高い丘。夜空を隠すモノは何もなく、見上げれば肉眼でも見られる満天の星が広がっていた。

「伝えよう、さよならを言おう」

夏生は吹く風に身を任せ大声で叫んだ。


「おやじーっ！……っつ、クソ親父！　そっちは、そっちはどうだ……俺は、俺は忘れないから。……愛してくれてたあんたをっ！　お、お、俺はあんたをあんたのことを死ぬまで引きずって……生きていく。じゃあな……クソ親父」

夏生の思いが届いたように風が吹き抜ける。涙が頬を伝う。それでも涙を拭い夏生は呟いた。

「どうか……安らかに」

追い風が二人を包む。昴は夏生の肩に手を当て呟いた。

「……伝わったよ」

「はは、叫んだらスッキリした」

言いながら泣き笑いをした夏生。金髪が風に揺れ昴を見詰めた。

「昴、ありがとう」

「じゃあ、伝える。ここで約束する。俺はお前を手放さない。お前の愛を永遠に約束する。お前を愛している。今からもこれからもずっと。そして迷った時はここへ戻ってこよう」

清々しく昴は言った。夏生は泣きながら微笑み頷いてみせた。

「その顔、笑顔、守ってみせる」

「はは、恥ずかしい」

昴の性格はいつも言葉を選ばず直球にくる。これが心惹かれた理由でもある。夏生はただ、黙って頷いた。もう言葉は必要ない。

手の平を重ね、芝生に寝っ転がり夜空を見上げる。夏生は夜空に手を伸ばす。今にも届きそうな星々。昴も同じように手を伸ばした。

「人は死んだら星に還るんだ……なんて」

夏生はそう言って伸ばした手で空を掴んだ。

「星に還るか。……いい言葉だな」

暫く並んで星空を見上げる、夏生が指さす星座。指をさして繋げる。昴には分かるはずもない。

「昴、帰ろうか」

「おう」

「ありがとな」

「いいんだよ。でもタバコはダメ」

「隠れて吸うから問題はない」

二人手を繋ぎ歩き出した。

昴との二日間、とても幸せだった。くだらないことしてベッドでじゃれる。何度もキスをし、想いを伝え合う。

(ずっと、一緒がいい)

(このまま時が止まればいい)

そう思いながら時間だけが過ぎていく。夕暮れ、昴はバッグを片手に玄関を出た。

「また明日来るから」

「うん、またな」

玄関先で交わす約束。

「昴。……浮気するなよ」

「お前に代わる誰かがいるわけねーだろ」

「俺って愛されてるな」

「俺の目に狂いはなかった。愛してる、夏生」

「お前、よくそんな恥ずかしい言葉言えるな」

「俺も本命はお前。お前こそ浮気するなよ」

「お前みたいなもの好きはいない」

「……まあ、俺に敵う奴なんていないしな」

「ほうほう。背後から刺されないようにな」

「怖いこと言うなよ」

「ほら、さっさと家に帰れ」

「夏生、キス」

「はいはい」

頬にキスをして夏生は昴の背中を優しく押す。

「……帰りたくない」

「分かるけど。帰れ。ありがとな」

「……おう、またな」

手を振り昴を見送る。

「またな、か」

玄関の鍵をかけ、そのまま自分の部屋へと向かう。また一人きり。ベッドに横になり昴のをことを想う。あと何回、昴と会えるだろう。

(俺の夢。叶いそうもないな)

夏生は天文学者に憧れていた。夢を見た。昴にも言ったこともない将来の夢。

「そもそも無理な話。……でも望むだけならいいだろ」

現実は容赦なく襲いかかる。夏生は目眩を起こしそうな感覚に囚われた。頭が痛い、と部屋を出る。リビングの棚を探し、救急箱を開ける。引き出しをしまう時、ふと目に止まる一冊のアルバム。

夏生は取り出し、アルバムを開いた。夏生が生まれた時から綴られる写真。母と父と幼い夏生の写真。

この頃はこんな未来になることは予想もしていなかった。写る母親は夏生、自分の目と同じ瞳をしていた。隣りに立つ父親。母の手を握り写っている。夏生は母と父が並んで写っている一枚の写真を剥ぎ取った。二人とも幸せそうに写っている。夏生は写真を胸に当てる。

「父さん、母さん」

もう一枚剥がす。小さな夏生を抱く両親の写真。夏生は嗚咽を噛み締める。なんど泣けばいいのだろう。あとどれだけ涙を流せばいいのだろうか。

(どこで間違えてしまったのだろう)

(どこでつまずいたのだろう)

「もう……充分だろ」

写真を胸に泣くのを堪える。それでも正直な心は涙を流す。

「幸せだった、のか。愛してくれていたのか」

もう戻らない過去。忘れていたはずの母親の微笑む顔、微笑む父親。

「もう、戻らない。俺の愛した人たち。昴、お前も……」

いつかは訪れるだろう別れの時。そのカウントダウンは直ぐ傍まで、夏生の影に潜んでいる。頭痛薬を手にしキッチンに向かい薬を水で飲み込む。写真を手に部屋に戻った。そして見飽きたはずの星座の本に挟んだ。

昴が学校帰りに会いに来る。夏生の家のチャイムを鳴らし出てくる夏生を抱き締める。季節は夏の訪れを運ぶ梅雨の湿った風が吹いていた。相変わらずの昴。夏生は昴の愛情を身体で受け止める。

昴と会う度胸が苦しくなる。

昨日、児童相談所の職員が家に来た。学校と祖父母からの連絡を受けた、と職員は言っていた。

「児童福祉法は十八歳未満の年齢に該当し、まだ十五歳の夏生に適用される」と。

両親の離婚。父の死。身寄りのない夏生は祖母を頼らず、黙ったまま話を受けた。

「一週間、時間を下さい」と伝え夏生は昴を想った。

もう直ぐ会えなくなる。笑ってさようならをしようか。どんな顔をすればいいのか分からない。それよりも昴は来るのだろうか。

不意に電話が鳴る。夏生は受話器を取った。

「心の準備は出来ましたか？　明日の十二時に迎えに来ます」

黙ったまま電話を切る。

外は雨が降っている。梅雨が始まった。バタバタと地面を叩くように降る雨。揺れる金髪。夏生は「これでいい」と独り頷いた。

部屋に戻り少ない荷物をまとめる。読み廃れた星座の本数冊。剥ぎ取った写真と洋服。ボストンバッグに入れチャックをしめた。

時計を見る。いつもの時間。チャイムの音と共に名前を呼ぶ声が聞こえた。玄関へと走るが素直に顔を見せることが出来ない。笑っても通用しないだろう。肝心な所で弱くなる。きっと昴の顔を見ると平常心でいられない。勇気がでない。

このまま居留守を使おう。

「なつきー」

雨音と共に昴が夏生を呼ぶ。

「会いたい、会いたいよ……昴」

雨が本格的に降り始めてきた。昴は諦めたのか最後にチャイムを鳴らして去って行った。

夏生はガチャガチャと玄関の鍵を開け、降りしきる雨の中、昴の名前を叫ぶ。傘を差して昴は振り返った。

「夏生！」

傘が揺れた。ぬれそぼる夏生。金髪の毛先がしずくをつくる。裸足で強く降る雨の中、躓きアスファルトに膝をついた。ただ、昴の名前を呼ぶ。

昴は傘を放り投げ、うずくまる夏生の元へと駆け寄った。

「すばる、すばる」

「夏生？　傘は！　裸足！　どうしたっ？　夏生？　何があった。……泣いてんのか？」

夏生は金髪の濡れた長い前髪越しに昴を見詰め、叫ぶように泣き声を上げた。

「……っ！」

泣きながら昴にしがみつく。

「も、う。もう会えない……お前の傍にいられないっ！　あ、あしたっ……」

「ちょっと待て。会えないってどこか行くのか？　なんだ、何を言ってんだ？　明日？どうした」

「昴にもう……会えなくなる。この場所にいられない」

「どういうことだ」

「別々になる、すばる……嫌だよ」

容赦なく雨が叩く。アスファルトの濡れたニオイが立ち込める。昴は察した。

「児相か」

夏生は何度も頷く。昴は裸足の夏生を抱き上げ、夏生の家へと向かう。夏生と昴は雨にうたれてびしょびしょだった。

夏生を玄関に座らせ、改めて聞いた。

「夏生、児相か？」

夏生の濡れた前髪を掻き上げる。薄いブラウンの猫目が心細く不安定に揺れていた。

「そういうことか……。なんで俺に言わなかった？……言えないよな。風呂入ろう。風邪引く」

夏生の濡れた服を脱がし、昴も洋服を脱いだ。シャワーを出し、少し熱いくらいのお湯を二人で浴びる。夏生の身体を抱き締め、白い首筋にキスをした。

「会えないなんてことはない。どんなに遠くなっても。お前への気持ちも変わらない。児相か。……仕方ない、のか」

夏生は俯いたまま顔を合わせようとしない。昴はそんな夏生をただ、シャワーの中胸に抱く。

「辛いよな。……ごめんな」

夏生は首を振った。

「お前のせいじゃない……。何となく、こうなることは分かってた。一週間前、約束は……明日」

「夏生？　俺を愛してるか……？」

夏生は頷く。

「迎えに行くから。まだ、ガキだけどさ。お前を迎えに行く。高校卒業したら、絶対。明日、何時に来るんだ？　場所はどこだ？」

「ちゃんと見てない。見られなくて」

「上がったらその紙見せて」

「昴」

「ん？」

「……大好きだよ」

「俺も大好き。上がろうか」

シャワーを終え、夏生の用意した服に着替える。少し小さいがこれも愛しさだ。

夏生は書類を昴に見せた。

「遠いな。……十二時か。見送りに行くから」

「明日も学校だろ」

「何もしないでお前を、恋人のお前を一人で黙って行かせると思うか？」

「……待ってる」


今日も雨はやまない。夏生はボストンバッグを傍らに玄関に座っていた。昨日は寝られなかった。眠れるはずがなかった。何度も寝返りをうち、締め付けられる胸の痛さに耐えていた。ぼんやりと座っている。昴が見送りに来ると言っていた。時間は十一時を回っている。

「すばる」

玄関のチャイムが鳴る。その音に反応して夏生は玄関を開けた。

「……」

「君が日向夏生君だね？」

黙って夏生は頷く。

「荷物はあるかい？」

「……あと少しだけ、待って下さい」

「うん？　誰か来るのかい？」

「はい」

時間は十二時を指す。

「じゃあ」

「なつきっ！」

傘も差さず雨の中走り込む昴。

「すばるっ！」

夏生は立ち上がり、昴の元へと駆け寄り昴の胸の中に飛び込んだ。

「昴、すばるっ」

「は、よかった。間に合った」

「昴」

「これ」

昴が見せたのはシルバーの十字架のペアネックレス。夏生の首に通す。そして、昴は自分の胸元を見せる。

「俺とお揃いのネックレス。ペア、約束な。俺がお前を必ず迎えに行く。絶対行くからっ！」

首に回されたネックレスを握りながら夏生は何度も頷いた。温かい涙が頬を伝う。

「昴、キス」

雨の中重なり合う唇。溢れる愛しさと恋しさと切なさ。夏生は唇をはなした。

「お前なんかきらいだ」

トンと昴の胸を叩いた。

「なつき」

「行ってこい。振り返るな、振り向くな」

「夏生」

「はやく」

肩を震わせ涙を流しながら夏生は微笑んだ。

「早く行け」

昴は夏生を抱き締めると夏生に背中を見せる。

「昴……大好きだ。……ばいばい」

夏生は背中を向ける昴を後ろから抱き締めると身体を離した。夏生は職員の車に乗り込む。動き出した車。後ろを振り返る。昴は背中を見せたまま動かなかった。

職員は言う。

「これも君の為なんだ。辛いがどうか耐えてくれ」

「分かってます」

夏生は呟く。車は市街地から離れ田舎道へと向かい走る。ガタガタと車が揺れる。車で五時間。やがて見え始めた建物。

正門には「さくら学園」と刻まれていた。だが、名前とは裏腹に廃(すた)れた建物だった。

「ここで君は暮らすんだ。来年、君は高校生だろう。直ぐに馴染む。ああ、だけど髪は黒に染めないといけないね」

職員の言葉は上の空。夏生はボストンバッグを片手に傘を持ち、前を行く職員の後を俯きながらついていった。

夏生の家の前、一人雨にうたれる。もっとも愛おしい人を手放した。昴は膝をつく。頬を濡らすのは雨か涙か。

唇に触れる。最後のキスが切なすぎた。胸が苦しい。心が痛い。容赦なく降り続く雨。

「なつき……な、つき」

昴は夏生の名を叫んだ。その声は雨音にかき消される。胸元に揺れる十字架のペアネックレス。昴は両膝をつき泣き続ける。涙が止まらない。視界が滲む。

「昴」

そっと差し出された傘。

「……かあさん」

「ほら、立って。風邪引いちゃうわ」

差し出す母親の手を取り立ち上がる。

「昴」

母親は昴を抱き締めた。

「辛いわね、悲しいわね」呟き、ポロリと涙を零した。

「母さん、濡れちゃう」

「いいのよ。心が痛いわ、さよならなんて、なんて悲しいの」

「かえろう」

傘を開き、親子二人歩き出す。

「まだ、降り続くのね」

「じゃあ行ってくる」

「はい、お弁当」

「ありがとう」

夏生がいなくなって三日が経つ。昴は努めて普通にしていた。学校に向かう。教室の机に座る。心ここにあらずで授業が始まる。昴は変わらず、容姿端麗優等生で過ごしていた。愛想笑いがどこかぎこちなくなっていた。

放課後、図書室に向かう。夏生が座っていた場所。もうここにはいない。昴は席に座った。ふと、机に目を落とす。

ガリガリと刻まれた「昴」の文字。

「夏生……」

ポタリと涙が零れた。日にちが経つにつれ昴は変わってしまったと囁かれるようになっていた。

「愛想笑いも、もう限界。お前がいなきゃ意味がない」

表情も顔が整っている分、近寄りがたい雰囲気を更に醸し出す。優等生でただ、いればいい。出されるテストは全て問題ない。涼しい顔で提出する。スポーツも抜かりなくこなす。来年は高校生。私立の高校。受験は問題ない。

昴の日課になっていた図書室に放課後向かう。夏生がいつも飽きることなく読んでいた星座の本を取り出す。夏生が座っていた場所で本を開く。パラパラとページをめくっていく。パサリと本からちぎったような紙が出てきた。夏生の癖のある文字。

『俺の夢』

たった一言だけ綴られていた。

「夏生の夢……」

拾い上げ手にする。

「あいつが叶えたい夢。……星座、天体……いや天文学。……か？」

昴は紙をポケットに入れて図書室を出る。学校帰りに書店に立ち寄る。専門書の並ぶ本棚を探す。

「あった」

天体の本、星座の本、天文学書。全て手に取りレジに並んだ。

（まだ、間に合うかな）

書店を出て帰路に就いた。

梅雨のつかの間の晴天。夏生がここに来て一週間が経っていた。

部屋は相部屋。ベッドが二つ並んでいる。隣人はまだいない。硬いベッド。金髪は変わらず風に揺れ、そして夏生は問題児となっていた。学校には行かず、施設の屋上に上がる。学校に行きたくないわけじゃない。ただ大人が出すそれに従いたくなかった。気に食わず反抗する。道理は単純だ。

梅雨の晴れ間に屋上に上がる。なびく洗濯物。そこに錆びたベンチがある。

愛してる。好き。ずっと傍に。耳元をくすぐる愛の言葉たち。会いたい。抱き締めてほしい。キスをしてほしい。けれど昴はもういない。ただ、想いながら時間だけが過ぎる。

空を見上げる。もう直ぐ夏だ。ゆらゆらと金髪を揺らしタバコを吹かす。

立ち上る紫煙に想いを馳せる。誰も怒ってはくれない。昴がくれたゴムで前髪を結び、また煙を吐く。持ってきた二枚の写真。愛されていた頃。幸せそうに幼い自分を抱く家族三人の写真。

(温かさに満ちていた時)

もう感覚さえも分からなくなってきた。

チャリと首のネックレスが鳴る。唯一、二人だけを繋ぐ愛の証。

車のエンジン音が聞こえた。夏生は屋上から下を見下ろす。一台の車が停まっていた。車から降りてきた少年二人。一人は顔を上げ、眩しげに目を細め、屋上の夏生と目が合った。

夏生は気にもとめずに、タバコを吹かす。施設内に消えていく二人の姿。

この屋上は天体オタクの夏生には穴場だった。洗濯物がしまわれ開放されると夜空の大空が仰ぎ見られる。

田舎だからなのか視界を遮るものはなく、まるでプラネタリウムみたいに星々が煌々と輝いているのが見える。けれどあの小高い丘には勝てない。あそこは昴と二人だけの場所だった。タバコを足で踏み消す。そして下へと階段を下りる。

「あ」

不意に声が聞こえた。夏生は声を上げた方に視線を向ける。

「あー！」

「は？」

「あれ、女の子じゃなかった」

見ると先ほど屋上で目が合った少年の一人だった。夏生は少し見詰め、見据える。

「ね、名前なんていうの？」

「知らねえよ」

夏生は呼び止める声を無視し、部屋へと戻った。そして夏生はそこにある荷物にため息を吐いた。

「もしかして」

夏生の嫌な予感は当たった。ガチャリと開く部屋のドア。夏生は振り返る。

「やったね。俺と相部屋」

「……無理」

「え。早くね？」

「……無理」

「いいじゃん。俺、相模あきら。よろしく。お前は？」

「……日向夏生」

「なつ」

「名前で呼ぶな」

「えー。冷たい。……じゃあ、日向。俺はあきらでいいよ」

相模あきらと名乗った少年は明るく物怖じしない少年だった。夏生とは正反対な性格をしていた。

「ね、も一回、屋上いかね？」

「なんで」

「タバコ。ちょうだい」

「無理。行くなら一人で行け。俺は用事がない。……馴れ馴れしくするな」

「辛辣（しんらつ）。てか、金髪。度胸据わってるな」

「……タバコやるから出て行け」

夏生はタバコの箱を投げてよこす。あきらは手を出すがキャッチ出来ずに転がったタバコの箱を拾い上げる。

「一緒に行こーぜ。日向。せっかく相部屋になったのに」

「俺は一人の時間がほしい。やるからどっか行け」

冷たい夏生の言葉に特に不機嫌になるわけでもなくあきらは苦笑した。

「……猫みてえ」

あきらを見る夏生の薄いブラウンの猫目。夏生は苛立ちを覚える。

「あ、あー。ごめん。タバコさんきゅう。じゃあまたー」

それを察知したあきらはひらひらと手をふり部屋を出て行く。

一人になった部屋。夏生はベッドに座り重いため息を吐く。

そっと枕の下から取り出した二枚の写真を見詰める。時間が経つにつれ昴の姿は薄れることもなく更に際だって鮮明に思い浮かべさせられる。だからこんなにも苦しく胸を締め付けられる。

「すばる……会いたいよ」

言葉にすればなお切ない。もう見ることのない昴の笑顔。もう聞くことは出来ない昴の声。ぐっと泣きそうな気持ちを奥歯を噛み締めて堪えた。

これからも昴を想うだろう。そして胸を締め付けるのだろう。

そう思えばいっそのこと忘れてしまった方が気が楽になる。そして夏生はそれに従った。

「日向君！」

屋上にタバコを吸いに行く時だった。職員に呼び止められる。不機嫌そうに立ち止まる。

「学院長が呼んでるわ！　あなたはねえ、学校にも行かないで髪もそれでタバコまで吸って！　まだ未成年でしょうっ！」

「だからなんですか？　問題でも？」

「いいから来なさいっ！」

施設に来て素行が悪くなる一方の夏生。学校には一度も行っていない。そして黒髪が見え始めたら新たに金髪に戻す。そして極めつけに未成年の喫煙。これ以上黙ってはいられなかった職員。手を引いて学院長のドアを叩いた。

「君が日向夏生君だね」

でっぷりと太った身体。どうやらこの人が学院長らしい。夏生は真っ直ぐに学院長を見詰めた。ポロシャツからあふれる脂肪。夏生はそれを見て笑った。

「何がおかしいんだね？」

「俺はあんたらが嫌いだ。言うことを聞け？　ふざけんな。あんたら大人に俺たちみたいにここに連れて来られた未成年の気持ちが分かるのかよ。一人になった気持ちが分かるとでも言うのか？　慈善事業だ？　は、あんたの醜い体型で正論なんて通じねえんだよ。笑わせんな」

夏生は更にまくし立てる。

「俺ははなっからあんたらの言葉に耳を貸すつもりはない。ほっといてくれてかまわない。むしろ関わらないでほしいくらいだ。金は払ってる。なにも問題はないだろ。不満なんてない。俺は好きにやる」

職員の呼ぶ声に耳はかさず、パタパタとスリッパを鳴らして歩き去る。

「へー。日向最高じゃん？」

「……聞いてたのかよ。いい趣味してるな」

ひょいと姿を見せたあきら。両手を頭の後ろに組み、夏生の後を歩く。

「お前って問題児じゃん。金髪。俺もやろうかなー」

「好きにしろ」

二人の後からパタパタと小さい足音が聞こえる。夏生は振り返った。見たことのない少年。いや、あの日見た、もう一人の少年。

「あ、あ、あきら、くん」

「誰そいつ」

「またお前か、いつもいつもなんなの」

「はあ。……自己紹介しろ、しゅん」

しゅんと呼ばれた少年は小柄でどう見ても小学生にしか見えない。しゅんはたどたどしく、口ごもりながら夏生に顔を見せず自己紹介をした。

「ちゅ、ちゅうがくに、ねんせいのおおのしゅん、で、す」

「ふーん」

「ふーんて。反応して、日向」

「俺には興味ない。好きにしてろ」

「ねえ！　日向、俺泣いちゃうよー！」

「……分かったよ。屋上行くぞ」

「やったー」

夏生の後ろを歩くあきら。あきらの後ろをぴたっとついてくるしゅん。夏生は哀れむように あきらに言った。

「……まるでペットだな。お気の毒」

嘆くあきらを無視して屋上に上がった。

「お前学校だろ。今日平日」

「行くには行くけど、殆ど屋上でサボってる。そしてたまにこうして休んでる」

「お前の目、きれーだな。髪上げればいいのに。てか彼女は？」

「うるさい。自分の目が嫌いなの。俺のコンプレックス。彼女と呼べるか分かんないけどいる。ってか黙んねーとタバコやらねえぞ」

「はいはーい。何も聞いてませーん」

「ひ、ひなた、くん、こ、わい、いね」

「だってよ」

「相模、お前かまってほしいの？」

「そ。だってよ同じ部屋なのに線引きするし、俺の話聞いてくれないし、愛想悪いし。俺は話したり聞いたりしたいわけよ。俺は寂しがり屋だから、いつでもかまってほしいの」

屋上のベンチに座り、夏生はあきらにタバコを一本渡す。

「ありがとー」

「少しは黙れ」

「しゅんは？」

「吸わないでしょー」

「え、え。ぼ、ぼくも、す、すう」

「ふぅん。じゃはい」

「あ、あき、らく、ん。どど、うやる、の？」

「これをこうして、煙を吐く」

「わ、わかった」

あきらに教わるままに火をつけて煙を吸い込む。一瞬、しゅんの息が止まり、大袈裟に咳き込んだ。涙目で二度目もチャレンジするが呼吸もうまく出来ずに咳き込むしゅん。

「ふ」夏生は笑った。つられてあきらも笑う。

「す、すすすえる！」

もう一度夏生とあきらの真似をしてやってみるがしゅんは涙を零しながらタバコを吸い続ける。

「分かったから、分かったから。やめろ」

夏生はしゅんからタバコを取りあげ靴の先で消す。

「は、笑ったわ」

あきらは呟くとしゅんの肩に手を置く。

「しゅんはまだまだ子供だなあ」

吸い込んだ煙をしゅんの顔めがけて吐き出す。

「あんまり虐(いじ)めんなよ、おにーちゃん」

「嘘でも笑えない」

「久々に馬鹿に会えた感じ。大事にしろよ、おにーちゃん」

夏生の言葉にあきらは大きく、そして重くため息を吐き出した。

「なんなんだよこいつー。言っとくけどしゅんと俺は何の繋がりもないの！　友達でもなけりゃお兄ちゃんでもない！　勝手についてくるんだよー」

「そう言えば同じ車乗ってたな」

「そうそれだけ！　なんの関係もないの！」

「似た者同士、なんか繋がったんだろ」

「日向、辛辣！」

「同じ部屋じゃなくてよかったな」

夏生の言葉にあきらはあからさまに大きくため息を吐いた。あきらは夏生を見詰める。ゆらゆらと金髪がなびいた。冗談を言って笑ってはいるがどこか寂しそうな表情。

「なあ、日向の彼女ってどんな子？」

前髪越しの大きな猫目。遠くを見詰めて夏生は呟いた。

「……秘密」

細められた瞳。

『俺が迎えに行くから』

土砂降りの雨の中交わした約束。叶いそうもない。

晴れ渡った青空。いつの間にか梅雨明けしていた。消灯時間は十時。時計の針は十二時を過ぎている。

カチャリとドアを静かに開け、廊下を歩き出す。廊下は静かで闇が広がっていた。闇に慣れた夏生は屋上に上がりベンチに座る。タバコに火をつけ壮大に広がる夜空を見上げた。

「昴」

呟いて唇を指でなぞる。最後に重ねた唇。涙の味がした。金髪が初夏を思わせる緩やかな風になびく。

全てが夏生の手から離れていく。引き上げてくれる手はどこにもない。シャツの中からネックレスが音を立てて揺れた。

「会いたい……」

夜空を見上げる夏生の瞳に涙が滲む。頬を伝い落ちる頃、夏生は嗚咽を漏らしていた。吸いかけたタバコが震える指から落ちる。

「ふっ、う」

愛おしい人。恋しい人。大切な人。

父親の死からいっぺんに変わってしまった。けれど、誰のせいでもない。なるべくしてなった結果だ。昴といつか離れてしまうことは初めから知っていた。それがいつ来るか分からなかっただけで先のことは分かっていた。

夏生は俯いて涙を流す。身体を抱き締め、ポタポタと落ちた涙がアスファルトに滲んでいく。涙を拭い今夜も夜空を見上げる。ここから自分がどうなっていくのか分からない。

見当も付かない。

どこまでもついてくる昴の影。孤独を連れてやってくる。それに抗う。星を数えるように薄いブラウンの猫目が夜空を映し揺れている。同じ空の下。昴は何を見てるのか。

初夏の風が頬をかすめた。

夏生がいなくなって一ヶ月が過ぎようとしていた。学校が終わり当たり前のように夏生の家のチャイムを鳴らす。ほぼ毎日。夏生がいないことは知っている。

それでも夏生が出てきそうでチャイムを今日も押す。昴が帰ろうとした時、玄関が開いた。

「なつき！」

思わず名を呼んだ。玄関から出てきたのは白髪の老夫婦だった。昴は立ち止まる。

「あんた、こっちいらっしゃい」

昴は言われるまま夏生の家に行く。

「よく分からないけど、昴って子知ってるかいねえ？」

「え、と。昴は俺です」

「そうかい。あたしは夏生ちゃんのおばあちゃんだよ」

「はい」

「あんたに手紙があるのよう」

祖母は手紙を昴に渡す。受け取った手紙を早く見たいが、祖母がもらす。

「あの子も帰ってくれればよかったのにねえ。あたしらには迷惑かけられないって頑なでねえ。……うちのバカ息子が亡くなった時も葬式も来なくてずっと独りぼっちでどれだけ心細かったか。……こんなにも悲しいことはないわねえ」

「おい、母ちゃん」

玄関の向こうから声がする。

「はいはい、今行きますよ」

祖母は昴の手を握り、皺の目立つ瞼に涙を滲ませていた。

「今までありがとうねえ」

「かあちゃん、まだかー?」

「ああ、そう言えばカメラがそれと一緒にあったんだわ。ちょっと待っていてくれるかい？　父ちゃん、カメラはどこかねえ？」

「はいよ」

祖母はカメラを受け取ると、昴に渡した。

「あ、あの。この家はどうなるんですか？」

「この家かい？　取り壊す予定だよ。手に余ってねえ。誰もいない家を抱えていてもしょうがないんだよう」

「そうですか……」

（夏生の帰る場所がなくなってしまう）

「仕方がないんだよう。堪えておくれ」

「分かりました。夏生の部屋見てもいいですか？」

「はいよ。じゃあ上がっておいで」

「ありがとうございます」

昴は階段を上がる。夏生の部屋に入った。夏生の匂いがする。面影を探すように周囲を見渡す。何度もじゃれ合ったベッド。

ベッドに座る。そのまま寝そべり瞼を閉じた。夏生の残り香が鼻をかすめた。涙がじわりと滲む。

「もう……いない」

横になって見たラック。星砂が入った砂時計。昴はシーツに顔を埋（うず）め、肩が震える。涙がシーツを濡らした。

「昴くん、もういいかねえ」

「はい。これ、もらってもいいですか？」

昴は砂時計を手に取る。さらさらと砂が流れる。祖母は頷いた。

「じゃあ、失礼しました」

「ありがとうねえ」

「いえ、お邪魔しました」

昴は頭を下げ、階段を下りる。手紙とカメラと砂時計を手に家路についた。

「夏生……お前の帰る場所なくなっちゃったな」


『昴へ。

もっと一緒にいたかった。

誓いは守れない。今も愛している』

たった一言。


泣きながら書いたのか文字が滲んでいた。

「ふ」

昴の肩が震える。手紙を胸に当てる。

「俺な、今天文学の勉強してるよ。今更だけどな。お前と同じ空を見たくて」

手紙を引き出しにしまうとインスタントカメラを手に持つ。

「何が写っているんだろ」

昴はカメラを持ち現像しに家を出る。

そして翌日、写真を受け取った。昴は部屋に戻り、ベッドに座る。

写真は夜空を写してる。星など撮れるわけでもないのに。パラパラと写真をめくる。そして手が止まった。カメラを向き舌を出している夏生が写っていた。また一枚一枚、めくる。昴と夏生が写っていた。どの写真にも夏生が写っている。大きな薄いブラウンの猫目。無邪気に笑う夏生の写真。

ポタポタと涙が溢れてくる。何も出来なかった自分。当たり前だと思っていた毎日。なぜ気付かなかったのか。自責の念に苛まれる。

「会いてぇよ……夏生」

早く大人になりたい。気持ちだけが生き急ぐ。一枚の写真を取る。夜空を見上げ、どこか寂しげに写る夏生の横顔。昴はそれをその写真だけを学生手帳に挟んだ。ギリギリで渡したシルバーの十字架のペアネックレス。昴の胸元で揺れている。雨の中抱き締めた夏生。濡れた金髪の長い前髪から昴を見詰めた瞳。昴は思った。ずっとその目に映っていたいと。

手紙に綴られた言葉。

『もっと一緒にいたかった』

『誓いは守れない』

「絶対どこへ行っても何があっても必ず『誓いは叶える』」

呟いて夏生の部屋から持って来た星砂の砂時計を逆さにした。さらさらと砂は流れキラキラと星砂が輝いた。

「すばるー！」

下から母親の声がする。昴は涙を拭いてそれに応えるように階段を下りた。

「なに？」

昴の母親の表情は歓喜に満ちていた。

昴は怪訝（けげん）そうに母親を見る。すると母親は昴の手を握った。

「喜びなさいっ！」

「う、うん」

「なっちゃん！」

「夏生？」

「連絡ついたのよ！」

「……ほんとに？」

「本当よ、面会も出来るみたいよ！」

「マジで？」

「マジよマジ。ほらこの紙」

差し出された一枚の紙。夏生が向かった施設の名前と住所、電話番号が書かれていた。

昴は眉を下げて肩をおろした。

「でもどうして」

「なっちゃんのおばあさまと話が出来たのよ」

「……」

「なっちゃんには大切な人がいるからせめて電話番号でも教えて下さいって。あんたなっちゃんと別れて人が変わったように強ばっていたでしょ。……母さん、あんたたちのこと知ってるのよ」

「え？」

母親はふふ、と笑う。

「お父さんと一緒。あんたも分かりやすいのよ。でも見る目はあるわねえ」

「え、ええっ。ちょっと、待って。いつから？」

「内緒よ」

「ええええ」

「今度、会いに行ってごらん。なっちゃんも喜ぶわ。ああ、でもそれより電話してあげなさい」

「……母さん、ありがと」

関係を知られてしまった昴は気まずそうに下を向き呟くように言った。

気付けば月日はとうに二ヶ月も経っていた。夏の暑さも和らぐ季節。

もう少し早ければ夏生と離れた時間を取り戻せただろう。でも仕方がない。それは誰のせいでもない。嬉しい反面、受話器を取る手がどこか躊躇ってしまう。

それを察した母親。そっと肩に手を当て、困ったように笑った。

「あんたのタイミングでいいのよ」

「……うん」

昴は頷いた。今すぐ夏生の声が聞きたい。けれどあの手紙が歯止めをかける。そして昴は数日後に電話をかけた。


こんこんとドアが叩かれる。

「ひなた君、あなたに電話よ。事務所までいらっしゃい」

(俺に電話?)

職員の後ろを歩く夏生。ガチャリと開けたドアの隅に電話があった。

「ほら、早くしてちょうだい。長電話はやめなさいね」

受話器を渡され夏生は声を聞く。

「なつき?」

「……昴」

懐かしい声。聞きたかった声。でもそれも分からない程、二人の離れた時間の流れは遅かった。

「お前、元気か?」

「……っ」

「夏生。……手紙読んだよ」

「お前の声なんて聞きたくない。あれからどれくらいの時間が経ったと思う?」

「俺は別れたなんて思ってない! 一方的に終わりにしようなんて誰が出来るかよっ!」

「……もう戻せる時間じゃないんだよ。距離なんかじゃないんだよ。俺はお前のことを忘れようとした、何度も何度も頑張った。頑張ったのに……ネックレス外せないでいる」

受話器から聞こえる愛しい声。それでも夏生は現実を知らせた。

「もう、いいだろ。大人になってそれからどうなるんだよ。お前の未来は明るい。俺には何もない。帰る場所もない。……もう終わりだ。もう……かけてくるな」

真夜中の屋上。輝く星空の下、夏生は昴を想い何度も涙を人知れず流していた。

「俺のこと忘れて……他にいい人でもつくれ」

心にもない言葉。確かに過ぎた時間は戻せない。二ヶ月近く離れて声も聞けないまま、何も出来ず時間だけが流れた。

「ふざけんな! そんなに勝手に終わろうとするな。確かに、確かに距離は離れた、でも俺は今でもお前が好きだ! まだ愛している! 今更遅いなんて理由で別れられると思うか? 俺の気持ちは無視かよっ!」

「も、うもういい。……なんで、なんでお前は俺の中から消えてなくならないっ!」

「夏生、愛しているんだ。……俺はお前の隣りにいたい……」

「もう……遅い。昴、もういいんだ。俺は俺の道を行く。お前はそのまま行けばいい。俺は大丈夫。……じゃあな、もうかけてくるな」

「お前なんか嫌いだ」

そう呟いて受話器を置いた。夏生はまた独りでいることを望んだ。誰も傷付けず何も失わずに歩いて行ける、そう思っていた。

金髪を揺らしながら屋上へと向かう。ベンチに座りタバコに火をつけた。

もっともっと、話していたかった。昂の愛してるという言葉で胸がいっぱいで苦しくなる。

「すばる」

嫌いになれたらどれだけ楽か。どれくらい苦しまずに忘れることが出来たか。一人きり、夜空を見上げて何度も昴を想った。

どこか涼しい風。そろそろ秋の匂いを乗せた風が金髪を揺らす。悲しみが胸に痛すぎる。言葉とは裏腹。昴が差し伸べた手を払った。

「愛してるよ……大好きだよ……昴」

一人一人、歩く道は違う。同じ道へと進まない、進めない。どう頑張っても抗っても夏生の道の先は暗闇でしかない。

そうならないようにと昴の手を払った。それを自らの思いで。

「す、ばる、……ごめん、許してほしい。これ以上はないんだ。どう頑張っても俺たちの答えはこの道でしかないんだ」

涙声で夏生は、青空に向けて言った。細い首にかかったネックレス。昴も付けているんだろうか。

夏生は昴からもらったゴムで髪を結んだ。薄いブラウンの猫目が遠く空を上げる。首筋に流れ伝う涙。


「……相模?」

眠れず屋上にタバコを吸いに来た夏生。消灯時間はもう既に過ぎている。暗がりの中、ベンチに座るあきらがいた。あきらは夏生の声に振り返る。ずずっと、あきらは鼻を鳴らす。

「……泣いてんのか?」

「ひなた、おまえタイミング悪すぎ」

「なんだ。泣きたいなら泣けばいい。俺は隣りに座っているあかの他人だ」

すっとタバコを渡され、あきらは受け取り火をつけた。

「俺は何も見てない、聞いてない」

「……俺、さ、一人だけ助かったんだ。トラックがぶつかってきて、生き残ったの俺だけ……。母ちゃんも父ちゃんも妹も死んじゃった。トラックに乗ってたおっさんは居眠り運転で……どっちも即死だった」

あきらは堪えることなく涙を素直に流す。夏生は耳を傾けながら静かに聞いていた。

「ダチの家に遊びに行ってた。車に乗ってない俺だけが生き残って……家に帰ると警官がいてさ、事情を聞かされた」

あきらの肩が大きく震える。涙も鼻水もあきらの顔を濡らし、嗚咽を漏らす。

「おれも……一緒に逝きたかった。妹が……メイが凄く好きだった。お兄ちゃん、お兄ちゃんって抱っこ何度もした」

「……」

「おれ、なんでこんな所にいるんだろう」

夏生はタバコを吹かしながらあきらの背中を撫でた。沈黙の中、あきらの泣き声だけが聞こえていた。

「ひ、ひなた」

「うん？」

「俺は何をすればいい？　何をすればこの思いは終わる？」

「終わらない。終わるわけない。それが現実だから。向き合わなきゃお前の家族は報われない。そうだろ？……なかったことになんて出来ない。でも、お前でもやれることはある。ほら……空を見てみろ」

言われるままあきらは夜空を見上げる。無数の星々が煌めく。一つ星が流れた。

「お前に出来ること。星に祈る」

「いのる?」

「おれの親父も死んだ。大っ嫌いな父親だった。でもな、眠った顔は穏やかな顔をしてた。昔のような優しい顔してた。……馬鹿みたいだけど死んだ人は星に還りまた巡り合う。俺はそう信じてる。そしていつか、また巡り合う時まで、そこでお前を見守っている。悲しいけどさ」

痛む胸は同じだ。泣くあきらに思いのままを伝えた。

「綺麗な星空だ」

「お前が……星に祈る。……残された者の役目」

瞬く星空を見上げていたあきらの涙はいつの間にか止まっていた。

あきらは涙を袖で拭った。最後にスンと鼻を鳴らし、一人頷いた。

「……タバコちょーだい」

「はい」

「ありがとな。……日向、お前って意外と優しいんだな」

夏生は二本目のタバコに火をつけて、空笑いをした。

「俺は優しくない。ああ、分かった。しゅんがお前について離れないの」

「え、なに」

「お前、妹がいたんだよな? どこか分かるんじゃねえ? お兄ちゃん的な雰囲気が。核心的な?」

「えええ、めっちゃ困るんですけど」

「頑張れお兄ちゃん」

「やめて」

暫くの沈黙。二人で星空を見上げる。

「死んだ人は星に還る、か。お兄ちゃん、頑張るぞ、メイ！……星きれーだな。気付かなかった」

「興味のない物なら目に入らないからな。そろそろ、部屋戻るか」

「おう、なんかすげえ恥ずかしいけど、ありがとな、日向」

夏生は肩越しにあきらを見て微笑んだ。

「俺は何も聞いてない、見てない」

「はは、そうだった」

階段を下りる夏生の背中がなぜか、あきらには切なそうに見えた。

季節は蝉の鳴く季節から木枯らしが吹く秋へと変わった。少し肌寒い季節。

「秋か」

あれから何度か昴の電話があった。でも夏生は頑なに出なかった。それはリアルさを伝えるから、胸が痛まないように遠ざけた。

そしていつしか電話もかけてこなくなった。

屋上のベンチに座りタバコを吹かしながら虚ろな瞳でセピア色の秋空を見上げていた。

愛しくて恋しい昴の声。素直になれない強がり。そして失った。

「終わったんだ」

別れを選んだのは自分だ。だからこの思いは行く当てなどない。ただ、昴の傍にいたかった。そして強制的に離れていった時間と距離。もう、二度とあの頃には戻れない。

「待っていなくていい」

自分から遠ざけた昴のこと。こんな不自由な場所であの頃みたいな関係は続けられない。それを分かり、昴に当てた手紙。

そして、昴にも話したことがない夢。

『天文学者』到底叶わない夢。辿り着くことさえ出来ない。

「夢見るだけならいいよな」

瞼を閉じる。秋の匂い。風に揺れる金髪。

「昴……愛してるよ」

この同じ空の下、離れていても届くだろうか。

胸元で揺れるペアネックレス。今でも外せずにいるのは、これがたった一つの夏生の砦であるから。昴のことを相変わらずに想う。恋う。願う。心は今でも変わらない。日が暮れるにつれ肌寒さが身体を撫でる。

夏生は階段を下り、部屋に戻った。

今日も眠れない夜が来る。

「星座……難しいな」

昴の勉強机には色々な星座の本がある。理解出来ないことは初めてだ。本の山に顔を埋める。勉強は出来るのにうまくいかない。

「流星群か……、見てみたいな」

パラパラとページをめくっていく。しおりのように夏生が書いたメモを挟んでいた。

『俺の夢』そう書かれた夏生の夢。

高校は偏差値の高い高校に進学するつもりだ。

受験には何も問題はない。むしろ今まで耐えてきた仮面を剥がせる。これで人らしく、ありのままで入学出来るようになる。

「夏生。俺の想いは変わらない」

声が聞きたい。今でも愛してると伝えたい。大好きだと叫びたい。ずっといると誓った大事な人。夏生は今頃どうしてるのか。電話も出ずにたった独り何を思っているのだろう。

「俺の気持ちまだ、届いているか？」

あの日初めて電話をした日。夏生は呟いた最後の言葉。

『愛している』の声。

ちゃんと聞こえた。今はそれだけが頼りだ。

新しい写真立てを買った。夏生が笑ってる写真。その隣りに置いた星砂の砂時計。昴は上下に置き換える。さらさらと落ちていく星の砂時計。そして後悔する。

「時間が戻れば……」

夏生の住んでいた家は取り壊されていた。空き地になった土地。昴は現実に打ちのめされた。

「あいつが帰ってくる場所がなくなった」

どうして夏生ばかりがこんな思いをしなければならないのか。キツく胸を締め付け、涙を零しながらあの日は帰った。

「迎えに行くから……。天体観測、もう一度やろう。あの日の時のように」

肌寒い秋の風。九月。夏生の誕生日。

会いに行ったら夏生は怒るだろう。

「でも」

一つの望みを持つ。昴はカーディガンに腕を通し階段を下りる。

「母さん、あの紙見せて」

「これかしら」

「うん」

「どうするの?……なっちゃん電話にも出ないんでしょう?」

「だから会いに行く。それに今月夏生の誕生日なんだ。あいつは怒るかも知れないけどプレゼント持って会いに行く」

「分かったわ、お金は大丈夫なの？」

「貯金してたから大丈夫、……出かけてくる」

「気を付けていくのよ」

「うん」

昴は駅前にある大きなショッピングモールへと向かった。

新しく染めた金髪。あきらとしゅんは学校だ。そして今月で夏生は十六になる。来年は高校生だ。と言っても、行くつもりはない。今更なにを学べばいいのか。人生の選択肢を選べるなら喜んで行こう。中学もそうだった。学校では何も教えてはくれない。答えもない。

生きていく中で色々落とし物をしていく。悲しみがあって、それに反する喜びもある。得ることもあれば失ってしまうこともある。

夏生の得たものは悲しみと恋しさ。それでも想う。この空の下、どこかにいるはずの愛おしい人に伝えたい。

「いつまでも愛してる」と「どうか道に迷わないで」と。

二人の未来は別々の方向を向いている。別れを告げた。別れたと思い込んでいた。自ら昴の手を離してしまった。

でも、それでもいい。新しい恋人でもつくって変わりなく笑っているなら。

それでも夏生の首にはネックレスが揺れている。矛盾してると分かってる。

日曜日。あきらとくだらない話をしていた時、ドアが叩かれる。ガチャリと開ければ職員が立っていた。

「日向君。面会よ」

「面会？」

「ほら急いで」

カーディガンに腕を通し職員の後をついていく。

「ここ、面会室よ」

ドアを開けると夏生は立ち止まった。そして踵（きびす）を返そうとする夏生の腕を取った人物、昴がいた。

「なんで」

「会いに来た」

「……帰れ」

「嫌だ。座れよ夏生」

「……」

「久しぶり……じゃないか。はは、ごめん」

「お前の顔なんて見たくない。帰れ」

夏生が面会室のドアに手をかけた瞬間、ぐいっと引き寄せられる。昴は胸に夏生を抱き締めた。振りほどこうとして身体を押すが、更に抱き締められる。昴は夏生を抱き締めて離さない。

　愛おしい顔。ふと振り返った夏生。

　愛おしい顔。ずっと見たかった顔。夏生は堪えきれず涙を流した。ポロポロと溢れ出る涙。涙と共に溢れる感情。

　愛している。大好き。ずっと会いたかった。抱き締めてほしかった。

「ぜ、ぜんぶだいなしっ。俺たちは別れたんだ。今更なんだよ、お、俺はっ、お前を忘れようと頑張ったたっ、なのに！　なんで、なんでここにいるっ？」

「……夏生、ほら」

　ふわりと首に巻かれた深い色の赤いマフラー。

「お前の誕生日。似合ってる」

「す、すばる」

「おう」

「お前、馬鹿」

「おう」

「だ、だいすきだよ、お前なんか嫌いだ。お前が俺の全てを持って行く。お前を忘れた日なんてない、想い出せないくらい」

「夏生。俺もお前のこと忘れたことなんてない。俺の時間はあの雨の日で止まったたままだよ。別れたなんて……俺は思ってない。いつも夜空見てお前のこと思い出してた」

その胸に抱かれる今、これ以上ないほど、夏生の心は満ちていた。昴の腕に抱かれ胸を寄せる。夏生は泣きながら伝えた。

「すき、あいしてる」

「俺も」

「あいたかった」

「会いに来ただろ？」

「抱き締めてほしかった」

「抱き締めてる」

「キス」

「いいのか？」

「……うん」

夏生を抱いてキスをする。重なり合う唇。あの雨の日にキスしたことを思い出す。あれが最後のキスだと思った。また、恋に落ちる。夏生の頬を濡らす涙を昴は両手で拭う。

「いつか、迎えに行くから」

「守れない約束なんて出来ない。お前はもう前を向いて歩けばいい。俺とお前は今日で最後だ。だから、だからさ、これで終わり」

夏生は微笑みながら涙を流す。とても辛くて悲しい別れ。昴は首を振り、夏生の肩に手を置いた。

「そんなことさせない！　俺の気持ち分かるだろっ？　なのになんでだっ！」

「俺とお前は住む世界が余りにもかけ離れている。だから、俺はお前を待たない。これからは、お前らしくお前のままで過ごしていけばいい。そこに俺はいらない」

微笑みながらただ、涙を零す。その顔が無理をして笑っていることに昴は気付かない。

「いやだっ！」

こんこん。ドアが叩かれる。

「昴、最後にキスをして」

言われるままキスをする。身長に差が出てきた。昴は夏生の頭を抱えキスを何度も交わした。

「じゃあ、な。マフラーありがと。大事にする。お前がここを出た瞬間、俺たちは最後だ。……ほら、早く行け」

「……嫌だ。認めない」

「我が儘言うな」


「せんせー終わりました」

夏生は昴の背を押した。動かない昴。夏生はつま先立ちで昴の頬にキスをする。

「すばる、ばいばい」

「何でだっ？」

「もう充分だよ。お前の行く道を邪魔したくない。それに……もう遅い」

「っ！」

「いいんだよ」

「嫌だ。……絶対迎えに来る」

拳を握る昴とは裏腹に夏生は昴を解放する。そして職員の声に動かざるを得なかった。

夏生は涙を溜めて、昴が去るのを見送った。

「さようなら」

赤いマフラーに顔を埋め、涙を流した。

「さようなら、昴。大好きだよ。大嫌いだよ。でも愛してるよ」

「やほー。さっきのイケメン誰って、おい。泣いてんのか？」

「泣いてない」

「なんかあったのか？」

「何もない」

夏生は深い色の赤いマフラーを巻いて屋上に行く。その後ろからあきらもついてくる。

ベンチに座り、タバコを取り出し隣りに座ったあきらに一本渡した。

すっかり肌寒くなったこの頃。秋は冬の訪れを告げるように少し冷たい風が吹いた。夏生はマフラーに首を埋める。

（温かい……）

抱き締められた昴の体温と感触が身体に残っている。早く忘れなければまた後悔する。

「……もしかして日向の彼氏？」

「別れた」

「え、なんで」

「お前には関係ない」

夏生はタバコを咥え火をつける。ふわっと紫煙が立ち上り、秋の風がかき消していく。

「いいな、そのマフラー。似合う」

「ん」

「別れたって、付き合ってたってこと？」

夏生は煙を吐きながらただ、頷いた。金髪が揺れる。夏生は赤い目を隠して、ずっと俯いていた。

「泣けばいいじゃん。強がんなよ。……あの時俺も、お前に助けられたしな」

「もう泣かない」

「はあ、日向ってほんと、自分のことは何も言わないよな。……正直になれよ」

「それが俺なんだよ。お前には関係ない。いずれ忘れる」

「本当に、ほらよ」

ぽんと肩を叩かれ、あきらは夏生の頭を自分の両手に抱える。

「う、……ふっ」

夏生の肩が震えた。涙が堰を切ったように流れ出す。嗚咽がこみ上げた。タバコを挟んでいた手から吸いかけのタバコが落ちる。

「なんで、俺は……俺はどうすればよかった？……全部あいつの為なんだ、こんな、こんなにさ、距離が離れてこれ以上は何も何も無いんだよ。なあ、相模、俺間違っているか？」

「答えはあるのか？……泣けよ、泣いていいから、俺がここにいるから、分かるから独りで抱え込むな」

「うっ、ふぅ……」

あきらの言葉に尚更、涙が零れる。

「そ、う。……あいつの為」

泣きながら夏生は何度も頷いた。これが正解だと思った。昴を解き放つよう背中を見届けた夏生。それなら何だってしよう。全てが愛しい昴の為。いつまでもずるずると引きずってはいけない。夏生が出した答えだった。

「愛されてんだな。そいつは」

「もう……いい。相模さんきゅ」

わしゃわしゃと夏生の頭をあきらは撫でまくる。肩先より伸びた金髪は一瞬でボサボサになった。

「……もう大丈夫。泣いてスッキリした。お兄ちゃんは凄いな」

ははは、と夏生は泣き笑いした。

「じゃあ、俺と付き合お」

「ふざけんな。お前みたいなちゃらんぽらんは願い下げだ。それに俺は同性愛者じゃねえ。お断りだ」

「えええ。俺、浮気とかしねえよ？　ほら俺って優しいだろ」

冗談とも本気ともとれるあきらの言葉に夏生は笑って首を振った。

「俺は誰も愛さない。誰も愛せない。なんだか、疲れたな。はいタバコ。俺は部屋に戻って少し寝る」

タバコを受け取ったあきらは独りになりたいと、そう感じ頷いた。

カタカタンと階段を下り部屋へと戻る。マフラーをほどき枕元に置いた。

「そうだ……これでいい」

呟いて横になり瞼を閉じた。ずっと一緒だよと言ってくれた夏の日を思い出す。雨の中キスを交わした感覚もまだ、残っている。全てはあの日に置いてきた。過ぎゆく季節と時間の流れ。

同じ空の下、別々の道を歩いている二人。夏生の選ぶ道はきっとうまくは歩けない。うまく進めない。昴と一緒にはいられない。それを知っているから余計に胸が苦しくなる。

「もういいよな、昴。さようなら」

夏生は眠りに就いた。

季節は移ろいゆく。冬の訪れ。吐く息が白く染まる。昴と別れて丁度半年くらいだ。胸で揺れるペアネックレスも赤いマフラーもずっと夏生は離さないでいる。枕の下の写真と星座の本。今の夏生にはそれで充分すぎる。

あの日から夏生への連絡はなくなった。面会もなくなった。昴が何をしているのか分からない。

「ああ……高校受験か」

あと数ヶ月後には夏生も昴も高校生だ。もちろん、夏生には関係ない。高校に行く気もない。消灯時間。あきらはぐっすりと寝ている。起こさないように首にマフラーを巻いて屋上へと上がる。

ベンチに座りタバコに火を付ける。

『迎えに来る』と言った昴。泣きながら手を振った。少し期待した。待ってれば迎えは来るのか。迎えに来てくれるのか。このまま自分がどうなるのか見当もつかない。小さな期待と大きな渦に夏生は呑み込まれそうになり身動きが出来ないでいた。

マフラーに顔を埋める。

「待ってればいいのか？」

「いつまで待てばいい」

一方的に別れを告げた夏生。それでも期待してしまう。思考回路は右へ左へ。

人恋しい冬。あの頃はいつも昴がいた。隣で笑っていた。繋いだ手はいつしか遠くなり、手を離した。そして今は独りきり。

愛しい顔、声、温もり。抱き締めてくれた両手。会えない分だけ愛しさ、恋しさが胸を強く締め付ける。冷たい手の平。温もりを欲しがる。

夏生の一生。こんなに好きになる相手はいなかった。強く想える人はいなかった。あれから随分と月日が流れた。夏生は昴に別れを告げた。叶わないと知っていたから。

時間が経てば解決してくれるだろうと足掻いたが時間が日にちが経てば経つほどに、ずず、と渦の中に脚を取られる。一生懸命に手を伸ばしても引き上げてくれる者はいない。

寒さに夏生は凍えた。こんな日が来ると分かっていたはずなのに、今でも想い人は変わらない。

父が死に、帰る家を失った。憎む相手すらない。見上げた夜空、星屑にもなれないこんなちっぽけな存在。どうやって輝けばいいのか分からず、星を数えるように、滲む涙を堪えるように星空を見詰める。

（……もう、終わりだ）

『迎えに来る』

迎えは、きっと来ないだろうと分かっている。

（お前が幸せなら、それでいい……もう）

「これ以上泣くこともなくなる」

涙が溢れ何も見られない、頬に伝う涙が星空に輝いた。こみ上げてくるのは昴との時間と思い出たち。大粒の涙と共に流れていく。

「ありがとう。ごめんな。愛してるよ、大好きだよ……昴」

冬空の下、泣き声だけが響いた。


昴は今、勉強している。天文学。高校は将来教師になるのに相応しい進路が決定している。

そう、昴の将来は教師になることだ。今のところ、何も問題はない。ただあるのは夏生のこと。無責任なことを言ってしまったと後悔している。

『迎えに行く』

嘘はない。絶対迎えに行くと決めている。だが、空いた時間の長さが生み出したものは別れという名の夏生が下した選択だった。

でも昴はそれを受け入れたわけじゃない。

「夏生もう少し待ってくれ」

いつか見せたい完璧な自分を。はやる気持ちと時間。そ知らぬ顔で時間だけが刻々と過ぎていく。

「時間が欲しい」

昴は、はあ、とペンを転がす。時間がたりない。距離が離れれば離れるほど関係が曖昧になっていく。会いに行きたい。夏生の顔が見たい。声が聞きたい。その温もりを感じたい。けれど、今更どんな顔をして会いに行けばいいのか分からないでいる。

夏生に会いに行けば怒るだろう。きっと泣かせてしまうかも知れない。嫌いになったわけじゃない。別れたのだと思いもしない。夏生に会えば止めどもなく想いが溢れてきそうで、夏生を困らせるだけ。一方的な想いと気持ち。多分夏生は別れていると思い切っているはずだ。別れを口にしたのは夏生の方。

昴は何も出来ず、何も言えずあの日に心は置き去りにしてきた。それを収拾する術もなく。

『迎えに行く』

叶うなら今すぐ迎えに行きたい。傍にいてほしい。それでも同時に夏生を傷付けてしまうもしれない。守れない約束なんてただ夏生を期待させ傷付けるだけ。

「誰にも渡さない。離さない」

昴は勉強机から離れダウンジャケットに着替え階段を下りる。

「昴、どこ行くの。もう遅いわよ」

「ちょっと出かけてくる。そんなに遅くはならないから」

「そう？　分かったわ」

玄関を明ければ冷たい風が頬を撫でる。暫く歩き、自動販売機で熱いコーヒーを買った。少し熱い缶コーヒーで暖を取り夏生に誓ったあの丘へ行く。隣には誰もいない。手を引く人がいない。愛しい横顔がない。照れながらキスをする愛おしい人がいない。想いはこんなにも強い。この恋を守りたい、抱き締めて離さないように。

「どこへも行くなよ夏生」

仰向けに寝転がった。星を数えるように瞳は揺れていた。片手間で、それでも一生懸命に勉強した星座。少しだけ見方が変わった。夏生も同じ空を見上げているだろうか。離れていても同じ空の下、同じように見上げているのだろうか。

この場所で誓った約束。昴は夏生を真似て夜空に手を伸ばした。かすめていくのは冷たい風。こんなにも頼りない。グッと手の平を握った。将来を掴むように。

学校に塾に天文学の勉強。いつか胸を張って夏生の隣りに立てるように。そして失った時間を埋めるように力いっぱいに抱き締め、もう悲しい思いをさせないようにキスを繰り返し。愛してる。大好き。夏生が照れるくらい伝えたい。

学校では変わってしまった昴。進路を決めた私立の高校では今のクラスメイトとは出会わないだろう。

昴に親しく付き合っていた友も、ただの他人。好きですと告白してくる女子にも興味を惹かれない。

そう、どれも意味がない。この丘で誓ったこと。必ず幸せにしてみせる。

昴は夜空を見上げ、一人頷いた。

夏生と昴のすれ違い。二人はこれから出会うことが出来るのか。別々に見上げている同じ空。終わりを告げ、昴の手を離した夏生。遠くを見詰める薄いブラウンの猫目。それでも細い首にはペアネックレスが揺れている。

そして昴には時間が波のように押し寄せる。

いつの間にか歯車はかみ合わなくなっていく。もう少し、早く大人になりたい。二人の時間が螺旋階段のように続いていく。

その先に何があるのか。愛しい人はいるだろうか。待っていてくれるだろうか。再び会えたらその手を握って左指に指輪を、永遠の愛を誓おう。

「日向、何してんの？」

「紙とボールペン」

「なになに？」

「俺はここから出る」

「え？　誰か迎えに来んの？」

「迎えなんてねえよ。別に来なくてもいいぞ。お前、来年高校だろ」

「え、俺も行きたい」

「お前に不満はないだろう。高校生活楽しめよ」

「俺は高校は行かないよ。働くつもりだし。それに車も必要だろ」

「まあ、そうだけど」

「じゃあ、俺も行く。運転出来るし」

「しゅんはどうするか。お前にべったりだし」

「ええ。置いていっても大丈夫だろ。俺あいつの保護者じゃない」

「かわいそ」

「まあ、取り敢えず鍵が必要だな」

「どうする？」

「非常用ボタン押して職員室に入る」

夏生は紙に書いていく。

「鍵は俺が取りに行く。そうだな、目星を付けなきゃな」

「お前、なにもんだよ」

「俺に任せて。楽勝だよ。簡単、簡単」

「なら任せる。……それより住む場所はどうしよう」

「俺が住んでた団地がある。今は誰もいないけどそこに移動する。な、完璧だろ？　大丈夫だよ。それに一人じゃ寂しいだろ。俺も考えてたんだよ、このまま高校行っても意味がねえなって。……それに墓参りしたい」

「……そうか分かった。墓参り一緒に行こう」

紙に書いた逃亡方法。

「決行は入学シーズンだな」

「決まり。鍵頼んだ」

「おっけー。少しは俺のこと見直してくれた？」

「そうだな。まあうまくいくといいけど。それより荷物まとめないとな」

「簡単な物だけでいいだろ。それより日向、屋上いかね？」

「え？　何で」

「お前の話を聞きたい。けっこー真面目に」

「……何でまた」

「お前が夜、屋上で泣いてるの知ってる」

「……ああ。そんなことか。うん、いいよ」

あきらを連れて屋上に向かう二人。錆びたベンチに座り、タバコをあきらに一本渡し、夏生もタバコを咥え火をつける。少し寒さの和らいだ風が夏生の金髪を揺らし吹き抜けていく。

「で、話してくれるの？　俺的には結構心配してる。お前は何も言わないから」

夏生は穏やかな表情で話し始めた。

「あいつは。……あいつは俺の好きな人だった。両思いの恋。性別は関係なくて、それでも好きな人だった。……そして、「この前……って言っても随分前だけど別れを告げた……」

「うん」

「……それでもな、今も気持ちは変わらないでいる。……辛い。悲しかった、寂しかった。俺を置いてどんどん前にあいつは一人で歩いて行く、俺を残して。きっとあいつは気付いていない、俺なんてほんの些細なことになっていく。そんなふうにいつの間にか時間が流れて、時が経てば顔すら薄らいでいきそうで」

夏生の話し声は涙声に変わっていく。涙を堪えながら夏生は、それでも話し続けた。

「……ほんとはっ、ほんとは今でも会いたい、恋しい。まだ、好きなんだ。気持ちは変わらない。でも、でもっ、俺が最後を選んだ。……あいつの為なら何だってする、あいつの行く道に俺がいなくても大丈夫だって。それなのに……消えてなくならない」

夏生の瞳から涙が零れる。そっとあきらは夏生の頭を抱きかかえ、慰めた。人の暖かさに余計に涙が零れる。震える肩、涙が止めどなく溢れてくる。

「……後悔してる。でもあいつの為なんだ。俺は誰も愛さない、愛せない。……失うのがこんなにも怖い。俺の親父も、もっともっと俺が支えることが出来たなら、あんな悲しい死に方をしなくてすんだんだ。どれも……後悔ばかりだよ」

「大切な物はいずれはなくす。それがどんなに悲惨なものだったとしてもどこかで、終わりはくる。俺だって一緒だ。俺独り。……ただ、生き残った。……お前の気持ち分かるよ、夜にしか泣けないなんて……悲しいな」

「それでも、残された俺たちは生きていくしかないんだ。……な、あきら」

「え？　名前」

「いいだろ、別に。……さんきゅ」

「お、なんか照れるな」

「お兄ちゃんは強いな」

「お兄ちゃんに任せろ。……なんて」

夏生は涙を浮かべ微笑んだ。頷いた瞬間に涙が零れる。どこか切ない泣き笑い。それでも夏生とあきらの距離は縮まった。


桜舞い散る穏やかな春。ひらりひらりと舞う薄紅の花びら。風が吹くとまるで夢を見ているように木々が騒ぎ、桜が青い空を花霞(はながすみ)で染める。施設に誇り高く枝をはる三本の桜の木。夏生は柄にもなく、花びらを掴もうとあっちへこっちへ手を伸ばす。

「日向、楽しそうだな」

ひらりと夏生の手に舞い降りる。

「と、とれた、……キツ」

「それもだけど頭桜まみれだぞ」

「うそ」

「うん。なんかバカっぽい」

「ウザ。じゃあお前取って見ろよ」

「よゆー」

夏生はタバコを吹かしながら舞い降りた桜の花びらを満足そうに見る。さっきまで花びらを追いかけていた夏生。呟いた。

「……うん、馬鹿っぽい」

「とれた」

あきらは、はあはあと肩で息をしながら手の平の桜の花びらを夏生に見せる。

「あきら馬鹿っぽい」

たたたーと姿を見せたしゅん。

「な、なに、やっ、てるの」

「しゅん、桜の花びら取ってみ」

「う、うん」

あきらにタバコを渡し、共にタバコを吹かしながらバタバタと必死に桜の花びらを取ろうとするしゅんを見て頷いた。

「うん。馬鹿っぽい」

二人で呟いた。


「昴、受験頑張ったわね」

「うん、ありがと」

「偏差値の高い高校受験するなんて思わなかったわ。急に進路を変えるから母さんびっくりしちゃったわ」

「頑張った」

「誇らしいわね。今日はお祝いね。……なっちゃんには電話したの？」

「……してない。今更、なんて言えばいいか分からない。電話しても断られるし、面会にも行けてないのに」

「……タイミングね。仕方ないけれど」

「諦めなさい」とは言えなかった。

本当は電話に出てほしかった。電話がダメなら面会にも行けたはずだった。むしろ会いたかった。けれど夏生が最後に言った言葉で足踏みする。

「さようなら」

出来るはずがなかった。けれど、もう遅い。終わりを告げたのは夏生の方。涙を溜めて夏生は昴の頬にキスをした。それが最後だった。

「失敗した」

昴の母親が言うようにタイミングを見失っていた。今更なんてもう遅い。とうに二人は別れた状態にある。けれど昴はそうは思っていない。一方的に告げられた別れなんて簡単に頷くことが出来るわけがない。

「あんたも罪つくりね」

「……手紙書くよ」

高校を卒業し、大学生になった頃に迎えに行こう。そう思っていたが、考えが甘かった。高校を卒業する時は夏生が施設から出て行かなきゃならないことを、昴は知らなかった。

「あんまり無理しちゃダメよ」

「大丈夫だよ。俺、部屋にこもるから」

そう言って二階へと階段を上がっていく。入学式に撮ったスーツ姿の写真。夏生に送ろうか悩んだ。連絡しなくなってからどれくらいが過ぎたのだろう。

「俺のことはもう忘れたのかな」

自然消滅。別れは一方的だが、それを勘ぐった。勉強に夢中で連絡が出来なかったんじゃない、夏生の声を聞くことは出来なくなっていた。それを夏生が拒否した。面会にでも行けば顔は見られたはずだった。だが、面会に行ったのはマフラーを渡したあの日だけ。そして夏生は終わりを望んだ。それも昴の為に。それを知る頃には遅かった。

夏生が選んだ道。それは途方もなく遠い。昴にはそれが出来なかった。胸の中にはいつも夏生がいる。忘れることなんて出来るわけがない。今さら遅いと思いつつも昴は便せんを取った。自分が何も出来ずにいた時間を埋めるように、また言い訳を考えるような手紙を書いた。

「俺のばか」

愛してるの言葉だけで繋がっていられると思っていた。自分の浅はかさが嫌になる。それでも夏生が言い放った言葉が忘れられない。

「さようなら」

涙を耐えた夏生の微笑み。

「忘れられるわけないだろ」

便せんに想いを綴った。


「日向君、あなた宛よ」

夏生は一通の手紙を渡された。送り主は昴から。夏生はあきらのいる部屋に戻るより、屋上へと上がり手紙を開き読んだ。

切実に書かれた手紙を見詰め呟いた。

「もう遅い」

それでも昴の現状を知れてどこか安心している自分がいた。捨てようか迷ったが、やはり必要ないと昴の思いと共にライターで火を着け焼き払った。そのままタバコを咥え火をつける。

「昴、頑張れ」

煙に目を細めて夏生は言った。

暫くボーッとしていた。昴が元気ならそれでいい。そして待つこともない。先が見えるから。もうこれ以上は傷付きたくはない。敢えてその先の曲がりくねった道で会うことも出来ない。

「ひーなた」

「ん。どうした？」

現れたのはあきら。やらしそうにニヤニヤとしている。あきらが指にかける物は車のキー。

「え？　マジで？」

「楽勝」

「はあ。心臓に悪ぃ」

「へっへー。あ、タバコちょうだい」

「ほい、でもどうやって？」

「ほら、入学シーズンだろ。職員の頭ん中も桜満開お花畑だからよ。ちょろいちょろい」

あきらは言うが夏生の鼓動は乱れる。平常心、平常心と動機を戻し、タバコを吸った。

「よし、決行は今夜。消灯時間に出る」

夏生は頷いた。そのまま、階段を下り、静かに荷物をまとめる。

消灯時間まで数分。あきらは緊張のせいか尿意に襲われる。

「馬鹿、お前」

「悪ぃ」

あきらは静かに部屋を出てトイレへと向かう。トイレは集団便所。

なるべく静かに用を足し戻ろうとした瞬間、タイミング悪く、しゅんと出くわした。

「あ、あき、らくん」

「静かにしろ、見つかったらヤバいんだから早く部屋に戻れっ」

「や、や、ばい。悪いこと、ば。せん、せい」

あきらはしゅんの口を手で塞ぎ部屋まで連れて行く。

「はい？　しゅん、なんで」

「トイレで偶然会った。先生とか言ってヤバそうだから連れてきた。悪ぃ、荷物いっこふえた」

そして決行。夏生はしゅんの口を塞ぎ、車を出すあきらの合図で急いで走り出す。

「ああ、まじか。しゅん連れてきちゃったよー」

車を走らせるあきらがぼやく。

「日向、後ろどんなー？」

「大丈夫、何も来ない」

「うっし、成功ー。この山道走ったら車は捨ててタクシー拾う」

「団地か」

「日向んちは？」

「一軒家。……もう誰もいないけどな」

「なんだ、俺と一緒じゃん。今日から一緒だな。はは」

「うー。辛い」

「ねねね、どお、どこいくの？」

「俺たちの秘密基地」

「ひ、ひみつ、きち。すごい、す、ごいね」

夏生とあきらはため息を吐く。

「こんなの予定になかったー。はあ」

あきらは運転しながら、重く重い、かなり重度のため息を吐いた。

「まあ旅は道連れ。どんまい、としか言えないな」

あきらは慣れたように車を運転する。市街地を走り学校を通りすぎる。

「あきら、運転どこで覚えたの？」

「忘れたア」

「俺にも出来る？」

「手取り足取り教えましょうか」

「いや。いい」

「えええ。……しゅんは？」

「寝てる」

「緊張感なさすぎるー。日向、助手席これる？」

「うん」

よいしょと脚を伸ばし夏生は助手席に座った。

「タバコちょーだい」

「はい」

「火、つけて」

夏生はタバコを咥え火をつけ、あきらに渡す。

「ラッキー口移し」

「馬鹿か」

夏生もタバコに火をつけ、煙を吐く。

「朝になったらビビるだろうなー」

「大騒ぎだろ。まあ、俺がいない方が職員も楽だろ。うだうだ聞くこともなくなる。そう思えば天国だよ」

「まあ日向は問題児だったけど、俺たちはちゃんと学校行ってたしな。それにその髪」

「いいんだよ。俺は。ちゃんと運転しろ、死にたくない」

「はーい」

施設から大分離れ、車は停止する。

「ここで、車降りるぞ」

「このお子様どうする？」

「車に置いていけないしなあ」

「俺が荷物持つから、あきら、しゅんをおんぶして」

かなりの距離を走った。夏生が暮らしていた場所から近い。

「おい、タクシー走ってないぞ」

「ん、そだね」

「そだね、じゃねえよ」

「ちょっと歩くとそこだから、我慢して」

「きつー」

夏生は荷物を持ち叫ぶ。

「俺、運動と歩くの大っ嫌い」

「まあまあ、がんばろー」

暫く歩き、あきらの住んでいた団地に着く。

「そこ、植木鉢の下。鍵あるから頼む」

何の変哲もない集合団地。夏生は言われるまま植木鉢を持ち上げ鍵を拾い上げた。ガチャリと鍵を回す。

「はい、先にしゅん連れて入れ」

「さんきゅー」

少し安堵する夏生。

「ふとんふとん」

あきらはしゅんをおろし押し入れから布団を取り出す。適当に布団を広げしゅんを寝かせた。

「もぉーねみぃ」

あきらは大きな欠伸(あくび)をもらす。布団にくるまる夏生。

「ねえ、日向。そっち行っていい？」

「いいけど何かしたら殴るぞ」

「こわーい」

もぞもぞとあきらは夏生の布団に潜り込む。暫くの沈黙。あきらは話す。

「ここが俺んち。布団敷くとさ、妹が潜り込んでくんの」

「部屋の中は昔と変わらない」

「うん」

「父ちゃんと母ちゃんとメイ。こうやって並んで寝てた」

「うん」

あきらの声が涙声になっていく。

「残されたのは俺と馬鹿みたいな慰謝料とこの家だけ」

夏生はあきらの背を撫でる。

「日向、お前は」

グスンと鼻を鳴らし、あきらは聞く。

「何が？」

「お前がどうやって暮らしてたか」

「ん。困る質問だな。……のちのち話すよ。お前はもう寝ろ」

「おう、おやすみ」

「おやすみ」

その夜は静かだった。いつの間にか眠りに落ちる。少し疲れた二人。明日のことは明日考えればいい。

今はただ、静かに眠りたい。

けっして広いとはいえない部屋に三人の寝息が静かに聞こえた。


「手紙届いたかな」

「届いてるわ、きっと。希望を持ちなさい」

「連絡ないし。手紙もない。……失恋」

「ちょっと、あの子がそんなことするわけないでしょ。返事が来るまで信じなさい」

「声が聞きたい。出るかな」

「かけてみなさい。なっちゃんも待ってるはずよ」

「うん」

昴は固定電話から施設に連絡した。受話器を取った職員が話す。そして昴は言葉を失った。乱暴に受話器を置き、昴は憤りに壁を殴った。

「どうしたの、なっちゃんは」

「三人連れで脱走だって！」

「そんな」

「手紙は渡したけど、こんなことになるなんて信じられないって。俺が悪いんだ。塾、行って来る」

鞄を持ち玄関を開ける。

「あまり、深く考えないで。ね？」

昴は頷いて玄関を出た。


「ちくしょうっ！　またあいつの手を離した。行方不明？　ふざけんな、どこにいるんだよお前はっ！」

昴は地面に鞄を叩きつけ膝をつく。

「俺、さいてーだよ。夏生、またお前を悲しませた。また、手を離した」

もう会わないと決めた夏生の涙の声。大嫌いだと言われた簡単な嘘。

「なにが迎えに行くだ、こんな状況なのにっ、守れもしないのに。夏生、夏生、許してくれ、俺間違えたかな」

あの日もそうだった。あの時もそうだった。うずくまり悔し涙を流す。

「お前はどこへでも独りだな。なあ夏生。何がそんなにお前を傷付ける？　お前の声が聞きたいよ」

バッグを引きずりながら立ち上がる。シャツから揺れた十字架のペアネックレス。握りしめ、シャツの中にしまう。涙を拭う。偏差値の高い高校に受かってそのまま大学へ上がったら、迎えに行くはずだった。でも、児童相談所と施設の話を聞くまで知らなかった。施設におけるのは十代までだと。今更ながらに当たり前のように気付いた。昴が迎えに行っても、どのみち分かれ道だった。

そこにいるのが当たり前だと思っていた自分の浅はかな知識と応え。どのみち無理だった。

大切な人。愛する人。愛しい人。

学歴だけでいいと思っていた。夏生と会った日から失いたくないと、夏生の薄いブラウンの猫目に映っていたいと、頭のいい生徒であればいいと想っていた。

そしたら夏生に誰も寄ってこないと思っていた。

「今更になって気付くなんて」

夏生はあるがままの昴を愛していた。頭がいいから、顔がいいからではなく昴の心に寄り添っていた。だから分かれ道だった。

聞こえる。「もう無理はするな」と。

昴の端整な顔面に張り付いた道化の仮面はバリバリと音を立て、今崩れていく。

「なつき……あいしている」

今更気付いた夏生の思い。全てを知っていると思うような夏生が指し示す道を歩いて行く。

昴はただ独り。この空の下に共にある夏生を想う。夏生の優しい嘘、もう会わないと決めた二人の距離。


「日向、起きろって」

寝起きがすこぶる悪い夏生。問答無用で頑なに起きようとしない。

「一緒に行ってくれるんだろ、墓参り」

「……いまなんじ？」

「もう十五時過ぎてるよっ！」

「分かった」

むくりと起き上がり、夏生はふらふらと立ち上がる。金髪の前髪で表情が見られない。

ふらふらとしながら洗面所に行き、髪を掻き上げて顔を洗う。鏡に映る自分。前髪で顔が分からない。毛先は肩先を過ぎていた。

夏生は髪を掻き上げ昴がくれたゴムで髪を結ぶと立派なポニーテールが出来た。

髪を切ろうかと迷ったがコンプレックスでもある目を見ないで済むと放置していた。

「女子も負けてらんねえな」

「は、どーいう意味だよ」

「いや、別に」

まだ少し肌寒い春の入り。カーディガンを羽織り夏生は赤いマフラーを巻く。色はあせず今でも大切に使っていた。

「このお子様どうすんの」

「寝てるし起こさなくてもいいんじゃね。それに鍵の開け方も分かんないだろうし」

夏生とあきらは二人連れ立ち花屋に向かい百合の花束を買った。

「どこまで行くんだ？」

「そんな遠くはない。そこ、曲がったとこ」

「え……寺？」

「そう、檀家だから」

タオルを持ち、水の入った桶を持つ。

「ここ」

墓石には『相模』と刻まれている。あきらは濡れたタオルで墓石を拭く。

「俺に出来ることない？」

「さんきゅー。花の枝切ってきてくれる？　剪定鋏さっき水入れた場所にあるから」

「りょーかい」

花束を受け取り、剪定鋏でバッバッと枝を切っていく。気持ちが複雑だ。

(俺、線香の一つもあげてない)

亡くなった父親を想う。

「ひなたー」

「はいはい、今行きますよ」

花瓶に花を添える。蝋燭に火を灯し線香を焚いた。あきらは静かに手を合わせる。隣で夏生も手を合わせた。

数分経つ。

ふと、見たあきら。頬には涙が伝っていた。どんな言葉を言えばいいのか分からず、そっとあきらの背中を撫でた。

震える肩。残された者が背負う十字架。硬くて重くてとても前へ進めない。だが、そこから這い上がらなきゃならない。

嫌いだった父。眠るように穏やかに目を閉じた。その顔を懐かしく思う気持ち、そしてどこへも行けない憤り、悲しみ。過去はとても懐かしく、愛おしく、遠くで鈍く光っている。

なぜ生きていくのか。なぜ死んでしまうのか。別れは静かに終止符をおす。

夏生も十字架を背負って歩く。引きずりながらこれからも歩いて行く。

夏生、あきら、しゅん。三人が脱走して一週間が経った。誰も来ない、追ってこない。

やっと安心出来た。

「日向、髪切らないの？」

「伸ばしてる」

「なんで？」

「願掛け」

「何に対して？」

「言うわけねーだろ」

「ほんと、日向って無愛想。笑えば可愛いのに」

「今度、同じこと言ったら殴るからな」

夏生はアルバイト探しのフリーペーパーを読んでいる。数冊持って来て全てに目をとおし、その中からボールペンを持ち、チェックをいれていく。

「仕事すんの？」

「お前も働け」

バサリと渡された求人紙。あきらは寝転がりながらフリーペーパーを読む。

「とび職かあ。俺にも出来るかな」

「さあ。お前には向いてそうだけどな」

「日向、俺にもペンかして」

「問題はしゅんだな」

「……うんん。どうすっか」

しゅんは身体を揺らしながらバラエティ番組を楽しそうに見ている。

「それより金髪どうすんの？」

いつの間にか肩先を超え、胸元まで伸びた金髪。

「だよな。……黒くするか」

「髪切らないの？」

「うるさいなお前は」


「力仕事はしたくないから接客かな。あきら、お前は？」

「全部見たけど、とび職か、現場仕事だな」

「……じゃあこうしよう。お前は現場仕事。俺は夜の仕事。そしたらしゅんの面倒見られるだろ」

「夜の仕事って、ホスト？」

「いや、居酒屋とかそんなとこ」

「なるへそ。なら問題ないな」

「あいつ独りに出来ないし、家から出て行くとかしそうだし」

「おっけー。日向の言う通りでいいよ。その前にスマホかわないとな」

「つくれんの？」

「大丈夫じゃない？」

「あきら、お前適当すぎ」

「まあまあ。じゃ今から行くか。ブラックリストに載ってなきゃ楽勝。おい、しゅん。出かけてくるから、部屋から出るなよ」

「どっ、ど、こ行くの？」

「どこでもいいだろ。取り敢えず待ってろ。じゃなかったら友達やめるからな」

「い、いやだよ。あ、あきら、くん。ま、あって、る」

あきらは夏生を連れて携帯ショップに向かった。なんだかんだと書類を書き上げ二人はスマホを契約することが出来た。

「な、簡単だろ。番号交換」

「はい」

初めて持つスマホ。夏生は少し浮かれ気味だ。そしてポケットにしまう。

「よし、明日から就活だ。あきらもな」

「おう」

「すばるー」

一階から母親の声がする。昴は教科書を閉じ、階段を下りる。

「どうしたの母さん」

「そんな状態で勉強なんて無理よ。紅茶入れるから休みなさい」

「大丈夫だよ」

「そんな怖い顔しないで、座りなさい」

カチャカチャとお茶を入れる母親の言う通り、ソファーに座った。

「またなっちゃんのこと、考えてたんでしょ。あんたの顔、酷い顔よ」

「そうかな、変わっちゃった？」

昴は頬に手を当てる。少し痩せたような気がした。

「私もあんたがなっちゃんのことを考えるのと一緒で、母さんもあんたのこと、心配してるのよ。勉強は大事だけど、し過ぎもよくないわ」

リビングテーブルに置かれた紅茶。昴は口にする。

「は、は」

昴は涙を零した。口は笑っている。母親は昴の隣りに腰掛け、昴の背中を撫でる。

「俺……酷い奴だよね。……頭がいいだけが全てじゃなかった」

ぐっと歯を食い縛る。

「夏生が手を差し伸べていたのに、俺は気付けなかった、また、また手を離した。今更あいつに向ける顔がない、恋人でいることも出来ない。あいつを、夏生があんなふうに言ったのは、言わせたのは俺のせいだ。行方も分からない……俺はただ勉強してるだけ」

「昴、そんなに自分を追い詰めないで。なるべくしてなったことなら仕方のないことだわ、少し冷たいように聞こえるかも知れないけど、あんたも大事なのよ」

「違うんだ、大学行ったら迎えに行くつもりだった。一緒に手を繋いで同じ道歩いて行きたかった。……どこいるんだよ夏生」

「昴、まだ間に合うわ。母さんもなっちゃんの行方捜すから」

昴はソファーにうずくまり、泣き声をもらす。

「大丈夫、捜しましょう。きっとそんなに遠くには行ってないはずだから、きっと道端で会えるかも知れないわ。希望はあるのよ」

「う、うん。そうだね」

「そうよ。だからそんな顔しないで。あんたらしくないわ」

「そんなに変わったかな」

「鏡見てみなさい。酷い顔よ。父さん譲りのイケメンがもったいないわ」

「イケメンってどこで覚えたの母さん」

昴は、ははと笑った。

「ありがとう、母さん」

「いいのよ。あんたの為なら母さんも頑張るから。きっとなっちゃんもあんたが迎えに来るの待ってるはずだわ」

「うん。俺、頑張るから。夏生も探す」

「そうね、なっちゃんもきっと近くにいるわ」

「……天体望遠鏡、それ担いで天体観測するんだ。天文学者、夏生の夢叶えさせてやる。たとえ天文学者になれなくても、夢は叶う」

「あんたの部屋にあった星座の本、そういう理由だったのね」

「うん。……なんかスッキリした。やっぱり母さんにはかなわないよ」

「当たり前でしょ。ほら、夕飯の支度するから、お風呂でも入ってらっしゃい」

「うん」

昴は頷いた。階段を上がり部屋に戻る。夏生が写る写真立ての横にある星砂の砂時計を反転させる。さらさらと落ちていく砂時計。

「夏生。俺の気持ちは変わらない」

砂時計のようにさらさらと時間は過ぎる。曲がりくねった道で、その先でまた出逢えるはずだと。

「いらっしゃいませ」

夏生は黒く長いサロンを巻き黒シャツでカシャカシャとシェイカーを上下に振る。これも慣れたもので中々様になっていた。夏生は年齢を詐称して、今、バーで働いている。髪を黒くし肩先より長くなった髪を一つにまとめ接客をしていた。面接は初見で受かり働き始めて一ヶ月、夏生はバーの看板になっていた。

「いやあ、日向君。君を採用してよかったよ。私の目に狂いはなかった」

「はは、そんなことはないですよ。まさか初見で受かるとは思ってませんでした」

夏生は本気で思っていた。履歴書を書き差し出した。マスターの田中は直ぐに夏生の手を取り、大きく頷いた。田中の営業するバーの名前は、「ドーベルマン」。

厳つい名前だが中に入れば内輪や常連客で賑わう。店にあるダーツ。夏生は仕事終わりにダーツで遊ぶ。夏生の投げる矢は正確に真ん中に刺さる。マスターの田中が話したのが最後、ダーツ競争。もちろん夏生が点を稼ぎ勝つ。勝てばカクテル一杯おごる。負ければカクテル一杯無料。

未成年の夏生は父に似たのかアルコールには強かった。勝つたび、カクテルを呑み干す。

(今頃、あきらとしゅんは寝てるか)

あきらが選んだのはとび職。仕事が楽しいのかあきらは元気よく職場に向かう。

ドーベルマンの営業時間は深夜の三時まで。

「日向君、お疲れ様」

「お疲れ様です。それじゃあ、また明日もよろしくお願いします」

「うんうん。また明日も頼んだよ」

夏生は私服に着替え、外に出た。今、働いているところは自分が暮らしていた場所から近い。タクシーに乗り走らせれば四時間くらいで着く。

(今更戻ったところで自分の帰る場所なんてない)

結んでいた黒髪をほどく。肩先より伸びた黒髪。夜風になびいた。

「なあ、昴。俺たちの別れ、こんなにもあっさりしてんだな。……別れを告げたのは俺だ。今更なんてことはないよな。それでもお前を想わない日なんてないよ。昴？　お前のこと忘れるのに少し時間がかかりそうだよ。俺って馬鹿だよな……」

夜空を見上げ思い出す、星の見える丘で誓った愛。

「嘘つき」

呟いて夏生は歩き出す。

「分かりきっていたはずなのにな。あんな約束、嘘でも交わすんじゃなかった」

まだ外せずにいるネックレス。

「会いたい」

時を戻せるなら丘で誓った愛の言葉、昴と出会う前に巻き戻したい。呼び止めたりせずそのまま黙って過ごせた日に。

昴に見せた弱さ、全て返してもらいたい。忘れてほしい。雨の中泣きながらキスをしたことも、数え切れないくらいに抱き締めてくれたことも、夏生と呼んでくれたくれたことも全部、全部返してほしい。

「お前を知らない昔の自分に時を戻してほしい」

俯き歩く。涙が零れそうで奥歯を噛み締める。もう泣くのはやめたはずなのに心は正直だ。ポロリと涙が零れる。涙は夜風にさらわれた。

久々に夏生とあきらの休みが重なった。夏生は布団にくるまり眠っている。

あきらはしゅんを連れて古本屋へと出かけた。

「あ、あきら、く、ん。いいの？　こ、これたかいやつ、だよ」

「いいのいいの。毎日一人でテレビを見ててもつまんないだろ。はら、好きなゲーム探してこい」

今日はあきらの給料日。いつもテレビを一人で見ているしゅん。我が儘を言うわけでもなく、駄々をこねることもなく大人しく家で待つしゅんをどこかかわいそうであきらはしゅんを外へと連れ出した。

外に出るなとキツく言う夏生の言葉。言い聞かせて二人は仕事へ行く。家に一人は寂しいだろう。あきらは考えた。ゲーム機でも買ってやろうと。そしてしゅんを連れ出した。

しゅんは、はしゃいでる。

「これでほんとに中学生かね」

しゅんは口ごもりながら一生懸命に喋る。身長も低く、中学二年生から三年生になっても変わりはない。あきらを慕うしゅん。まるで兄を通り越して父親の気分になる。

「あ、あきら、く、ん。これと、こ、れほ、ほしい」

持って来たソフト。格闘技ゲームと、俗にゾンビを倒すバイオハザードという物だった。

「しゅん、これ怖いヤツだけど出来るの？」

「う、うん！　でき、る。こ、これわるいやつをた、たおしていく、んでしょ」

「まあそうだけど。じゃあこれで決まりな」

「う、うん！」

ゲーム機とソフトを持ち会計を済ませる。

「日向はまだ寝てるか」

一歩前を歩くしゅんの後ろ姿。手を振り嬉しそうに歩いている。

そして団地へと戻った。

「ただいまー」

「た、だい、ま」

夏生はむくりと布団から身体を起こす。

「……おかえり。おかげでゆっくりと眠れました」

「日向、酒くさ」

「悪い、ちょっと呑みすぎた」

「お前未成年だろーが」

「うるさい。お前もビールの空き缶どうにかしろ」

「あ、ははー。わり」

「馬鹿」

「まあいいじゃん」

ふわあ、と大きな欠伸をして夏生は布団から抜け出した。

さらさらと黒髪が流れる。

「しゅんは」

「ゲーム機とソフト買ってやった。しゅん、ゲームのソフト見せて」

「……バイオハザード。いいセンスをお持ちで。……はい、これ」

夏生が出してきたのは二万円。

「え、なんで？」

「ゲーム機高かっただろ。俺も家にいないし半分だす」

「いいの？」

「うん。……シャワー浴びてくる」

着替えを持ち浴室へと向かう。黒髪が揺れる。どこかその後ろ姿が寂しそうに見えた。

あきらはその背中をただ見詰めた。


「ふう、スッキリした」

髪を拭きながら夏生は部屋に戻る。

「晩飯なに食べたい？」

「どっか、ファミレス？」

「たまの休みだし休みも重なったから手料理でいいだろ。……ただし、味に文句は付けるなよ」

「まじか！　お前料理つくれんの？」

「一人が多かったからな」

「……悪ぃ」

「いや。謝らなくていい。俺は気にしてない」

あきらは口をつぐむ。どんな生活をしていたのか分からないあきらは、地雷を踏んだと、言葉が出てこなかった。

「気にするな。……しゅん、なに食べたい？」

「はん、ば、ぐ」

「ん？　ハンバーグ？　よし、決まり。買い出し行ってくる」

「あ、俺も行く。しゅんお前はゲームでもしてろ」

「う、うん」

ガチャンと鍵をかけた。夏生とあきら、並んで歩く。

「日向、仕事どんな感じ？」

「まあ、楽しいよ。お前は？」

「俺も一緒。とび服の俺見たら絶対かっこいいから！　それと、んー。先輩たちに可愛がられている感じ」

　タバコに火をつけながら夏生は言う。

「危ない仕事してんだから気を付けろよ」

　ふぅと煙が舞う。

「心配してくれてんの？」

「当たり前だろ。お前がいないとしゅんの面倒見る奴がいない」

「やっぱ俺が保護者なのかー」

「仕方ない。お前に懐いてるしな。頑張れおにーちゃん」

「日向。それよりあのイケメンさんとマジで別れたの？」

「なんで」

「いや、気になって。それに、ほら、俺恋人候補に入ってんじゃん？」

「はあ？　お前馬鹿か。お前を候補に入れた覚えはない。寝言は寝て言え」

　煙を吐きながら夏生は呟いた。

「もう傷付くこともない……」

「日向、相変わらずねー。でもさ、お前はそれでいいの？」

「……道は分かれてる。俺の行く先にあいつはいない。いない方が……」

「意地っ張り。お前はそれでいいかも知れないけどよ、イケメンさんの気持ち知ってるんだろ。それにお前も忘れられてない」

「うるさい。……それでいいんだよ」

「可愛いな、お前は。好きなら待ってくれてるはずだろ。お前も期待してもいいんじゃねえの？　お前一人が背負う責任でもない。このままじゃ後悔するぞ。イケメンさんもきっとお前のこと、忘れてないと思うんじゃねえか？」

「……。もういいんだよ。それにしてもお前はうるさい奴だな。他人のことなんてほっとけ。黙って歩け」

ピンと指先でタバコを弾く。

「ポイ捨て禁止！」

「はいはい」


暫く歩いてスーパーに着く。あきらはカゴを持ち夏生の後を追う。

夏生はぽいぽいと食材をカゴに入れていく。

「じゃ、お会計」

会計を済ませ帰路に就く。

「ああ、そうだ。お前の弁当、明日から作ってやる。食費も浮くだろ」

「ええ！　マジで、いいの？」

「おう」

ガチャリと玄関を開ける。

「お、おかえ、り、なさい」

「ただいま。……あきら、しゅん頼む」

「はーい。しゅん、俺と格闘ゲームやるぞ」

夏生は料理の支度を始める。キッチンから音が聞こえる。不意に振り返るあきら。夏生の背中を見詰める。

（もう少し我が儘になってもいいのにな）

あきらはあきらで夏生の心配をしている。そんなあきらの気持ちなどとうの昔から気付いている。だから夏生はわざと気付かないふりをした。

夏生はしゅんとあきらに視線を送る。二人とも楽しそうにゲームで遊んでいる。

（これで……いい）

独り頷き料理を進めた。

そして立ち込めるハンバーグの美味しそうな香り。ジュウジュウと肉汁が溢れる。

「おい、テーブル片付けろ」

「はーい」

「しゅん、手伝って」

「う、うん」

かちゃかちゃとテーブルに並ぶ夕飯。あきら、しゅん、二人ともお腹がぐぅと鳴る。

「腹へったあ」

「お、おいし、そうだ、だね」

「いただきます」と手を合わせハンバーグのこれでもかと言うように美味しそうな香りに箸が進んだ。夏生、あきら、しゅん。三人で夕飯のテーブルを囲んだ。夏生は小食だがあきらとしゅんの食欲はおかわりのハンバーグまでもたいらげた。

「はあ、腹いっぱい」

「休みの日には晩飯は俺が作るから。じゃあ片付けは頼んだ。俺はシャワーに行く」

「はーい」

夏生は着替えを持ち浴室へ消えた。

髪を洗いながら気付く。黒髪は胸元まで伸びていることに。切るか切らないか迷うが、短髪が面白いぐらいに似合わない夏生。この先は伸ばさず胸元の長さをキープしようと夏生は思った。

シャワーを浴び終え髪を拭く。ドライヤーで乾かし髪をまとめた。

「俺は先に寝る。うるさくするなよ」

「げ、げーむ、だ、だめ？」

「うん？　あきらと遊んどけ。余り遅くまでやるなよ。あきら、頼んだ」

「はーい。じゃあしゅん、さっきの続きだ」

「や、やっ、た」

声はなるべく出さず、ゲームのコントローラーの音だけが響いた。

そろそろ梅雨の入りが始まる。ポタポタと雨が降り始めた。次第に本降りになり団地の窓ガラスを強く叩いた。

窓にもたれ雨音を聞く夏生。タバコを吸いながら重い気持ちであの日から二度目の梅雨を迎える。

夏生の中で昴という存在はただ重いだけの存在になりつつあった。時間が過ぎ忘れさせてくれる。それでも細い首にはネックレスが揺れていた。

過去に足を何度も取られ、そのたび立ち上がり現実と向き合う。このまま過去を忘れ、いずれは昴の存在も笑い合っていたことも全て空白の時間になる。

ぽっかりと穴があいた。この穴も埋める術もない。あれからどれだけの時間が過ぎたのか。

「もう会うこともない」

過去にして夏生は独り歩き出す。とても歩けない茨（いばら）の道でも傷付きながら歩き始める。その茨のとげがどんなに夏生を傷付けても歩みを止めないで歩いて行こう。夏生は願った。

別れを覚悟していた時から。

「さよなら、ばいばい」

凄く辛い。でもこの胸苦しさもいずれは忘れる。そう思うことでしか夏生は立ってはいられない。何度さよならを言えばいいのか。躊躇っては立ち止まりそうになる。本当の別れは酷く簡単でこんなにもあっけない。涙するのも、もう枯れた。暗闇に色彩が浮かぶ。花火のように火花を小さく飛ばしては消えていく。

「梅雨なんてきらいだ」

タバコを灰皿にねじ消し、カーテンを閉めた。

夏生と離れいつの間にか随分と時だけが過ぎた。二度目の梅雨。昴は傘を差しながら家へと歩いた。高校は順調だ。昴は相変わらず女子の視線を集めている。勇気を振り絞って告白する返事を「好きな子がいるから」と冷たくあしらう日々。中学での幼い初恋の相手はいつも胸に、恋心は高校になっても愛しい人へと注がれている。

だが、かみ合っていた歯車はズレていった。そして気がつけばガラガラと音を立て崩れ落ちてしまった。優等生と恋愛を天秤にかけていた自分のせい。あの日雨の中で交わしたキスと丘で誓った永遠の愛。

『迎えに行く』

約束した。それも出来るわけもなく。

「俺が間違っていた」

夏生の薄いブラウンの猫目。その瞳に誰かが映らないようにといつまでも自分を見詰めてほしいと、優等生の仮面を被るようにあの日々は過ごしていた。今なら分かる。心に寄り添い共に歩んでいた夏生の気持ちが。

「片思いでもいい。誰か傍にいても、その手を取り寄せたい」

めちゃくちゃな思考回路。初めて自分が好きになった人。自分を見詰めてくれる大きな瞳。どんなことがあってもその手は離さない。中学生の幼い恋に必死だった。だが大きな渦が二人を呑み込んでいく。

足掻く、抗う、抵抗する。昴は浮き上がる。夏生の手を探すが何も掴めない。何もその手に触れない。必死に探すが、夏生は渦の中に囚われたまま。別れを告げたわけじゃない。夏生の一方的な別れだった。だが時間が経てばそれでよかったのかも知れないと想う自分がいた。曖昧になってしまった関係。

無茶苦茶な思考回路で昴は瞳を伏せる。出来るなら今すぐ会いたい。抱き締めたい。だがそれは叶わない。言いたいことがたくさんある。伝えたいことがたくさんある。夏生は変わらず笑ってくれるだろうか。

もう何も失いたくない。独り渦の中にいるのならもう一度探しだそう。

今まで愛し、許してきた人。たくさん傷付けた。約束も叶わず、今では行方不明。

でも気持ちだけは変わらない。

「愛している。大好きだ」

伝えなきゃいけない。きっと同じ空の下、夏生も見上げているだろう。夕陽が闇を背負って暮れていく。梅雨空にも星は瞬いているのだろう。夏生はそれでも空を仰ぎ星を数えている。なんとなくそう思った。


「日向君、私と勝負しよう」

「ええ。相原さん、またですか」

夏生は急に成長した。いつの間にか愛想笑いが出来、表情も作れるようになっていた。

夏生自身そこには驚いた。

夏生はサロンを巻き直しカウンターから出る。

「さきにどうぞ」

「今度は負けないよ」

シュッと矢は遅くも真ん中をギリギリで刺さっている。

「じゃあ、次は僕ですね」

シュッ。真ん中に刺さる。ピロリンと音が鳴る。

「あ、まだまだ」

「五回勝負ですよ。……僕の勝ち、ですね」

「はあ、なんでだい」

カウンターに戻る夏生。ドーベルマンの常連客、相原。渋そうな顔をしている。

「じゃあ、ごちそうさまです」

夏生はグラスに注いだカクテルを呑み干す。

「マスター。あんたもいい子きたもんだなあ」

「はは、そんなことないですよ」

夏生は笑う。

「ダイヤの原石だ、こりゃ」

結んだ髪はいつの間にか肩を追い抜いて胸元で揺れている。夏生の薄いブラウンの猫目は人を引き寄せ夏生が働き始めた頃に出会った客はほぼ、リピート客となりドーベルマンを賑わせていた。

「なあ、日向君。その黒髪、まるでいい女の人じゃないか」

「はは、願掛けです」

「お、いい子でもいるのかね」

「どうでしょうね」

夏生は苦笑する。

「あれかい、ぬばたまの黒髪ってやつかい」

「まあ、そんなところです」

「マスター、いつもの」

「はい了解しました」

マスターの田中がシェイカーを振っている中、夏生はつまみを作る。

にこにこと笑う。スッと出されたカクテルとつまみに相原は満足そうな表情で笑った。

「ドーベルマンも繁盛してるな」

「相原さんのおかげです」

「ははは。私はね呑みに来てるんじゃなくて君をダーツで負けさせたいが為に来てるんだよ」

「おかげさまでカクテル、美味しくいただいてます」

「日向君は全然酔わないな」

夏生は寂しげに笑う。

「お酒のつよさは父譲りですかね」

事情など知らぬ相原は言う。

「ほう、こりゃ困ったもんだな」

賑わう時間。そろそろドーベルマンの閉店時間だ。夏生は片付けをしてサロンを外す。

「外は大雨だよ。送ってあげようか」

「いえ、タクシー使うんで大丈夫です。じゃあ、お先にお疲れ様です。明日もよろしくお願いします」

「ああ、よろしく頼むよ。お疲れ様」

「はい。じゃあ」

頭を下げ外に出る。マスターの田中が言ったように土砂降りだ。ぼんやりとタクシーを待つ。この降りしきる雨のよう、その雨粒のように消えてしまいたい。透明な水となり流れてしまいたい。このままの気持ち。昴のことを忘れたい。それでも好きという気持ちが歩いて行く道で邪魔をする。どこまでもついてくる昴の影。孤独を連れてやってくる。夏生はタクシーを待たず、雨の中歩き出した。途端に雨に濡れる。ドーベルマンから団地までそう時間はかからない。

「お前なんか嫌いだ」

冷たい雨と一緒に熱い涙が頬を伝う。我慢出来ずに夏生は雨の中膝をつき泣き叫んだ。

「俺はここにいるよ、すばる、すば、る」

冷たい雨が黒髪を伝い落ちる。

「あ、いたい。会いたいよ」

随分と都合のいい話だと分かっている。それでも目を閉じるとそこにいる。どんなに抗っても消えてなくならない。

夏生は重い身体を引きずって歩き出す。滲む視界。崩れていく世界。独り墜ちていく。

雨の中を歩き団地に着く。深夜遅く部屋に入る。起きていたあきら。

「お前、傘は？　てか、タクシーじゃないのかよ。取り敢えずシャワー浴びてこい」

「悪い」

「いいから風呂。風邪引くだろ」

「分かった。……しゅんは？」

「寝てる」

「なんでお前起きてんの？」

「なんか寝れなくてよ」

「ふうん。シャワーいく。あきら、お前も寝ろよ」

「おう。先に寝る」

夏生は着替えを持ち浴室に向かう。あきらはどこか心配そうに濡れた夏生の背中を見詰めた。暫くしてシャワーの音が聞こえてきた。夏生の様子も気になるが、あきらも明日は仕事だ。夏生が出てくる前に布団にもぐった。

夏生はシャワーを終え、浴室から出てくる。長い髪をドライヤーで乾かし、敷かれた布団に横になる。もぞもぞとあきらが起きる。すぅと寝息を立てる夏生の顔を見る。額にかかる前髪。長い睫毛。形のいい唇。

そっと顔を近づける。

「お前殴るぞ」

「なんだよ。起きてんのかよ」

「馬鹿が。さっさと寝ろ」

「だって日向が好きなんだもーん」

「寝言は寝て言え。明日俺休み。起こしたらキレるからな」

「分かりましたー」


朝方、ピピとスマホのアラームが鳴る。

あきらは目を覚ましごそごそと起き、鳶服に着替える。

「弁当そこ」

「さんきゅう」

「気を付けろよ」

「おう。行ってくる」

ガチャンと玄関が閉まり、あきらは原付で仕事場に向かった。


そしてそんな中、昴に彼女が出来た。容姿は美人の分類に値する。一つ上の先輩だ。自暴自棄になって荒んだ昴。告白されOKした。彼女が出来れば夏生のことを忘れると思っていた。高校一位の優等生昴と美人の先輩。名は沙羅という。

沙羅に限らず女子をとっかえひっかえしている昴。好きでもない相手と手を繋ぐ。足りないモノがありすぎる。こうではない、これとは違う。昴は葛藤していた。夏生を忘れたい。忘れたくない。矛盾している。そんなことは理解している。過る夏生の面影。学生手帳にしまった夏生の写真。

「やっぱりお前とじゃなきゃ」

そのたび思い知らされる。夏生の笑った顔。昴と沙羅は付き合い始めて一週間が経った。必要以上に身体を密着し腕を絡める。そのたびに鳥肌が立った。

「沙羅先輩、それやめてもらえませんか？」

「ええ、なによ。いいじゃない。あたしたちお似合いのカップルよ」

わざとやっているようにしか見えない沙羅の行動。胸を寄せ歩く。

(気持ち悪い)

昴は思った。高校生活が楽しくない。出されるテストは全てクリア。教師の評判も上々。全てが完璧だ。

沙羅はキスを求める。そのたび上手い具合に誤魔化す。そして次第に身体を求めてくる。ネックレスに沙羅は気付く。

「これ、ペアでしょ！　誰の、ねえ、誰。外しなさいよ！」

「嫌です」

「元カノでしょ！　東屋君、ねえ、何なの！」

「沙羅先輩、もううんざりです。あんたが気持ち悪い」

「はあ？　なによそれ、あたしたちお似合いのカップルでしょ！　そーでしょっ！」

「だから。あんたが気持ち悪いんだよ。お似合いとか一人で言い回すのやめてくれません？

迷惑なんですよ。この一週間、拷問かと思いました。俺には……やっぱり忘れられない人がいるんです。すいません、別れて下さい」

「忘れられないって女々しいわね！　昔の女と比べないでよ！」

「女々しくていいんです。他の子やあんたと付き合ったりして分かりました。あんたたちとは比べられないほどまだ好きなんだって。今更、気付きました。ありがとうございます」

「あたし別れないからっ！」

「じゃあ、言いますよ。傷付けたくなくて黙ってましたが、俺はあんたが気持ち悪い。タイプでもないです」

「酷い！　あたしこれでもモテるのよ！　モテモテの彼女なんて鼻が高いでしょ！　あたしと比べてる女の顔でも見てみたいわっ！」

昴は学生手帳を見せる。

「俺の大事な人です」

大きい瞳で夜空を見上げる夏生の写真。そこら辺の女とは違う特別な輝きがある。

沙羅はぐうの音も出なかった。夏生の容姿に声も出ず、沙羅は昴の頬を叩く。

「もう知らない！　最低だって言いふらしてやるわ！　あんたの悪口いっぱい言うから！」

「ああ、それと沙羅先輩。嘘つきで陰口たたくって有名ですよ」

沙羅は悔しそうに涙を零す。昴は同情なんかしなかった。

「顔がいいだけじゃ通りませんよ。俺もそうでしたから。……じゃあ」

昴はスタスタと歩き去っていく。

夏生と離れてから抜け殻となった日々を埋めてみるかのように昴は自分を好きだという女性たちとつき合った。しかし、キスどころか手すらも握らない、会話すら話す言葉さえ見当たらない。だから夏生に代わる人なんてこの世にいない。夏生がいないと何をすればいいかわからない。夏生を想う気持ちは本当なんだと……夏生に会いたい！　このままじゃ駄目だ。探しに行こう……そう強く想った。

近くにいそうでいない、曖昧な感覚。迷ったらこの丘に戻ろう。約束した場所。

でも外は雨だ。夏生がいるはずなんてない。それでもなぜか近くにいるような気がしていた。

「雨……やまないかな」

沙羅をこっぴどくフッた昴。

「片思い」それでもいい。次は時間をかけて夏生が許してくれるまで我慢強く待とう。

「愛してるのはお前だけ。お前以外は、なにもいらない」

昴は歩き出した。

「あきら、俺ちょっと出かけてくる」

「どこ行くの？」

「特に。ちょっと遅くなる」

「んー。分かった。雨降ってるし気を付けろよ」

「ん。行ってくる」

カーディガンに腕を通しタクシーを呼ぶ。雨の中タクシーが来るのを待つ。暫くして着いたタクシーに乗り、行き場所を伝える。

雨は今日も降っている。フロントガラスを叩く雨。今年の梅雨はどこか長く感じた。

目的地にタクシーは停まった。

「おつりはいいです」

ニコッと笑いタクシーを降りる。傘を広げ歩き出す。雨はやむことを知らず今日も降り続く。暫く歩き、いつの日か誓いを交わした星の見える丘に独り雨の中立つ。

「迷ったらここに戻ろう」

約束を交わした。雨に濡れた芝生。いくつもの思い出たちが浮かんでは消えていく。忘れたいのにまだ心の隅に昴がいる。高校生の昴はどんなふうに、どんな顔でいるのか、顔すらも思いつかない。薄れていく昴の顔。

ここまで来たら、もう覚悟を決めよう。

「もう二年か」

傘を打つ雨の音。なぜか心地いい。

「自然消滅」その言葉が浮かんだ。きっと昴はそれを願っているだろう。それなら先に別れを切り出した夏生の心は痛まない。少し痣(あざ)を残したくらいだ。

タバコに火をつけた。紫煙が舞い上がる。

煙を吐く。遠く夏生の瞳はあの日の記憶を見詰めている。

「お前なんか忘れてやるよ」

呟いた。決別しよう、過去の自分に。さよならを告げよう同じ空の下にいる昴に。

「さよなら」

暫く丘に立ち尽くしていた。雨の降る曇天を見上げる。今日も雨はやまない。

ぬるい風が夏生の黒髪をさらう。さらさらと肩から髪が流れた。

一粒、薄いブラウンの猫目から涙が零れた。どこか昴の姿を探す自分がいる。いるわけなどないのに視線は揺れた。

ぼんやりとしていた。いつの間にか雨が弱くなってきた。そろそろ梅雨明けだ。夏の香りを湿った風に乗せて頬を撫でる。僅かに見えた曇天の中の青い空。小雨に虹がかかった。

夏生は眩しそうに七色の虹を見上げた。言葉もなく見詰めた。そして見上げた虹はつかの間、薄れて消えていく。

自ら別れを告げた夏生。もうあの頃には戻れない。なのに今も想う。たった二年じゃ忘れることが出来ない恋をした。

昴の手を離し夏生は独りを選んだ。それもこれも全て昴の為。でも許されない昴の罪。

「迎えに行くから」その言葉がたとえ嘘でも本当だと夏生は信じた。距離を置いた自分のせい。考えて見れば分かりきったことだ。

「俺とじゃなくていい」

「でも忘れないでほしい」

これは本当の言葉。偽りでもなく、ましてや嘘でもない。ただ、その心の隅にいさせてほしい。これが未練か。夏生は傘を置く。小雨はやがてやんだ。もう直ぐ梅雨があける。昴と離れて二度目の夏。雨雲の隙間から覗く青空が夏を呼ぶ。夏生はタバコを取り出し火をつける。立ち上がった紫煙がかき消される。不意にガサッと音がする。湿った芝生を踏む足音。誰か来たんだろうと、特に気にせずタバコを吹かしながら風に身を任せる。

ふと、振り返る。そして吸いかけのタバコが口元から落ちる。

長い黒髪が風に煽られ夏生の顔があらわになる。大きい薄いブラウンの猫目と小さい顔、白く細い首。

「な、なつき」

「……」

「夏生。お前本当に夏生か」

「他に誰がいるんだよ。なんでここにいる。何しに来た」

淡々とした夏生の声。感情を押し殺す。

「……毎日来てる」

「そ」

「お前は」

「ここでお前に決別しに来た」

「髪、長くなったな。黒髪、綺麗だ」

「用がないならさっさと目の前から消えろ」

「……ごめんな」

「なんでお前が謝る？　お前をフッたのは俺だ。意味の分からない謝りされても知らねえ」

「だよな。なあ夏生、怒ってるよな？」

「電話も面会も取り合わなかったのは俺だ。お前は立ち止まりもせず俺の前から去った。自然消滅したかったのはお前だろ？　今更なにを言える？　俺から別れを選んだ。俺はそれでいい満足だ。じゃあな」

「ま、待て。違う。そんなことない。別れたなんて思っていない。ずっとお前を探してた」

「嘘つくんじゃねえよっ！　お前は嘘が下手だな。俺と離れて自由になった、そしてお前は誰ともなく関係をもった。お前から他の奴のニオイがするんだよ！　俺の知ってるニオイじゃない」

「ちがう」

「じゃあなんで俺を独りにした、電話を俺が取らなくても面会には来れたはずだ。おかげでお前の気持ちが分かった、俺もそれに気付いた。いいじゃねえか。迎えに行くなんて嘘、俺は信じてた。だけどお前は違った、俺は信じてた！　でもお前は俺から離れていった。

忘れたくて何度も泣いた！　お、お前はその間何をしていた」

「俺は……何も出来なかった。お前の気持ち無視して彼女をつくった。けど、やっぱり何か違くて……お前を超える誰かなんていないのに。お前に届く相手はいなかった」

「は、よかったじゃねえか。彼女が出来て。俺は独りだ……誰もいない！　俺は、お前を許さない。もうお前に振り回されたくない、もう……これ以上傷付きたく、ない」

黒髪から見える夏生の大きな瞳。大粒の涙があふれ出す。長い黒髪が風になびく。

「お前なんか大嫌いだよっ！」

夏生は傘を拾い上げ背中を見せた。もう、無理だった。これ以上、昴を見ていたくなかった。「好きだ」という気持ちが溢れ出す。

「なつきっ！」

「来るな！　俺に触るな！」

昴が掴みかけた手を払う。

「俺がどれだけ傷付いたか分かるか？　どれだけお前を想っていたか分かるか？　どんだけ苦しかったか分かるか？　お前は彼女をつくったと言ったな。幸せだったか、俺の手を離して楽しかったか？」

「違う！　そんなんじゃない。お前を超える人なんてどこにもいなかった。今更だけど、やっぱりお前じゃなきゃダメだった。どんなに夏生の面影を探したのか分からない、どこにいるのか分からないでいるのにな。言い訳をするわけじゃないけど、どんな相手も夏生と重ねて見ていた。……なあ、夏生、俺にもう一度チャンスをくれないか？」

「チャンスなんてどこでもあったろ。それに気付けなかったのはお前だ」

「……はは、俺ってバカだよな。最低だよ。今までなにをしてたんだろ。後悔だらけだよ」

夏生が見据える昴の目には涙が滲んでいた。罪悪感などない、同情なんてしない。夏生は傘を閉じ踵を返す。その瞬間夏生の腕を取った。バランスを崩し、夏生は昴に抱かれる体勢になった。

「夏生、ごめんな、ごめん」

ポタポタと夏生の頬に昴の涙が落ちる。

「俺はお前に甘えていた。愛してるの言葉で繋ぎ止められると思っていた、そんな簡単な言葉で伝わると思っていた。でもそれじゃダメだって分かったんだ」

「……なんでお前が泣くんだよ」

「ごめん。涙が止まらなくて……バカだろ、俺。もう一度こんなふうにお前を抱き締めたかった。もう離さないから、またお前の傍にいていいか？ 今度こそ、お前の手、離さないから。夏生、もう一度お前と一緒にいたい。いさせてくれないか？」

黒髪に指を絡めながら夏生を抱き締める。

「ネックレス、まだ付けてくれていたんだな」

「……俺も外してない。お互い馬鹿だな。離せ、俺は帰る」

「もう一度俺を見て、許されないけどお前を傷付けた分、償うから」

「他を当たれ。……じゃあな。もう会うこともない」

夏生は昴から逃れ、傘を取り歩き出す。

「夏生！」

背中をみせたまま、立ち止まる。

「また、会えるか」

「……」

「都合いいよな。渡したいモノがあるんだ」

「……」

「……四日後。待ってる」

「来なかったら」

「お前をたくさん待たせた。何時でも待ってる」

夏生は振り返ることもなく、頷くわけでもなく黙ったまま昴を残し、丘を後にした。夏生の胸が軋む。偶然出会ってしまった二人。夏生の心が晴れるわけがないだろう。身体に残る昴の体温。鼓動。涙。

「卑怯だ」

夏生は呟き、タクシーをひろい団地までタクシーに揺れた。

『ドーベルマン』。

「じゃあ、いただきます」

グイッと二口で呑む。

「いい呑みっぷりだねえ」

「はは、僕アルコール強いんですよ」

夏生は笑う。瞼に浮かぶのは父親が静かに永遠の淵についた穏やかに眠る顔。

夏生は少し寂しげに瞼を伏せた。

今日も店は繁盛している。マスターは言う。「君のおかげだよ」と。そんなことないですよ、と夏生は愛想笑いをする。そして時間は経ち閉店の時間になる。

「マスターお疲れ様です。先に上がらせてもらいます」

「うん。今日もお疲れ様」

夏生はタクシーに乗り家まで送ってもらう。

「ありがとうございます」

タクシーから降りる。髪をなびかせる風は夏の匂いがした。なんだか清々しい。団地に戻る前に外で一服する。ライターで火をつけ煙を吐いた。

夜空を見上げる。霞がかかる鈍色(にびいろ)の月。ここからじゃ星座は見えない。それでも指を差し微かに光る星を繋ぐ。

明日は昴に会う日だ。タバコを足で消し、団地へと戻った。

「母さん！」

「なあに、そんなに慌てて」

「夏生を、夏生を見つけた！」

昴の母親は口元に手をあて驚く。

「本当に？　本当になっちゃんなの？　なっちゃんで間違いないの？」

「うん、夏生」

「そうなの！　よかったわ」

母親は途端に眉を下げ昴を叱る。

「あんたね、事の重大さと、あの子の心を踏みにじったこと、ちゃんと謝りなさい。昴、あんたのしてきたこと、ちゃんと責任を持ちなさい。……あの子は強がりだから」

「分かってる。……母さん、泣かないで」

「昴。あの子を泣かせたらいけないわ、ちゃんと償いなさい、自分の愚行を」

「うん」

『愚行』そんな言葉が胸に突き刺さった。

本当にその通りだと気付かされる。軟派な高校生活。ただ、汚点を残した。

「大切なら守りなさい」

「……うん」

パチッと昴の頬を軽く叩いた。

「明日、夏生と会う約束をしたんだ。来てくれるか分からないけど、明日会いに行く」

「それは確かなの？」

「……分からない。でもいつまでも待つつもりだよ」

「そう。母さんにも顔を見せて」

「まだ、分からないけど連れてくる」

昴は叩かれた頬に手を当てながら、自信なさげに頷いた。

「じゃあ母さん俺、先に寝る。明日、早く起きるから。おやすみ」

「分かったわ。昴、明日は晴れよ。おやすみなさい」

「おやすみ」

階段を上がり、机の引き出しからコンパクトケースを取り出す。

随分前に夏生に渡そうと思っていたシルバーリング。少し高かったがそれも愛の重さだ。

「明日、来てくれるかな」

自信はないが来てくれると信じたい。昴はコンパクトケースを枕元に置き、ベッドに寝転がる。

二年ぶりに見た夏生。素直に綺麗だと思った。黒髪を風になびかせ昴を見詰めた瞳。その瞳が責めるように昴を見詰めた。

「明日、待ってる」

そして眠りに就いた。

約束の日。夏生は浮かない顔で格闘ゲームをしているあきらとしゅんを見詰めていた。時間はとうにお昼を過ぎている。きっと昴は待っているだろう。

それでも夏生は出かける準備すらしていない。

「……」

「ん、なに日向」

「何でもない。お前らは楽しそうだな」

「え、混ざりたいの？」

「断る」

「しゅん、めっちゃ強い」

「た、たの、しい、ね」

「よかったな。それよりしゅん、次のゲームは勉強したら買ってやる」

「うん、ほ、んよみ。が、がんば、る」

浮ついた心。本当は会いに行きたい。けれど自分の中の何かが許せないでいる。刻々と時間は過ぎる。そろそろ夕飯の時間だ。料理をしながら考える。外はもう暗い。昴はどうしてるんだろうと思う。夏生の心は揺れる。

馬鹿みたいにいつまでも待ってるわけなどないだろう。時間が過ぎる度に胸苦しさを覚える。昴の性格を知っている夏生。

もういても立ってもいられない。

夕飯が食卓に並ぶ。時間は夜の九時を過ぎている。夏生は心のどこかで気にしている。

（あいつはそういう馬鹿だ）

「ちょっと出かけてくる」

「へ？　もう夜だぞ。どこ行くの？」

「約束したから」

「え？　え、まさかの？」

「そう」

「ええー。だめぇ」

「うるさい。お前だって彼女いるだろ。俺には今しかないんだよ。……じゃあな」

「うぅぅ」

「ふざけんなって。直ぐ帰る」

「分かったよ。はーい。いってらっしゃい。気を付けろよ」

「おう。先にしゅんは寝かせろよ」

「おっけい。気を付けてなー」

夏生は薄手のカーディガンに腕を通し、髪を結ぶ。

「じゃあ、行ってくる」

ガチャリと玄関を開けて夏生は送迎のタクシーに乗る。行き先を伝えて車に揺られた。スマホで時間を確認する。既に二十三時だ。

「あ、ここでいいです」

夏生は暗がりの中丘へと歩く。初夏の風が黒髪を揺らす。時間が時間だ。もう待ってはいないだろう。だが、薄闇の中人影を見つける。途端に心臓が早く脈打つ。

まさか。

そこにいたのは昴だった。丘の上で立ち、夏生を待っていた。夏生は立ち止まる。踵を返そうとしたが思いとどまり、もう一度昴の暗がりの中昴を見詰めた。いつまでも待っていたのか、昴はただ立ち尽くしている。想いが溢れる。夏生は駆けだした。

「夏生」

昴が振り返る。がしっと昴の胸ぐらを掴む。涙を堪えながらどんどんと髪を揺らし、その胸を叩いた。信じられなかった。夏生が来るという保証はなかった。バランスを崩して芝生に倒れ込んだ。

「お、おまえ、馬鹿、馬鹿。馬鹿！　なにしてんだよ、なんで帰らないんだよっ！」

力なく夏生は項垂れ涙を零した。身体に力が入らない。とすとすとただ倒れ込んだ昴の胸を叩く。

「はは、よかった。……よかった」

昴は泣いた。ギュウと昴に抱き締められる。

「ごめんな。ごめん」

ポタポタと涙が昴の頬を濡らす。嗚咽しながら、ただ夏生の身体を抱いた。二人芝生に倒れる。夜空が綺麗だった。星が瞬いてる。今夜は月は見えない。宝石のように赤い星、青い星が輝いた。

「夏生。空が綺麗だな」

「……」

「お前も綺麗になったな」

「……」

「俺を許してくれるか?」

暖かい温もり。昴の香り、仕草、落ち着いた声。会えなかった分の涙が溢れる。

「許せると思うか……?」

「は、はは。……ごめん」

「お前は……お前は何してんだっ！　俺が来なかったらどうするんだよ。なんで帰らない、俺なんかほっとけばいいだろっ！　馬鹿、お前はなんで……俺を待ってる、帰れよ、帰れ

よ、帰ればよかったのにっ！」

「嫌だ。……お前は来るって思っていたから。来てくれるって信じてたから。だから、ほら、夏生は俺の目の前にいる」

ずっと待ってたのか。不器用なやり方。夏生が来なければ惨めにただ立ち尽くしていただけだろう。

夏生は昴のそんな不器用さも好きだった。時間は十二時。昴に抱き締められ涙する。

「夏生。許してもらおうなんて思わない。だけど、お前を想わない日はなかった」

昴は夜空に指先を向け星を繋ぐ。

「あれが、アルタイル、デネブ、ベガ。彦星は俺で織り姫はお前。……でも二度も離さない」

「……なんで知ってるんだ」

「七夕伝説。彦星と織り姫の年に一度の出会い。……お前と同じ世界に立ちたくて勉強してた。少しだけ、夜の空の見方が変わった」

「綺麗だ」

昴は夏生の手を取り起き上がる。

「夏生、手。左手を出してくれ」

「……」

スッと差し出した左手の薬指に指輪がはめられる。それでもぴったりではない。ぶかぶかだった。夏生は俯く。指先が震え、それと共に泣き笑いみたいな笑みを見せた。昴の頬を叩いた。

「でかいよ、馬鹿昴」

「やっぱり俺ってバカだな。かっこ悪い」

「それがお前だよ。お前らしい」

昴はいつも通り失敗し、それは昔のままだった。

「……サイズ分かんなかったけど、これ、俺の指にもはめてくれ。同じリング。ずっと前から渡そうと思ってた。受け取ってくれるか？」

「……」

「待たしてごめん、傷付けてごめん、不安にさせてごめん。謝らなきゃいけないことたくさんあるけど。お前を一生大事にするから、もう泣かせたりしないから、その瞳に俺を映してくれ」

「ば、馬鹿だろ、お前。何考えてんだよ。お前の手……離せなくなっただろ」

「離さない。もう二度と。これからも一緒に、ずっと一緒に、俺の傍にいてくれるか？」

「馬鹿」

「なんて、都合いいよな。ごめん。でも、来てくれてよかった。……はは」

「……俺の気持ちは変わらない。ずっとお前を想ってる。あの日から、ずっと。昴。お前のこと、許せない。今は。でも、もう一度俺の手を握って傍にいて……」

「いいのか、またお前の傍にいて。誓うよ。お前の愛を、またここで約束する。もう、離さない。お前を一人残さない。だから、俺の手を取ってくれないか？　夏生、愛してる」

「……」

「誓いは……」

すっと夏生は昴の涙に濡れた唇にキスをした。お互い黙って抱き締め合う。

「……夏生。綺麗になったな」

「お前も相変わらずだろ」

「俺、かっこよくなったか？」

「うん。馬鹿だけど。そんな馬鹿なところもなおってないな。お前さ、俺以外に付き合っていた人がいるんだろう？　そいつと……」

「違う。俺はなにもしてないよ、してない。気持ち悪かった」

「信じていいのか？」

「ああ。当たり前だ。お前以外に心惹かれる相手なんていないよ。夏生、お前は俺でいいのか」

不安げに聞いた。夏生は頷いた。

「お前がいい。お前だけでいい」

夏生は呟く。

「夏生、俺は何度も間違えてお前を傷付けてきた。もう泣かしたりしない。もう一度この手を繋いでほしい」

差し出された昴の手、夏生は握り返す。

「愛してるよ、夏生」

「……俺も」

初夏の風が吹く。気持ちよく夏生は身体をまかせる。左手の薬指のリング。夏生は外さないでいるネックレスに通し首にさげた。

「夏生」

「なに」

「こっち来て」

夏生は言われるがまま、昴の元へ行く。ぐいっと腕を引き、昴の立てた膝の間に座らせられる。まるで抱っこされてるようだ。

「幸せだ」

「ずっと待ってたのか？」

「うん、ずっと」

「俺が来なきゃどうするんだよ」

「それでも待つ。夏生は……今何してる？」

「バーで働いてる」

「一緒に逃げた二人組は？」

「三人で一緒に住んでる」

「そ、か。大丈夫なのか？」

「大丈夫だよ。仲良くやってる。あきらとしゅん。あきらは俺とタメでしゅんは高校一年生。しゅんは働けないからあきらと俺が交互に面倒見てる」

「ちゃんと飯食えてるか、そいつらに何もされてないか？」

夏生は笑って首を振る。

「普通だよ。それなりに楽しく暮らしてる」

「ならよかった」

「指輪もらっちゃった」

ネックレスに通したリングを見る。キラリと星の輝きに反射する。夏生を抱えて座る昴は夏生の黒髪に頬を寄せた。

「夏生。母さんが会いたいって。いいか？」

「そうだな。何年ぶりだろ。……昴、俺はお前を許さない、だけど一緒に歩きたい。それに、俺のココはこんなにも簡単に崩れる」

昴の手を取り夏生は自分の胸に手を当てた。

「だから。……もう」

切なげに昴を見詰める。軽く微笑んで手を離した。これまでしてきたことが悔やまれる。昴は夏生を抱き寄せ、頷いた。

「やっとやっと、歩き出せそうだよ」

「……うん」

「家に行くか」

「こんな時間に会いに行っていいのか？」

「母さんが待ってる」

「そうか。謝らなきゃな」

「夏生。来年は大学だ。一緒に暮らそう」

「約束出来るのか」

「ああ、約束する。お前が見せた涙に誓う」

「そ、か。うん。待ってる」

「お前は俺のモノ。他の誰かになんて渡さない。俺が浅はかだった。もう後悔させない。言葉にしないと伝わらないと思ったから」

「分かった。……行こ」

昴に手を取られ歩き出す。暗い夜の帳。歩く先に自動販売機がある。夏生は懐かしそうに見詰めた。

「……変わらないな」

「だな。……お前の夢、知ってる」

「何？」

「天文学者。お前が本に挟んだちぎれたメモが出てきたんだ」

「え？……見たのかよ。俺捨てたと思ってたのに。忘れろ。どうせ叶わない。でも思うくらいならいいよな」

「俺が叶えさせてやる。天文学者じゃないけど、天体望遠鏡持って、ここに来よう。それまで待っていてほしい」

「うん」

夏生と離れてどれほどか。少し大人になった昴。横に並び歩く夏生。ふと思う。

「昴、身長たかくなったな。それに少し大人になった」

「そうか？　でもお前も綺麗になった。でもお前を見た時、夏生だって直ぐに分かったよ」

「不思議だな。お互い変わって当たり前なのに俺も昴だと思ったよ」

夜道を歩く。暫く歩くと昴の家の玄関の電気が光っていた。


「ただいま」

リビングからパタパタと足音が聞こえる。

姿を見せた昴の母親。母親は目を見開いた。

「本当になっちゃんなの？　クラスの女の子じゃなくて？」

「夏生です。今まで心配かけてすいませんでした」

夏生は頭を下げた。さらさらと肩から黒髪が流れる。昴は二階に上がった。

「本当になっちゃんなのね」

昴の母親は夏生の手を取り涙を零した。

「よかったわ。元気そうで安心したわ。さ、上がってちょうだい」

涙で滲んだ目元を拭い、夏生を家に上がらせる。すすめられるままリビングのソファーに座る。

「すいませんでした。こんな遅い時間にお邪魔します」

「謝らないでちょうだい。あのバカ息子が悪いの、浮ついてなっちゃんをほったらかしにして。……許してちょうだい」

悲しげに母親は謝る。

「いえ、おばさんの顔を見られてよかったです」

夏生は笑った。

「色んなことがありましたけど、俺は元気にやってます」

「どんな暮らしをしているの？」

「仕事してます。生活も不自由してません」

「一緒に逃げた子たちは？」

「一緒に暮らしてます。悪い奴らではないので安心して下さい」

「そう、よかったわ。髪伸びたわね。女の子かと思っちゃったわ」

「これだけ伸びたら切るのもったいなくて」

「綺麗になったわねえ。美人さんよ」

「きっと母親似です」

「なっちゃん、大人になったわね。昴とは大違い」

「そうですか？　昴も来年大学生になるみたいで、よかったです」

「そうかしら。大事な人をほったらかして全く、何を考えているのかしら。はいコーヒー、どうぞ。ご飯は食べたの？」

「はい」

実際は食べていないが、夏生は手間を取らせると思い頷いた。

ドタドタと階段を下りてくる足音が聞こえてきた。昴が姿を見せる。

「夏生、今日もう遅いから、泊まっていくよな？」

「はい？」

夏生は泊まる気など毛頭なく、首を傾げた。

「いや、帰るよ」

「母さん、夏生泊まらせるけどいい？」

「そうね、もう遅いし、一人歩きは危険だわ」

「母さんありがとう。夏生」

「すいません」

「いいえ。構わないわよ。昴をよろしくね」

「はい。今日はお邪魔します」

「おやすみなさい」

「おやすみなさい。夜遅くすいません」

「いいのよ」

夏生は頭を下げて昴に呼ばれながら二階への階段を上がる。バタンと昴の部屋のドアを閉めた。

探していたと言っていた。いるわけもいない丘に行っていたと言っていた。でも偶然に、雨の匂いに誘われるように夏生は姿を現した。必然的だった。運命的だった。

取り交わした約束。行くつもりじゃなかった。夏生はそれでも約束を果たしにここに来た。昔より身長も高くなり大人になった昴。誰も文句も言えない昴の容姿。

綺麗になった夏生と対に昴も顔立ちがはっきりし、大人の男になった。夏生はシャワーを終え、昴の大きいシャツに着替える。髪をしっかりと拭き浴室から出た。

「ありがとうございました」

「夏生、部屋戻ろ。母さんおやすみ」

昴は夏生を軽々と抱き上げお姫様抱っこをする。

「ちょっ」

「昴、なっちゃん。おやすみ」

「え、と。おやすみなさい」

バランスを崩しそうになりながら頭を下げ、昴の腕の中で二階へと戻る。

「夏生」

抱えられベッドに二人転がる。夏生は腕枕をねだる。

軽く唇を重ね、胸に夏生を抱いた。

「おやすみ、昴」

「おやすみ、夏生」

チクタクと時計の針の音がする。そして暫くして聞こえてきた夏生の寝息。昴はそっとキスをした。

「もう離さないから」

聞こえたのか夏生は頷いた。


「お邪魔しました」

「いえいえ。また来てくれたら嬉しいわ」

「はい。また来ます」

笑いながら頭を下げる夏生。後ろでドタバタとする昴。

「夏生、送っていく」

「タクシー呼んでるから大丈夫。じゃあな昴。学校頑張れよ」

「おう。……しかたがないか。じゃあ行ってくる」

「行ってらっしゃい」

「夏生、浮気すんなよ」

「お前が一番怪しい」

出かけていく昴の後ろ姿を見詰める。本来ならば一緒に学校に行くはずだった。あの日から時間は過ぎた。それでも父親を思えば涙が零れる。

本音を言えば昴が羨ましい。そのたび、胸が痛くなる。幸せな家庭にいる昴。帰ってくる場所がある。帰りを待つ人がいる。

(俺の帰る場所は……。どこにもない)

寂しげに遠ざかる昴の後ろ姿を見えなくなるまで見送った。

キッと送迎のタクシーが停まった。

「じゃあ、また会いに来ます。ありがとうございました」

手を振る昴の母親に見送られながらタクシーに乗り込んだ。

運転手に行き先を告げ、胸に通したリングを見詰める。サイズの大きいリングを見て微笑んだ。

タクシーに揺られながら団地に着く。

「ありがとうございました」

「いえいえ」

夏生はタクシーから降りて団地に戻った。

「ただいま」

「お帰りーってなんだよー！　嬉しそうだな」

「そう見えるか？」

「いいもん、別にぃー」

「幸せ分けてやる」

「いらねえー。……でも会えたんだな。よかったな」

「はは、ありがとう。って、あきら仕事は？」

「休み。日向は？」

「仕事だ。呑みに来るか？」

「え、マジで。……しゅんはどうする？」

「夕飯は作るからいいとして。ゲームでもやらせとけばいいんじゃねえ？　じゃあシャワー浴びるからしゅんのことよろしく」

「あーい。……しゅん、俺たちこれから出かけるけど、外には出んなよ。ゲームでもやってればいいし。ちゃんと寝るんだぞ」

「う、うん、わわかっ、た」

夏生がシャワーを終え出てくる。髪をドライヤーで乾かす。

目にかかる黒髪を掻き上げる。

「あきら準備終わった？　とび服でもいいぞ」

「おしゃれしよっと。名前なんてとこ」

「ドーベルマン」

「うわ、なんか怖そう」

「普通のバーだよ」

「ぼったくりとかないよな？　後で怖いおっちゃんが来るとか」

「ないない。それに言っただろ、俺のおごりって。早く準備しろ」

「はいはーい」

「それよりお前最近夜家にいないみたいだけど、危ないことやってないよな？」

「え？　なんで知ってんの？」

「しゅんに聞いた」

「あいつ。大丈夫だよ、ただの不良の集まりだから」

「ならよかった」

「なんで」

「お前みたいなちゃらんぽらんでも心配するだろ。あんまりやんちゃするなよ。二十時に出るから早く着替えろ」

「はーい」

「おわったよ」

夏生はタバコを吸いながら声に振り返る。ぽかんと口をあける。

「ん……。スーツ。紫……センス」

「おしゃれ服これで行く。かっこよくね？」

夏生はあきらの服に暫し沈黙する。煙を吐いて頷いた。けっして似合ってないわけじゃないが、一緒に歩きたくはないと思った。

「まあ、いいや。しゅん、行って来るからな。ゲームしててもいいから外には出るなよ」

「う、う、うん」

夏生はあきらと連れ立って送迎のタクシーに乗り込む。車中であきらは言う。

「お前、俺より稼いでんじゃね？」

「まあな。今日はおごりだ。楽しめ」

「まじさんきゅー」

「いいよ、気にするな」

タクシーは暫く走り、夏生の職場に着く。

「マスター、おはようございます。今日は同伴です」

「そうなのかい、じゃあ待たせたら悪いから先に店に入ってもらって」

「あきら、こっち」

「初めて。わくわく」

「そこのカウンターでも座ってろ」

「大人な世界」

「うるさい」

夏生とマスターの田中は開店の準備をする。看板をつけてシャッターを開ける。

「じゃあ、今日もよろしく」

「はい」

「この子は」

「あきらです！」

「ほう、元気な子だね。あきら君、よろしくね。でも……中々のセンスだね」

田中も夏生と同じ目で紫のスーツを着るあきらを見ていた。

「今日は日向のおごりなんでよろしくお願いします！」

「そうなのかい？　それはよかった」

カランとベルが鳴る。

「いらっしゃいませ。相原さん、今日はこいつとダーツして下さい」

「見ない顔だね」

「僕の友達のあきらっていいます」

相原ははしゃぐあきらを見て呟いて、夏生、同様に呟いた。

「中々のセンスだね」

「はは。遊んであげて下さい」

「あきら君、一緒にダーツでもやるかい？」

あきらは嬉々と声を上げる。

「ダーツ出来んの？　やったことないけど、やるっ！」

「じゃあ、相原さん、よろしくお願いします。ほらあきら」

「いや今日も楽しいねえ」

「あきら、ダーツ五本勝負で負けた奴がカクテルいっぱいおごり、勝ったらいっぱいカクテルただだ」

「じゃあ、やろうか。あきら君」

「はい！　ぜってえ負けねえ」

客を代わる代わる相手しながら夏生は苦笑いを浮かべ、ダーツでムキになるあきらを見ていた。楽しんでいるようで夏生は満足したように頷いた。

「うわあ！　ひなたー！」

相原にこてんぱんにやられたあきらが叫ぶ。カウンターに戻り嘆いた。

「どんまい、あきら。何か呑むか？」

「テキーラ！」

「……どうします、マスター」

「やけ酒はいけないからね、違うのを頼んでもらおうかな」

「テキーラはない。他の頼め」

「日向が作って」

「りょーかい。……ほら」

差し出された澄んだ色のブルーのカクテル。あきらは一気に呑み干した。

「甘い！　うまい！」

「お前は普段ビールだしな。カクテルもたまには楽しめ」

へこむあきら。夏生は笑いながらあきらの頭を叩いた。

「俺が仇とってやる。相原さん、やりましょう」

「ううん。困ったなあ」

「見とけよあきら」

「いやいや、日向君には敵わないよ。いいよ、五本勝負だ。よしっ！」

「じゃあ、僕からいきますね」

「はあ、勝てる気がしないよ」

夏生はシュッと矢を投げる。矢は正確に真ん中を捉える。ぴろりろりん。

「相原さん、今日もごちそうになりますね」

相原はぐうの音も出ず、五本勝負、夏生は確実に勝利をつかんだ。

あきらは驚いたように夏生を見る。夏生はにこにこと相原に笑いかけ、あきらの仇を取ってみせた。

「すげえな、お前」

「相原さん、いただきますね。あきら、好きなやつ頼んでいいぞ」

「テキーラ」

「ない。別なやつ頼め」

「カルーアミルク」

「仕方ないな。サービスしてやるよ」

夏生は冷凍庫からバニラアイスをすくう。グラスにのせその上からカルーアミルクをかけ、あきらに差し出す。

「特別だぞ」

「アイス……。めっちゃうめえ」

カランとベルが鳴る。閉店時間だ。最後の客を見送った。

「日向君、お疲れ様。店は私が閉めるから、今日君ももうあがっていいよ」

「ありがとうございます」

夏生は黒髪をほどき私服に着替える。酔い潰れたあきらの頬を叩き起こすが口からはアルコールのニオイを吐きながらカウンターに倒れている。

夏生はタクシーを待ち、あきらの肩を担いで着いたタクシーに乗り込む。

ふらふらと頭を揺らすあきらを支えながらタクシーに揺られる。

「よいしょ、と」

引きずるように団地へと帰る。鍵を開けると、しゅんが出迎える。

「まだ起きてたのか。……しゅん、手伝って。布団敷いて」

「わ、わか、った」

「もう呑めねえ」

「馬鹿。もう家だよ。しゅんありがと。お前も寝ろ。俺はシャワー浴びてくるから。ゲームはおしまい。布団にはいれ」

「う、う、ん」

夏生はあきらを布団に寝かせ布団をかけ、着替えを持ち浴室へと向かった。

暫くしてシャワーを終えてくる夏生。敷かれた布団に大の字で寝るあきら。しゅんはわたわたと、どう布団に入るか一人起きていた。それを見ながら髪を乾かし、足先であきらを転がす。

「ほら。寝るぞ」

「う、ん。おや、おやす、みな、さい」

胸元でリングを通したネックレスがちゃり、と音が鳴った。夏生は指輪にキスをする。

心の中で伝える。

「昴、おやすみ」

ぱちっと電気を落とし、瞼を閉じた。

ピコン、とスマホが鳴る。昴と番号を交換した。ピコン。夏生は眠たい頭を抱えながらスマホを手にする。

通知。十一件。

「あいつ」

暇さえあれば昴はスマホを取り夏生にＬＩＮＥを送る。自分も大概だが愛されている実感を感じていた。

（おはよ、今起きた）

（おはよ）

直ぐに返信が来る。

（お前今学校だろ。授業中にスマホ触んな）

（はーい。夏生、浮気すんなよ）

（お前みたいにはなんねえから。じゃあ）

（夏生、冷たい）

（いいから勉強しろ）

（分かったー。また連絡する）

夏生は再び瞼を閉じる。瞼の裏にはあの日の記憶。昴を想い泣いていた時。ふったはずだった。自然消滅を苦しくも想っていた日々。もう会わないと決めていたあの日の嘘。

本当は凄く願っていた。また会える日々を。そして再び出逢ってしまった。心が震えたのを思い出した。

もぞりと夏生は布団に身体を巻き付ける。眠りたいのに昴の影が邪魔をする。夏生は諦めて布団から身体を起こした。

「しゅん、腹減っただろ」

「う、うん」

「チャーハン好きか？」

「うん！」

「じゃあ布団片付けて。俺は昼飯作るから」

しゅんは頷いて布団を畳み押し入れに直していく。夏生は洗面所で顔を洗い黒髪を結ぶ。

キッチンへ移動し夏生は料理を始める。フライパンを振りチャーハンを作る。

「しゅん、皿」

「は、い」

「しゅん、お前勉強してるか？」

「……べ、べんきょ、し、てない」

「飯食い終わったら本屋行くぞ」

「ひ、ひな、たくん、げ、むは」

「勉強頑張ったら新しいの買ってやる」

「ほほ、んと？」

「俺がいつ嘘ついた？」

「つ、ついて、ない」

「だろ？　ほら、食べろ」

夏生はしゅんのことに密かに頭を悩ませていた。確か高校一年のはずだ。それなのに施設にいた頃と全然変わらない。吃音（きつおん）も酷い。このまま大人になるとどうなってしまうのか不安を覚える。まるで母親になった気がする。

「しゅん、皿洗い頼んだ。俺はシャワーを浴びる」

なぜかしゅんは皿洗いが好きだ。それも皿を割らずに洗い上げる。

浴室に消えていく夏生。やがてシャワーの音が聞こえてくる。暫くして浴室から出て来る。髪を渇かしながらしゅんを見る。食器は綺麗に洗われ、水切りされていた。

「ありがと、出かけるぞ」

「う、ん！」

あきらは仕事だ。夏生はしゅんの手を引き本屋まで歩いて行く。

「しゅん、かけ算九九言えるか？」

「い、いえる」

「そうか、じゃあ引き算は？」

「な、なにそ、れ？」

夏生は頭を悩ませた。そして考えて出した答えは小学六年生のドリル。専門書を手当たり次第に手に取り、しゅんを呼ぶ。

「しゅん、欲しい本、持ってこい」

「いい、の」

「いいよ。ほら」

しゅんを待ちながら、スマホを取り出す。

(なつきー。会いたい)

(勉強しろ)

(だってつまんない)

打ち返そうとした時しゅんに服を引っ張られる。

「こ、れ」

しゅんが差し出したのは恐竜図鑑。まあまあ重い。これで本当に高校生か、と夏生はため息を吐いた。会計を済まし、しゅんの手を引き団地に帰る。

「ゲームは勉強が終わったらな。口に出しながら勉強。分かったか？」

「う、うん」

ピコン。

（夏生の写メちょーだい）

（は、むりむり。なんで？）

（お前のこと話しちゃった。女子がウザくて。友達も見たいって。ごめん、一枚だけ）

（うーん。はあ、……分かった。ちょっと待て）

夏生は髪をとかし、なるべく女子に見えるように初めて自撮りした。送る前に返信が来る。

（あ、男って言ってるから気にするな）

（え？　お前馬鹿なの？　まあいいや、はい）

（はい送った）

（あー可愛い。待ち受けにしよ）

（はあ？　やめろよ）

（やだ。……よし。お前のこと自慢しちゃった。鼻が高い。さすが夏生。可愛い愛してる）

（馬鹿かお前は）

（夏生、綺麗だって。誰にも勝てない）

（馬鹿）

（お前にバカって言われるの好き）

（何度でも言ってやる。ば！　か！）

（俺、幸せ。これで女子から逃げられる）

（それならいい）

（お前以外無理）

（俺もお前だけだよ）

（夏生、いつ会える？）

（シフト見て教える。いいから勉強しろ）

（分かった。浮気するなよ夏生）

（お前が一番あやしい）

（また。俺はお前以外無理なの！　分かってよ）

（はいはい。次同じことしたら別れるからな）

（だめだめ。そんなこといっさいない。やめて）


「しゅん、ちゃんとやってるか？　声に出して読む」

「う、うん」

夕暮れ。玄関のドアの音と共にとび服姿のあきらが帰ってくる。頬を汚し、汚れた手で顔を拭く。

「ただいまー」

冷蔵庫から冷えた缶ビールをあきらは取り出しゴクッと喉を鳴らし豪快に呑む。

「お疲れ。ビール呑む前にシャワー浴びてこい」

夏生はスマホの画面を見ながらあきらに言う。あきらは一口二口と呑み干し、缶ビールをゴミ箱に放る。


「弁当さんきゅう」

「いいよ。食費うくだろ？」

「うん、ありがたい。感謝してるぞ。弁当うまいから仕事頑張ってる」

「いいから風呂入ってこい」

「あーい」

あきらは弁当箱をキッチンに置き、とび服を脱ぐ。ふとあきらを見た。夏生は二度見してしまった。あきらのその上半身には色鮮やかな龍が彫られていた。

「お前、それ」

「ん？……ああ、これね。綺麗だろ」

「綺麗だな。墨入ってるの初めて知ったわ。うん、かっこいい」

「へへ。さんきゅう。じゃシャワー行ってくる」

「ああ、飯でも作っとく」

「あれ、日向仕事は？」

「行くよ。まだ時間あるし」

「そか。じゃあ愛妻夕飯楽しみにしとくー。てかしゅんは？　お経読んでんの？」

夏生はスマホを置いて苦笑いをする。

「勉強中。小学生からのな。俺の代わりに頼む」

「おっけい」

シャワーに向かうあきら。夏生はスマホをとり、昴にＬＩＮＥを送った。

（またな）

返信は直ぐに帰ってくる。夏生は呆れたように肩をおろす。

（浮気すんなよ）

（俺はお前じゃない。じゃあな。馬鹿）

（ええ。酷い。……ごめんなさい）

（嘘だよ馬鹿。勉強頑張れ）

送信して夕飯の準備に取りかかった。今日は暑い。簡単に出来る料理にした。

「素麺でいいか」

なら、と鍋を沸かし、麺を入れる。

やがてシャワーを終え出てきたあきら。冷蔵庫から缶ビールを取り出す。

「お前な未成年だろーが。おっさんか」

「いいじゃん、仕事終わりのビールが一番うまい。ま、毎日酒のニオイをしながら帰ってくるお前も俺と一緒じゃね？」

「俺は呑むのも仕事なの。一緒にすんな。おい飯出来た。素麺だからザルに入れているから好きな時間にくえ。俺もシャワー行く。しゅん、ちゃんと勉強しろよ」

「俺が見てるからいいぞ」

「頼んだ」

入れ替わりでシャワーを浴び、夏生は仕事の準備を始めた。


「夏生」

「お待たせ」

停まったタクシーから降りてくる夏生。昴は手を引きそのまま抱き締める。

「暑い。離せ馬鹿」

「お前さ、ツンデレは治ってないんだな」

「もっかい言ったら殴るからな」

「怖い。俺、泣くよ？」

夏生は昴の身体から抜け出し、赤い舌を出す。夏真っ盛り、ただ立っているだけで汗が額に滲む。昴をほっぽって夏生は玄関のチャイムを鳴らす。

パタパタとスリッパの音がする。ガチャリと玄関が開き、昴の母親が顔を見せた。

「なっちゃん、いらっしゃい。暑いわね、さ上がって。……あら、昴は」

「ええと」

「いるよ！」

地味にへこんだ昴。振り返りながら叫ぶように声を上げた。

「母さん、俺と夏生、上にいるから」

「え？　何言ってるの？　なっちゃんには私も用があるの。先に上がってなさい」

「じゃあな、昴」

「はあ？　母さんには用はないでしょ」

「あるのよ。ね、なっちゃん」

「はい」

夏生と母親、二人でニコニコと笑い合う。一時も離れたくない昴、唸りながら冷房の効いたリビングのソファーで項垂れる。

「もういつの間にそんな仲良くなったのー」

「うるさい。俺はおばさんに用があるの。お前じゃない」

「じゃあ、キッチンに行きましょう」

「お願いします」

夏生は昴の母親と共にキッチンに向かう。昴はソファーに腕をかけて振り返り、並んで立つ二人の後ろ姿を見詰めていた。

不服だがなぜか穏やかに見ていた。こんな日が来るとは思わなかった。運命があるとするならば、これはきっと必然的な出逢いだったのだろう。そう確信する。でも驕ってはいけない。あの日を忘れてはいけない。

だから昴は今度こそ、その手を離さないと誓う。願う。想う。

「ねえ、何してんの」

「手料理のレパートリー教えてもらってんの。食わせないといけない奴がいるから」

夏生は後ろ姿で黒髪を揺らして昴に言う。

「やきもちやくからな！」

「お前にもいつか食わせてやるよ」

「本当かー。なら我慢する」

かちゃかちゃとキッチンから音がする。母親の笑い声、夏生の声。どこか心地よく昴は瞼を閉じた。


「……ばる、すばる」

「ん、んー」

夏生は昴の頬をぺちぺちと叩く。薄らと開いた瞼。いつの間にか寝ていたらしい昴は寝惚け眼で夏生の顔を捉える。

「起きろ、馬鹿」

「あれーいつの間に寝てたー？」

「知らねえよ。起きろ」

「おばさん、ありがとうございました。次はお菓子作りでも教えて下さい」

「いいのよ。楽しかったわ」

「じゃ、俺ら上にいる。いこ、夏生」

「分かった」

「じゃあ昴をよろしくね」

「はい」

バタバタと階段を上がる。ドアを閉めた夏生を昴は抱き締め、ふうと息を吐く。回る扇風機。窓に吊るされたガラスの風鈴が涼やかな音を鳴らした。

「夏生、これ」

昴はガサガサとベッドの上に置いた買い物袋を広げて夏生に見せる。

「花火」

「そう、夏だし思い出作りに買った。夜になったら丘に行こう」

「うん、楽しみ」

「よかった。夏生、こっち来て」

「うん」

昴は本棚から数冊、専門書を取り出し、夏生を膝の間に座らせて本を開いた。

「ほら」

「天文書」

「あと、これも」

「星座早見表」

「俺もお前のと一緒のとこ立ちたくて勉強してた。高校受験と一緒に勉強してたんだ。夏生すげーなって想ったよ。……難しいな」

「そうなんだ。……高校、偏差値の高い所に受かったって手紙にあったな。お前も凄いよ。お前となんて並べない」

「そんなことはない。俺はお前の隣りにいる」

昴は夏生の黒髪で遊ぶ。夏生は黙って星座の本を読んでいる。百八十センチの昴の身体にもたれる夏生。それを愛しそうに夏生を抱き締める。静かな時間。遠くから蝉の鳴き声が聞こえる。回る扇風機に夏生は黒髪をなびかせすっぽりと昴の身体に抱かれる。そして夏生はぽつりと言った。

「俺、ビクセンの天体望遠鏡欲しくてお金貯めてる」

「いくらすんの？」

「百六十万」

「高っ！」

「まだ足りないけど」

「俺も出す」

「高校生には無理です。でも、いつかは買う。買いたい」

「うん、分かった。お前の夢は俺の夢でもある。……だからさ、もっと俺を頼ってよ」

「その時がきたらな」

「再来年、俺大学行く。でバイトもする。母さんたちには言ってるんだ、一人暮らしするって。夏生と暮らす」

夏生は昴にもたれ、本を閉じる。

「お前は本当に馬鹿だな」

「え、なんで」

「なんでもない。でも一緒に暮らすっていいな」

「俺とじゃダメか？」

「違う」

夏生は顔を向け昴にキスをする。

「そんなことない。お前が一緒ならホームレスでもいい」

「いや、俺もちゃんとするよ？」

「うん。楽しみにしてる」

黒髪がさらりと肩から流れる。

「綺麗だな。俺の初恋、お前じゃなきゃダメだ。お前が行方不明になってバカなことしたけどやっぱりお前以外は無理だって分かったよ。……その傷跡、治すから」

「どうしようかな。許さない、って言っただろ。今後のお前次第でいつか許すことができたらいいな。……まあ頑張れ」

「意地悪」

「それくらいどうってことないだろ。俺はずっと待ってた。あっという間に時間は流れたけど、俺もお前も姿だけ変わって、それでも想いは変わらなかったんだよ。消そうとすればするほど足をすくわれて、そのたび……」

「泣いてた……」

「……ごめん」

ギュッと夏生の身体を抱き締める昴。ごめんの言葉しか出てこなかった。他に言葉を探したが何も言えなかった。

「永遠……誓ってくれるんだろ？」

悪戯げに夏生は言った。

ほら、また夏生に救われ許される。一度や二度じゃない。雨に濡れた身体に傘が差し出されるように夏生はここにいてその手で救われる。

「……なつき？」

「うん？」

「……愛している」

「うん。……仕方ないな」

夏生は読んでいた本を閉じ、昴の身体に寄りかかる。

「お前の罪と俺の罪。勝手に弾け飛んだだけ。そこに理由なんてない。ただ、俺は俺の道を行こうと決めた。お前も自分の道を歩いてほしいと思った。でも心はずっとお前の名前を呼んでいた。これくらいしか出来なかったけど、それも愛だったよ。伝わらなかったけど」

夏生は頼りなく微笑んだ。その横顔は学生手帳に挟んだあの頃の綺麗で切なそうな表情だった。昴は夏生の黒髪に顔を埋め、更に抱き締めた。

今はこれしか出来ない。時間をかけてその傷を癒やそう。暖めよう。ヒビが入っているならそれを埋めよう。何度も重ねてこの何も出来なかった両手で傷を治そう。昴は心に誓った。

「それより、昴。俺の働いているバーに来いよ。楽しいぞ」

夏生はワザとはぐらかした。昴が何を考えてるのか察していた。

「どう？」

「いいのか？」

「うん。ダーツ出来るかお前？」

「出来ないけど、そんなのあるんだ。楽しそうだな。行く」

「じゃきまり。俺と住んでる奴を紹介したい。いいだろ？」

「でも未成年だろ、年確されないの？」

「俺の友達って言ったら平気だろ」

「アバウトだな」

「そういうもんだよ」

「じゃあ、行く。連れてって」

夏生は頷いてネックレスに通したリングで遊ぶ。チャリッと音が鳴る。

「昴、左手」

すっと出される昴の手を取り、薬指に光るペアリングを自分のと重ねた。満足そうに見詰める夏生。

「ほんと、お前は可愛いな。顔は綺麗だけど性格は昔のままだ」

「綺麗って言われるの嫌い」

「なんで？　お前に勝てる女なんていないいな。美人だよ、お前は。俺のタイプ。もうドストライク」

夏生は指で毛先をいじる。

「髪切ったら男に見えるかな」

「だめー。絶対だめ！」

「何でだよ」

「どんな夏生も好きだけど、金髪も良かったけど、今のままがいい！……こんな綺麗な黒髪切るのはもったいない」

「ふうん。そっか」

夏生は昴の膝の中で大きく伸びをする。首を振ればポキパキと音が鳴る。

「社会人も大変なんだよ。肩が凝る」

「あ。そう言えばお前の住んでる家からここまで何時間かかるの？」

特に気にするわけでもなく夏生は呟いた。

「二時間弱」

「うそ！　ごめん、そんなにかかるんだな。悪い」

「大丈夫だよ」

「でも、悪い。母さんに言ってみる」

「余計な世話やくな。社会人をなめるなよ」

「だけど」

「いいの。お前は気にしなくて」

「はあ。俺って何やってもダメだな。ごめんな、夏生」

「それでいいんだよ。お前は」

「いつか、幸せにするから」

夏生は微笑んで頷いた。そして呟く。

「もう幸せだよ。……早く夜にならないかな」

「すばるー、なっちゃん。ご飯よー」

下から声が聞こえる。夏生は髪をまとめ、昴の後ろを歩く。階段を下りてダイニングテーブルから香る料理の匂いにお腹が鳴った。

「ゴーヤチャンプル。おいしそ」

「さ、なっちゃんも座って」

「はい。いただきます」

色々な話をしながら夕食が進む。あっという間に食事は終わった。カチャカチャと食器をキッチンに持っていく。

「なっちゃん、いいわよ。お風呂どうぞ、ゆっくりしてらっしゃい」

「いつもありがとうございます。じゃあ先に入らせてもらいます」

夏生は持参した着替えを持って浴室に向かった。服を脱ぎ、洗面台の鏡に映った自分の姿を見る。さらさらと流れる黒髪。あの日アルバムから剥ぎ取った父と母の写真。ぼんやりと思い出す。

今鏡に写る自分と、父の傍で微笑む母親と同じ顔をしていた。くだらない、と首を振る。

カラッと風呂場のドアを開ける。暖かい湯気が白く立ち込める。湯船に溜まったお湯。髪と身体を洗い、湯船に足をつけた瞬間、カラッと浴室のドアが開いた。

ポチャンととっさに風呂に入る。

「おい、馬鹿、なにしにきた」

「お前馬鹿か！　入ってくんな。順番も分からねえのか」

「夏生とお風呂」

「ふんふん」

「鼻歌で誤魔化すな！」

　全てを洗った昴。湯気で立ち込める中、夏生は昴の背中を見詰める。昴は濡れた髪を掻き上げた。

　どくん、と脈を打つ。

（う、またこれ。動機が半端ない）

「夏生、前にいって」

「お、おう」

　夏生は俯いて距離を取る。長い黒髪が湯船に揺れる。

「夏生、もしかして恥ずかしいの？」

「あ、当たり前だろ！　こっち来んな」

「やーだ。よいしょ」

「やめろ、馬鹿！」

　昴は夏生の身体を引き寄せる。チャポンと湯が揺れ波紋を広げた。

「かわいいかわいいい」

「うるさい！」

「あがったら花火行こ」

「いいけど離せ！」

夏生は腕から逃れ、昴に向かってお湯をぶつける。バシャンと音が浴室に響いた。

「俺はあがる！　暫くそこで死んでろ」

嘆く昴の声を無視して浴室を出た。夏生は手早く身体を拭き、洋服に着替える。着替えた夏生は浴室のドアを開け昴に罵倒を浴びせた。

「この変態！」

パンとドアを閉めた。

「あら」

「お風呂ありがとうございます」

「昴はどうしたのかしら」

「風呂場で死んでます」

昴の母親は笑った。

昴は夏生の手を取り二階に上がる。

「夏生、こっち。ドライヤー貸して」

「自分で出来る」

「いいから、ほら」

昴にドライヤーを取られ、好きにさせる。熱風の中にシャンプーの香りが鼻をかすめた。

「傷んでないんだな」

「ちゃんとお手入れしてるからな」

夏生はバッグを引き寄せ昴にオイルの入った瓶を渡す。

「これ」

「髪に塗るのか？」

「うん、これで最後」

「分かった。はい、こっち。……よし」

さらさらになった黒髪。夏生は手ぐしで髪を整える。

「ありがと」

「じゃあ行くか」

「うん」

夏生は薄手のカーディガンに手を通し、昴に続いて階段を下りる。


「母さん、出かける」

「こんな時間に？」

「花火」

「あら、そうだったわね。気を付けて行くのよ。なっちゃん、昴をよろしくね」

「はい」

「母さん、俺もう子供じゃないんだから余計だよ」

「それが子供なのよ。全く。じゃあ、行ってらっしゃい」

「夏生、バケツ」

「はい。俺は持たないからな」

水を半分溜めたバケツ。夏生は花火の袋、昴は水の入ったバケツを重そうに抱えている。

「それくらい何でもないだろ」

「半分って量じゃないだろ、これ」

昴が持つバケツにはたくたくと水が揺れている。夏生は笑いながら歩く。すっと手を取られ昴と手を重ね手を繋ぐ。そして丘に着いた。

「ついたー」

「ふう。あ、飲み物買ってくるの忘れた」

昴は顔を上げ言った。

「俺、待ってるから」

「え。心配なんだけど」

「大丈夫だよ、行ってきて」

「……、分かった。何がいい？」

「コーヒー」

「どこにも行くなよ。待ってろよ」

心配そうに見上げる昴に苦笑しながら夏生は頷いた。急いで昴は駆けていく。昴の背中が消えて夏生は夜空を見上げた。なぜか胸が凄く苦しい。

星を見詰める薄いブラウンの猫目。このままだと泣きそうになる。そして滲む夏生の瞳。言いたいことがたくさんある。それでも言葉にはしない。つぅと、頬に涙が流れる。遠くなるばかりのなくした命。やけに優しく鮮明に夜空に浮かぶ。叶わない想い。もう、届かない。

眠るように瞼を閉じた父親の死に顔。いつもいつでも思い出す。今は安寧を願う、それしか出来ない。そう想うことしか出来ない。

人は死んだら星に還るとそう想い、夜空に瞬く星に願った。涙が星の光に照らされた。

「あんたはずっと俺の中で生きている」

呟き涙を拭った。

「なつきー」

「ん？　おかえり」

「ほい。コーヒー」

手渡された缶コーヒー。缶の冷たさに少し指先が震えた。

「なんかあった？」

夏生は笑って「なんでもない」と首を振る。この癖は何歳になっても治らない。あの日もあの時もあの時間も。記憶が覚えている。すり減らしただけの心。今も心は泣いている。

「さ、やろーぜ」

「うん、打ち上げ花火」

「いくぞ」

昴はチャッカマンで導火線に火をつけ、はなれる。

しゅっしゅっと花火が夜空を燃やす。

「きれー」

「だな。……夏生」

「うん？」

「涙」

「泣いてないよ、煙が目に染みただけ」

「……」

「こっち来い」

「大丈夫だから続きしよーぜ」

「……分かった。どれがいい？」

「これとか」

「じゃ、いくぞ」

ぱっと花火は夏の夜の空に散る。打ち上げ花火も終わり、手花火を並べた。

「昴、みてみて。ハートマーク」

嬉しそうに無邪気に笑う夏生。その笑顔に昴はまた恋をする。何度も夏生に恋をする。そのたび、愛しさ恋しさが溢れ、胸を満たす。

手花火も終わり最後はとっておきの線香花火だけ。二人並んで線香花火に火をつけた。

パチパチと小さく火花を散らす。二人は黙ってそれを見詰めた。息を吹けば今にも落ちそうな火薬の小さく真っ赤に燃える光。

「……終わったな」

「だな。思い出が一つ増えた」

「楽しかったか？」

「うん、お前となら何だって楽しいよ」

夏生は笑う。ふと見詰めた夏生の横顔がどこか寂しそうに見えた。昴は夏生を抱き寄せ、胸に抱える。

「我慢するな」

「……胸がな、ここが」

「おう」

途端にあふれ出す涙。大粒の涙が夏生の瞳からあふれ、頬を濡らした。ぎゅっと昴の服を掴んで夏生は泣いた。

「思い出すんだ、色んなことが。俺の過去はあそこに在るんだ。何もかも全部！　俺はずっと追われてる。そのたびに生きている証を確かめる……」

夏生は涙声で呟いた。昴はぎゅっと抱き締める腕に優しい力をこめた。

「俺さ、今になって気付くばかりだよ。お前を手放した後、お前に甘えていたって気付いた。高校や勉強や塾、時間に追われてお前の声さえ聞けなかった。会いにも行けたはずなのに。どんどんお前が俺から離れて行った。本当にバカだよな」

「……」

「お前を傷つけたぶん、ちゃんと癒やしてその罪を償うよ。……だから今度こそはこうやって抱き締めて手を繋いでゆっくりと歩きたい。繋いだ手を離さない。勉強が出来て優等生でこの顔でいれば夏生を俺のモノに出来るって勘違いしてた。でもお前と離れて気付いた。お前はどこでもない、俺の心に寄り添ってくれたんだって。今なら分かる」

「お前は鈍感だからな。でも、いつも助けてくれる。だから……お前のこと。許す。全部許す」

「は、はは。……ごめん」

「もう謝らなくていい。許すって言っただろ。……昴しゃがんで」

「ああ」

とん。夏生は自分の胸に昴の顔を当てた。

「俺のモノ。全部、お前にあげる。俺が存在する唯一の証」

夏生に抱えられた昴。肩が震えた。

「な、なつき、ごめん、ごめんな。バカな俺を許してくれ」

昴はポタポタと涙を流し、赦しを請う。

「今まで何度も許してもらった。もうそんなことさせねえから」

「うん」

「だから、これからは俺がお前を守るから、俺の背中を見ていてくれ」

「分かった」

そして夏生は切なそうな笑みを浮かべ頷いた。ポロリと涙が一粒夏生の瞳から零れた。

「ほら。昴、帰ろう」

「おう」

涙を拭い夏生を抱き締める。

「帰ろう」

夏生は手を差し出した。昴はその手を掴む。

「帰ろ」

夏の夜空を見上げて二人並んで手を握り丘を下って歩いて行く。火薬のニオイが心の中を満たす。

「二人ってやっぱりいいな」

「そうだな」

「夏生」

「うん？」

昴は立ち止まる。手を引き一歩先を歩く夏生は振り返った。

「どうした」

「いやなんでも……じゃないか」

「うん、どうした？」

「……ありがとう」

その言葉に夏生は笑った。そして首を振る。

「これからもよろしくな、昴」

「任せろ」

言うがどことなしか情けなさが滲み出る。それも昴のいいところでもあり、悪いところでもある。それを知る夏生は苦笑した。

「昴らしい」

「う、ん」

夏生の苦笑い、昴の苦笑。夏生は昴の手を引きゆっくりと歩き出す。

カチャン。歯車が動き出す。カタカタと音を立て回り始めた。狂った歯車は夏の夜に再び動き出した。軋む音がする。回る音がする。りんりんと鐘が鳴る。

今、二人はあの頃のように手を取り合い動き始めた。ずっとこれから二人歩いて行く。別れた茨の道はやっと重なった。遠く玄関の明かりが見える。二人は一緒に玄関のドアを開けた。

「じゃあ行ってくる」

「はいはい、頑張るのよ。はいお弁当」

「ありがと」

昴は制服姿で玄関を開けた。ここのところ、昴は生き生きとしている。

「はーい。授業始めます」

教師がドアをしめ教壇に立つ。それぞれが席に着き、ノートを広げた。

授業はまるで念仏のように聞こえる。机に教科書を立てスマホをとりだす。時間など関係なくＬＩＮＥを送った。

（夏生、次いつ会える？）

数分時間があいてＬＩＮＥが届く。

（シフト見てＬＩＮＥする。それよりお前授業中だろ。勉強しろ）

（つまんないんだもん）

（俺夜から仕事だから少し寝る）

（分かった）

スマホの待ち受けを見詰める。風になびく黒髪と猫を思い出させるような薄いブラウンの猫目。成長しても大きな瞳の猫目は変わらず昔のままだ。

（会いたい）

寝ているはずの夏生にＬＩＮＥを送る。暫くして、ぶぶ、と返信が来る。

（寝かせろ）

（はーい）

昴はつまらなそうに授業を聞いている。ぶぶ、とＬＩＮＥが来る。

（愛してるよ）

「このツンデレ」

ぼそっと呟いた。このことをツンデレと言うのだと夏生本人は気付かない。

ノートにペンを持ちすらすらと書き始める。そして数分も経たず、スマホを取り出し待ち受けを見る。

「はあ」

偏差値の高い高校に進学したつもりなのにノートを取るまでもない。もう少し考えれば良かったと、昴は贅沢なことを思う。

「東屋くん」

「はーい」

名を呼ばれ昴は立ち上がる。数学の授業。

教師の立つ教壇に上がり、書かれた黒板の問題を解く。それに至るまでの計算を分かりやすく丁寧に書いた。

「出来ましたー」

すれ違った教師は歯ぎしりをしているようだった。ぽんと後ろから丸められた紙が投げられ床に転がった。昴は拾い上げ丸められた紙を広げる。

「あとでノート見せて」

昴は後ろにピースをして注文を受け取った。

(じゃあ、しかたない)

そう思い、教師の念仏を分かりやすいようにノートにペンで綴る。そして時間は経ち、授業が終わった。

「ほらよ」

「さんきゅー。助かった」

「え？　寝てたの」

「いや飯食ってた」

「お前逆に凄いわ」

「いや腹減ったら勉強集中出来ないから」

「で？　昼飯どうするんだよ」

「売店で焼きそばパンとか食う。てか、あの教師ウケる」

「なんで」

「見れば分かるよ。お前を目の敵(かたき)にしてる」

「やっぱ？」

「あの顔見た？　すげえ顔してたぞ」

やがて下校の時間になる。昴は首を鳴らして伸びをした。生徒もまばらになった教室。スマホを取り出す。通知が二件送られていた。

（学校お疲れ。俺は今からシャワー浴びて仕事の準備する）

（昴大好きだぞ）

「ああっもう！　今度あったら何しようかな」

一人になった教室で浮ついた声が響いた。


「あきら、最近仕事どうなの？」

「おう。順調だよ」

「そうか。……お前俺に黙ってることがあるだろ」

「え？　なにを」

「仕事、最近行ってないだろ」

「……」

「何してんだ馬鹿。俺らもう大人だろ。ガキじゃないんだぞ。分かってんのか」

「分かってるよ」

「仕事どうすんの。しゅんの飯しか作らねえぞ」

「お前と一緒にするな。お前は幸せそうでいいよな。……現実ってこえーな。直ぐ足元をすくわれてこけそうになる。これでも頑張ってるんだよ。お前がいない部屋。しゅんは寝てるけどなんか……、なんか急に虚しくなって。仕事は頑張ってたけど……、手につかなくて」

あきらは夏生に背を向け肩を丸めた。夏生はその小さく見えるあきらの背中を見詰める。

「知ってるよ。家族の命日が近いんだろ」

「なんだ、知ってたの」

「お前と一緒に墓参りした時、そん時に見た」

「そうか、そうだよな。……そうだよ、明日が命日。なんで俺が生き残ったのかなあ。一緒に逝きたかったよ。毎日思う。俺はなんで生きてんのっかってよ。事故って、なんだよ」

見えてなくても分かる、あきらの肩は震えている。きっと泣いているのだろう。あきらは拳を強く握った。悲しくてやりきれなくて、憤りにどん、と床を殴った。

「お、俺もっ！　俺も、一緒に逝きたい。乗ってれば良かった、一緒に車に乗ってればよかった。メイ、母ちゃん、父ちゃん。なんで俺を独り残した」

夏生は悲しげに見詰める。そっと傍に行き、あきらの背中を撫でる。震える肩、殴りつけた拳。あぐらをかいて顔を伏せあきらは号泣した。夏生の手にすがり涙を流す。夏生は静かにあきらの手を取り、背中をただ撫でる。

　あきらの涙が枯れる頃、夏生は話し始めた。

「自暴自棄になるな。……俺もそうだった。親父はアル中で暴力もあった。二度目の母親は離婚届を置いて帰ってこなくなった。そして親父は死んだ。道路の溝に転落して水死したよ。……でもな、死んだ親父の顔を見ると優しい顔で眠っていた。……不思議だな、これまでの思いが全部幸せだったと……そんなふうに思った」

　夏生は悔やむように切ない声で呟いた。

「死んだら文句すら言えなくてよ」

「そうだよなあ。運転した飲酒の運ちゃんも家族いるんだよな、俺は家族を亡くした。運ちゃんは家族のいる帰る場所があった。でもさあ、今でもどうすればいいのか分からなくなる気持ちになるんだよ」

「ほら、思い出せ。人は死ぬと星に還るって。きっとそこからお前を見守ってる。辛い時、悲しい時、空を見上げろ。月は昼間でも見える、星も青い空でも輝いてる。目に映らないだけで、直ぐ傍に在る」

「おう、おう……」

「もういいだろ。後ろを振り返るな。お前の向く場所に、お前の家族はいる。……ほら、しゃんとしろ。顔でも洗ってこい」

　あきらは涙を拭う。涙と鼻水でくちゃくちゃの顔を洗いに洗面台に行った。水の音が聞こえてくる。あきらを諭した夏生。だが夏生は拭えない。未だに引きずっている。忘れることなど出来ない。それが自分の罪だから。

上手く笑えない時がある。笑顔を失敗する時もある。そんな時、俯いてしまう。それは誰にも悟られない。

水の音がやみ、あきらが顔を濡らして戻ってくる。夏生はたたみかけのタオルを渡した。

「……さんきゅー。日向」

「たいしたことじゃない。仕事場の人たちに謝りに行ってこい」

「分かった」

夏生はあきらの背中を押す。

「行ってこい。今からでも遅くはない」

「そ、うか。……うしっ！　行ってくる」

「明日、一緒に墓参り行こうな」

「おう」

玄関を開けあきらは出かけていく。夏生はその背中を見守った。

「しゅん」

「な、に」

「ちゃんと勉強してるか？」

「う、ん」

最近しゅんの吃音もなくなりつつあった。しゅんはまるで子供のままで少しも成長を感じない。それでも本を朗読するだけで多少の変化は見られた。

しゅんは夏生を見上げ袖を引っ張る。

「ん？」

「ほ、ほん、本あ、あたらしい、のほしい」

同年代の高校一年生がねだるような内容じゃない。夏生は時間を見て頷いた。仕事の時間までまだ余裕がある。まだ、可愛いおねだりだ。

「じゃあ、本屋行くか」

相変わらずの子供脳。夏生はため息を吐く。

「お前は成長しないな。あの頃のままだ。まあ、あれも思い出か。……ま、いっか」

あきらは職場に行き土下座をして謝り一笑いをされ、またとび職に戻った。夏生は相変わらず黒髪を揺らしてバーで働いている。家族と言っては、あまり変わらないが三人の生活は安定している。

しゅんは夏生の手を握り、歩く。あちこちとよそ見をしながら歩くしゅんの手を引きながら本屋に着いた。

「ほら、欲しいの持ってこい」

しゅんは夏生の手を離し、たたた、と走り出す。夏生は専門書を探して手に取る。多数の問題集を手にした。そしてしゅんの姿を見つける。駈け寄ってきたしゅん。さっと差し出した。夏生はそれを受け取りしゅんとレジに並んだ。

会計が終わり団地へと歩く。

まるで弟が出来たみたいで、一人っ子の夏生はしゅんを可愛がる。それはきっとあきらも思っているだろう。二人に守られているしゅんはある意味で幸せだろう。

ビビビーと原付の音が響く。夏生は振り返った。丁度、団地に着いた頃だった。

「おう、日向。どしたの？」

「お疲れ。本屋行ってきた。こいつのな」

「しゅん、良かったな」

「う、うん！」

「しゅん、鍵開けて」

玄関下の植木鉢から鍵を取り、ガチャンと開けた。

「あきら、先に風呂に入れ」

「お前は？」

「後でいい。取り敢えずシャワー行け」

「おう、悪いな」

あきらは汚れた手で額の汗をぬぐい、甚平を持ち浴室に向かう。そしてその頃、夏生は夕飯の準備をし始める。

「しゅん、ちゃんと声にして読む」

「さんきゅー。気持ちよかった。弁当ありがとなー」

「ああ。大型バイクの免許とるんだろ？　気にするな」

「まじさんきゅー！　愛してる！　彼氏、今からでも間に合うだろ」

「俺は愛してない。他を当たれ」

お互い笑いながら雑談が始まる。キッチンからと茶の間からの会話。あきらの仕事の出来事に夏生は半ば苦笑しながら料理を終えた。

「飯出来たから、好きな時間に食べて。俺はシャワーにいく。……あー。あとしゅんを見てて」

「あいよー」

夏生は少し冷たいくらいのシャワーを浴びる。夕暮れになっても夏の暑さは下がらない。白いつま先が浴室の開いたドアから伸びる。使うシャンプーやコンディショナーやボディソープは個々、違う。髪を乾かす音、香るバニラの香り。その香りに夏生が上がったと知る。あきらは振り返る。

「世の女も敵わねえなあ」

薄いカーディガンを羽織ると夏生はあきらの頭を小突く。

「馬鹿言ってんな。俺は健全な男だよ。じゃあ、行ってくる」

「おう。頑張れー」

今日は記念すべき日だ。昴と同伴だ。相手は昴。タクシーでもう直ぐ着く、とＬＩＮＥが入る。夏の風に黒髪がなびく。タバコを吸いながら団地の下で待っていた。

きっ。とブレーキを踏む音が聞こえる。夏生は顔を上げ、後部座席の昴を見つけた。


「なーつきー」

「ああ。……すいません」

ドアが開き夏生は昴の隣りに座った。夏生は行き先を伝え一息つく。

「夏生、会いたかったー！」

一週間ぶりに会えた二人。昴は夏生の手を取る。

「ううん。俺はそうでも」

「酷い」

「嘘だよ」

「なんて名前のバー？」

「ドーベルマン」

「怖い人とかいないよね？」

「いるよ」

「え？　マジ？」

夏生は昴の顔を両手で挟む。そしてにこやかに笑った。

「俺」

「えぇー。夏生ならぼったくられてもいいや」

「馬鹿かお前は。相変わらず頭ん中はお花畑だな」

「だって会えるか会えないか分からねえんだよ？　お前は仕事、俺は高校。それに今日は俺の記念すべき日だぞ？」

「ああ、そう言えばお前酒とか呑めんの？」

「分かんない。多分、呑める。……夏生は？」

「俺は呑むのも仕事だからな。潰れたことはない。……親父譲りだな」

ぼそっと夏生は呟いた。昴は重なる手を繋ぐ。

「大丈夫だよ。まあ。悲しくなるけどな。でも……もう過ぎたことだ」

「また俺、やっちゃったな。ごめん」

夏生は首を振り笑って見せた。昴が繋いだ手を握り返す。


「あ、ここで」

タクシーは停まる。料金を支払いタクシーから降りる。

「マスター、おはようございます」

「おはよう。おや、見ない顔だね。こりゃまたイケメン君だ」

丁度シャッターを開けようとしていたドーベルマンのマスター、田中は振り返り昴を見る。夏生は頭を下げる。

「今日は同伴です」

「昴と言います。夏生の恋人です」

「馬鹿。余計なことを言うな」

「だって事実だろ」

「ほう、中々のお似合いだねえ」

田中は目を細め夏生と昴を見る。夏生は昴のすねを蹴る。

「気にしないで下さい」

「いやいや、いい物を見られたよ、さあ昴君、先に店に。カウンターにでもどうぞ」

「ありがとうございます」

「良かったな。ほら、入れ」

「おう。お邪魔します」

夏生は制服に着替え黒髪を結ぶ。そしてカウンターに出る。もう直ぐ開店だ。

「看板つけてきますね」

「ああ、頼んだよ」

夏生はカウンターでそわそわとする昴を見つけ、口の端に笑みを浮かべ、そのまま看板に電気をつける。

ジジ、と音と共にパチパチと看板に明かりがともる。カラン。ドアが開く。

「いやあ、こんばんは」

「相原さん、こんばんは。今日もごちそうになりますね」

「それと。おい昴、自己紹介」

きょとんとする昴。いまいち馴染めてない。

「すいません。こいつ」

「いや。夏生の恋人の昴といいます。よろしくお願いします」

「おお、これまたイケメンくんだね」

反応はマスターの田中と同じだった。ここぞと見せたイケメン爽やかスマイル。夏風吹き抜ける笑顔。

「いいねえ。お似合いじゃないか」

「ですよ」

「お前は黙ってろ」

「ですよねえ」と昴が言い終わらないうちに無駄口に蓋をする。

「ははは、恐妻だね日向君は」

「なんでもありませんよ、気にしないで下さい。こいつ、ただの馬鹿なんで」

「ひどい」

昴は嘆く。それを楽しそうに見詰める田中と相原。若い者はいいと、相原は言った。

「相原さん、後でこいつとダーツでもして下さい。ボロ負けでいいんで」

「いいねえ。日向君が女顔負けの容姿とくれば、恋人もイケメン君がつくのかねえ。いやいや、素晴らしいことじゃないか」

「そんなことないですよ。昴なに呑む？　相原さんは」

「いつもので」

「かしこまりました」

普段見られない夏生の制服姿。それにまとめられた髪。シェイカーを振る姿も慣れたもので様になっている。

「はい、どうぞ」

スッと相原に差し出されるカクテル。夏生は昴に聞く。

「夏生のオリジナルで」

「かしこまりました」

シャカシャカとシェイカーを振り、グラスに注ぐ。

「どうぞ」

昴は受け取り一口くちにする。

「初めてお酒を呑んだ感想はどうでしょうか？」

「うまい。甘い、ラムネの味がする。これも酒なんだな。不思議」

「そうかい、昴君はお酒初めてなのかい」

未成年だなんて言えない。夏生も昴も言葉につまるが笑って誤魔化した。それから店は賑わう。

「じゃあ、昴君、僕と勝負をしようか」

「勝てばカクテル一杯おごり、負けた奴がカクテル一杯自腹で払う」

「分かった。じゃあ、お願いします」

「昴、五本勝負だからな」

「おっけー。じゃ」

二人ダーツの場に立つ。

夏生はカウンターを回しながら二人の姿を見る。楽しそうに笑い声を上げる昴。にこやかな笑顔で夏生の立つカウンターに座る。

そして後から相原が苦い顔をしてカウンターに座った。

「俺の勝ち！」

「いや、負けてしまったよ。昴君、好きな物をいいよ」

「ごちそうになります」

「昴いい気分だな。相原さん、敵討ちを俺がしますから」

「ははは、昴君、日向君は強いよ」

「マスター、カウンターよろしくお願いします」

「いいよ」

ニコニコと田中は笑い頷いた。

「じゃあお前から」

シュッ。ぴろりろりん、ぴろりろりん。

勝敗は決まっている。負かした昴を後にカウンターに戻る。

「相原さん、一杯どうぞ」

「夏生。強すぎ。俺も呑む！」

吠える昴。夏生は、はいはい、と慰めの一杯を昴に差し出す。そして談笑が始まる。

「夏生、もう一回やろ。俺が勝つから」

「お前には無理だ」

定位置につき矢を投げる。そして勝負は簡単についた。五本中、全てが真ん中を捉える。

カラン。

「いらっしゃいませ」

見ない顔にマスターの田中は頭を下げる。

「初見様ですね。何にいたしましょう」

「ジン」

「かしこまりました」

「お客様、当店に来るのは初めてですか？」

「ええ。美人がいると聞いて」

「日向君をご存じで？」

顔つきはきつめの男。長身のひょろりとした男だった。

「残念ですが彼は男性です。恋人もいらっしゃいます」

「あの子か。……綺麗ですね」

舌舐めずりするように男の瞳は夏生を見詰める。いやらしい笑みを浮かべていた。

「あそこの男性が彼の恋人です。残念ですが、諦めて下さい。私がおっしゃることがご理解出来ましたら、お帰り下さい。お代はこちらから出させていただきますので」

「いえ、こんばんは失礼します」

頼んだジンも呑まずに男は帰った。その姿を見送り田中は夏生と昴を呼ぶ。

「日向君」

「はい」

「夜道を気を付けるんだよ」

「はい？　どうかしましたか？」

「さっきの男性、見たかい？」

「はい、初見さんですよね」

「日向君、君に会いに来たと言っていたよ。事情を話してお引き取り願ったんだけどね。怪しい男には気を付けなさい」

「夏生、大丈夫か？」

「昴君、私が家まで送るつもりだから心配はしなくて大丈夫だよ」

「マスター、俺なら大丈夫ですよ」

「いや何か起こった場合を考えれば遅い。うちの看板に何かあったら大変だからねえ」

「夏生、そうしてもらえ。マスターさん、夏生をよろしくお願いします」

「承知したよ」

「夏生、一緒にいられなくてごめんな」

「ううん。じゃあ、マスターお願いします」

だが店は賑わい続け閉店時間を越えてしまった。

「昴君、やっぱ貴方に日向君のことを送ってもらっていいかな。とても終われない。なので日向君、先にあがってくれてかまわないよ」

「はい任せて下さい。今夜は楽しかったです。また来ます。そして夏生をよろしくお願いします」

昴は深々と頭を下げる。守ってやれない自分と傍にいられない時間が悔しい。

「それじゃ、先に帰りなさい。後は私が片付けるから」

夏生は申し訳なそうに頭を下げた。

「じゃあ、お先に失礼します。マスター、お疲れ様でした」

「うん。お疲れ様」

夏生はお言葉に甘えてバックヤードに向かい私服に着替える。既に電話をしていたタクシーの送迎が停まり、チカチカとウィンカーを光らせていた。

「お疲れ様でした」

夏生は頭を下げ、昴と共にタクシーに乗り込んだ。

昴にタクシー代を渡し「またな」と手を振る。本当はもっと一緒にいたい。そう思うのはお互い様だ。


「ただいまー」

昴をタクシーで見送り、夏生は団地へ帰り、鍵を開けた。リビングからしゅんの声が聞こえた。しゅんは夏生に言われた通り本を朗読していた。

夏生はカーディガンを脱ぎ、髪をほどく。

「しゅん、お利口さんだ」

「う、うん！　ほ、んたのし、い」

「じゃあ約束通りゲームでも買いに行くか？」

「ほ、ほんとう、にっ？」

あきらは仕事でいない。一人残されるしゅん。かわいそうだが、今は仕方ない。

「じゃあ、着替えるんだぞ」

「うん！」

「で、できた」

「じゃあ行くか」

しゅんの手を繋ぎ歩き出す。古本屋に立ち寄りしゅんに夏生は言う。

「好きな物取ってこい」

「や、やった」

しゅんは嬉しそうに駆けていく。夏生はそれを見届け、天文書を探す。品定めしながら本を取ってはしまうことを繰り返す。

「お、あった」

手を伸ばし古本としては綺麗な天文学の本を手に取る。それから夜空を収めた星座の写真集。帰って見るのが楽しみだ。

「ひ、ひなたくん、こ、こ、れ」

「お前格闘ゲーム好きだな。前買ったゲームはクリアしてんのか？」

コクコクと頷く。夏生は眉を下げしゅんを見る。また、逆にとらえれば正義感が強いのか、とそんなふうに思う。

「分かった。じゃ行くぞ」

「あ、あり、がと、う」

「お礼なんて初めてだな。えらいぞ」

わしゃわしゃとしゅんの頭を撫でる。時間が止まったようにあの頃から成長しないしゅん。少し心配だが、時間が経てば解決するだろう。二人は団地に帰った。

「風呂に行くから、ゲームでもしてろ」

さっそく始めたゲーム。夏生は着替えを持って浴室に向かう。シャワーを簡単に済ませ浴室から出る。ドライヤーで髪を乾かしながらふと見た鏡に映った自分の顔。薄いブラウンの猫目。夏生のコンプレックスだった瞳。

だが、昴はこの目が好きだと言う。そう言われ続け、ほんの少しだけ好きになった。そしてアルバムから剥がした両親の写真。写真に写る母親の目元。同じ瞳で穏やかな笑みを残した。

「幸せだったのかな」

もう戻れない過去。母を失い、父を亡くした。それでも足を取られながらも必死で歩いてきた。背中に背負う十字架。どれだけ歩けばいいのか分からず、独り歩いてきた足跡。引きずる十字架の後。

夏生は少なからず、今は幸せだ。その問いに応える。だがふわふわと浮かんでは消えていく曖昧な白昼夢。そろそろ目を開けよう。

(俺は生きる)

瞳の中で揺れる蜃気楼。過去たちが微笑んでは消えていく。夏生は揺らぐ夏の日の蜃気楼に手を振る。少し切ない寂しさを堪えながら夏生はポロリと涙を零し過去たちを涙で見送った。

「マスター、おはようございます」

「おはよう。日向君」

「準備してきますね」

「頼んだよ。私は監視カメラを設置してくるよ」

「カメラ？　何かありましたか？」

田中は難しい顔で夏生を振り返る。指を差し困ったように笑った。

「君が心配なんだよ。最近物騒だからね」

「僕は大丈夫ですよ。それに男ですし」

「君の彼がいればいいんだけどね」

「心配かけてすいません」

夏生は困った顔で頭を下げた。

「君はうちの看板だからね」

「ええー。そんな」

「それがあるのさ。君は美人だからね、君に会いに来るお客さんもいるんだからねえ。余計に心配なんだよ」

「あー。……気を付けますね、ありがとうございます」

申し訳なさそうに夏生は頭を下げた。

「じゃあ、看板出してきますね」

看板を出す夏生に、脚立を立て監視カメラを取り付ける「ドーベルマン」のマスター田中。

「ああ、頼んだよ」

看板の明かりがともる。じーっと映る監視カメラ。

「じゃあ、今夜もよろしく頼むよ。日向君」

「はい」

カラン。ベルが鳴る。

「いらっしゃいませ」

「何をいただこうかね」

「初見さんですね」

夏生は黒髪を揺らし笑みを浮かべ頭を下げる。

「うん。なんで分かったのかな」

「常連さんばかりで」

カラン。徐々に客足が増えてくる。

「やあ」

「こんばんはです」

見慣れた顔ばかり。夏生は手慣れたようにシェイカーを振る。

「ほう、賑やかなのもいいものだ。君は男性かな？」

紳士の雰囲気を纏った初見の客。夏生の容姿を見て首を傾げた。

「こう見えて男性です」

夏生は笑う。スッと出されたグラス。

「どうぞ」

「お、君のオリジナルかい？」

「お客様の雰囲気で作りました。お口に合えば光栄です」

こく、と男は一口、口にする。

「ライムかい？　随分と爽やかだね。私に似合ったオリジナルもいいもんだ。うん。気分がいいねえ。……君の名前はなんと言うんだい？」

「ひなた、といいます。お見知りおきを」

ニコッと笑いグラスを拭く夏生。

「いや、綺麗な顔しているねえ。私は佐々木というものだ。よろしく頼むよ。マスターはいるかね？」

「いますよ。呼びますか？」

「頼んだよ」

バックヤードで監視カメラの調子をモニターで見ていた田中を夏生は呼ぶ。そして田中は出てくる。初見の客の顔を見て田中は声を上げた。

「ああ、佐々木じゃないか！」

「田中、覚えてくれていたんだね」

「親友の顔を忘れるわけないじゃないか！」

突然の親友の来訪に田中は喜んだ。

「マスターの親友なんですね」

「そうだよ。この子がうちの看板だよ」

「そうなのかい？」

「みたいですね」

夏生は困ったように笑った。

「こんな美人さん、他の男が黙っちゃいないだろう」

「そうだろ？　だから日向君が心配なんだよ。監視カメラも設置したところだ。日向君、困った時は佐々木を頼ってごらん」

「佐々木さんはお仕事何されてるんですか？」

「はは、しがない弁護士だよ」

「弁護士さん、素敵なお仕事ですね」

「そうかい？　君みたいな美人さんなら大歓迎だよ。ははは」

おつまみを作りながら夏生は苦笑する。

「そんな褒められたようなものじゃないですよ」

接客もつまみもそつなくこなす夏生。出来上がったチーズソルトを差し出した。

「ひなたくん、お酒は大丈夫かい？」

「佐々木、この子と呑み比べはやめた方がいいぞ」

「強いですよ、僕」

「それでは何にしますか？」

「じゃあ、勝負でもしようかな。ウオッカでも大丈夫かい？」

「お任せします」

そして時間が流れる。

「ううん。気持ち悪いな」

「もうダウンですか？」

「日向君、負けたよ。いやあ、強いねえ。上戸とはいいものだ」

「ご馳走様です。……でも僕も結構、ギリかもです」

「二人とも顔が赤いよ。お冷やもってくるから」

「マスターすいません」

差し出されたお冷や。二人とも一気に呑み干した。

「悪酔いをしてしまったよ。ああ、でも楽しかったよ」

ははは、と佐々木は笑う。夏生は頭を下げた。

「無敗ですよ」

佐々木につられ、夏生も笑う。涼しい顔で笑う夏生だったが少しだけ酔っ払っていた。

吐く息は酒臭い。

　閉店の時間が来た。まばらになる客足。

「田中、また来るよ。日向君、楽しかったよ」

「こちらこそ。お気を付けてお帰り下さい」

　顔を赤くしながら佐々木は会計を済ませ、手を振りながら帰って行った。見届け、看板の明かりを消し、閉店の準備をし始めた。

「日向君、送っていくよ」

「はい。いつもすいません。じゃあ、着替えてきます」

「ああ。ゆっくりでいいよ」


　バックヤードで着替えをし、スマホを見る。通知十二件。

（仕事終わったよ）

　寝ているはずの昴にＬＩＮＥを送る。

　ピコン。

　直ぐに返信が来る。夏生はため息を吐きながらスマホを見詰めた。

（お子様は寝る時間だぞ）

（夏生が心配なの！）

（大丈夫だよ。余計な心配）

（夏生つめたい。俺泣いちゃう）

（はいはい。さっさと寝ろ。愛してるよ、昴）

（このツンデレ）

（いいから眠りなさい）

夏生はスマホを片手に表に出る。エンジンを吹かしながら田中の車が待っていた。

「お待たせしました」

「うん、いいよ。じゃあ送ろうか」

「いつもすいません」

暫く車に揺られる。

「あ、ここでいいです」

「大丈夫かい？」

「はい。また明日、よろしくお願いします。お疲れ様でした」

「頼むよ。じゃあ、お疲れ様」

田中に頭を下げ、夏生は団地へと歩く。ガチャと鍵を回し夏生は部屋に上がる。敷かれた布団。ばた、と寝転がる。黒髪をほどき布団に身体を沈めた。

「……もー無理」

吐く息は酒臭く、夏生の顔はほんのりと赤い。服も着替えずに布団の上で丸くなる。夏生はそのまま寝てしまった。

「うぅぅ。二日酔い……死ぬ」

「未成年が二日酔いとかバカか」

「呑むのも仕事なんだよ。あきら、酔い止めと水持って来てー」

もごもごと布団の中で夏生は転がる。頭が轟々と痛く、どんな音も敏感に感じとり、余計に気分が悪くなる。

「おい、日向。起きろ。ほら」

渡された薬と水。夏生は一気に薬と水を飲み干す。

「水、もう一杯」

「はいはい」

「さんきゅ。……は、生き返った。風呂行ってくる」

「もう少し寝てろよ」

「いや、気持ち悪い」

止めるあきらを他所にふらふらと夏生は浴室に消えていく。シャワーの音が聞こえてくる。あきらはしゅんの朗読を見ていた。かちゃとドアが開き、髪を拭きながら夏生が浴室から出てくる。

「あきら、今日は仕事は？」

「うーん。昼から現場。しゅん、ちゃんとしてきたな」

「前と比べたらな。しゅんのことありがとな」

「なんか母親になった気分だ。しゅん、またゲーム買ってやるからな。勉強頑張れよ」

「あんまり甘やかすなよ、おにーちゃん」

「やめて。笑えない」

嫌々と言いながらも、あきらはしゅんのことにちょいちょい構う。喜ぶしゅんの笑顔。とても純粋だ。夏生は思った。妹を亡くし注がれるはずの愛情をしゅんへと注いでるように見えた。

「ひ、ひなた、くん。こ、これ」

髪を掻き上げしゅんが差し出した物を見る。

「か、かけざ、ん、くく」

「んー？　どれどれ。おお、正解だな。また本屋行こうな」

なんて夏生もあきらのことは言えない。頭をグシャグシャと撫で、夏生は笑った。一人っ子の夏生。兄弟がいたなら自分の歩く道に一緒に歩きたかったなと、夏生はしゅんを見て思う。

あきらはバイクの本を読みタバコを吹かしていた。その背中には何を背負っているのか夏生は分からない。あの日涙したあきら。きっと重い物を背負っているはずだ。

それでも残されたものはただ、歩くしかない。その残像を、その悲愴を背負いながら。

その姿が寂しそうに見えるのは同じ痛みを知っているから。母を亡くし父親を亡くした。

二人とも同じ物を背負っているから感じる、感じ合う。

「あきら、しゅん頼んだ。俺、時間まで寝てる。仕事気を付けろよ。おやすみ」

「おう」

寝付いた頃ＬＩＮＥ通話の音が鳴る。夏生は不機嫌そうな顔でスマホを手に取った。

着信は昴だ。

「はあ。もしもし、どうしたの」

ふと見ればあきらの姿が見えない。しゅんはゲームをしていた。時間を見れば四時過ぎ、あきらは仕事に行ったのだろう。

「ごめん、邪魔した？　夏生の声聞きたくて」

「寝てた」

「ああ、悪い！　また掛け直す」

「いやいいよ。お前学校は？　夏休み終わっただろう」

「今何時か分かるだろ。下校時間」

「あー。そうだな。塾は？」

「うん、だから夏生の声聞いて塾頑張ろうと思って」

「相変わらずお前勉強漬けだな。あんまり無理するなよ」

「うん、ありがとう。うん、うん。大丈夫。じゃあ仕事頑張れよ」

「うん」

「……夏生？」

「うん？」

「愛してるよ」

「俺も」

「夏生も言って」

「……愛してるよ、昴」

「あー、幸せ」

電話越しの昴の声は正直、安心する。心が和らぐ。愛しい声。ずっと聞きたかった昴の声。今はこんなにも近くにいる。それが生きる糧になる。抱き締められると、その仕草、表情、香り、温もりに傷付いた心の夏生を癒やす。

「夏生？」

ふと我に返る。昴の声が心地よく、ついつい寝てしまいそうになる。

「うん。じゃあ塾頑張れよ」

「ありがとう。またな」

「うん」

ツーツーと音が流れる。夏生は電話を切った。布団を頭からかけ夏生は瞼を閉じた。

頭の中はひたすらこれからのこと。きっと昴なら成功し、そしてエリートの道へ、誰もがうらやむ人生を歩いて行けるだろう。若くして仕事を始めた夏生はそんな昴と共に歩いて行けるか、と悩む。

「なるようになるさ」

交差点を歩く人々。記憶が交差する。薄らと浮かび上がる父親の眠った顔。寂しさと懐かしさ、少しの後悔。

「俺はここにいる」

俯いた顔を上げ、青空を見上げ唇を噛み締める。涙が零れ落ちる。

父親の静かな顔を見詰め涙を零し病院を後に、夕陽を背に十字架を引きずって歩いたあの時。

「あの時の俺じゃない」

全てをあの日に置いてきた。それを受け止める勇気なら、今ここにある。夏生は蜻蛉のように揺れる過去を眩しそうに見詰める。独りだと泣いた夜。星を見上げ泣いていた夜。恋しくて泣いていた夜。寂しさがこみ上げ俯いて泣いていた夜。

今ならその悲しみを受け取れるだろう。夏生は両手を広げる。抱き締めた無数の涙の粒。

「もう大丈夫」

夏生は薄く微笑み、静かに寝息をたてた。

アスファルトを暑く照り返していた夏はいつの間にか過ぎ、秋の心地いい風が吹き抜ける。枯れ葉を乗せ穏やかな風が頬を撫でる。

テケテンと夏生の電話が鳴る。

「もしもーし。どうした」

「今度いつ会えるかなーって」

「シフト見て教える」

「欲しい物とかない？」

「んー、指輪も貰ったしネックレスもあるし、特にないかな。なんで？」

「お前の誕生日。欲しい物とかない？」

「あー。そうか今月俺の誕生日だ。はあ、もう十九歳だ。忘れてた」

夏生はかけられたカレンダーを見詰める。九月二十二日。明日は夏生の誕生日だ。中々、感慨深い。一つ昴の歳を追い越す。掛け時計を見上げる。もう直ぐ十八時をまわる。夏生は電話をかけながらしゅんの姿を探す。昴が電話をかけるまで布団の中で丸まって寝ていた夏生。

「しゅん？」

やけに静まった部屋の中。あきらもしゅんもいない。どこかに出かけたのだろうか。電話をしながらあきらにＬＩＮＥを送った。

（わり、しゅん連れてゲーム買いに出かけてる）

返信が来た。夏生は「余り遅くなるなよ」とあきらに返信した。

「じゃあ、また明日な」

「うん。また明日。あ、昴」

「ん？」

「誕生日覚えててくれてありがとう。大好きだぞ」

「うわー。今すぐ抱き締めたいー！　なつきー俺も大好きっ、愛してるっ！」

「分かった分かった。じゃあな」

昴の気持ちを他所に電話を切った。ほどいた黒髪が肩を流れる。夏生は髪を結び、夕飯の準備にキッチンに立った。機嫌良く鼻歌交じりで料理を作っていく。ガチャリと玄関が開く。

「ただいまー。んーいい匂い」

あきらとしゅんが姿を見せる。夏生はあきらに言う。

「出かける前に起こすかＬＩＮＥするかどっちかにしろ」

「あーわりぃ。日向ぐっすりだったから起こしたら悪いと思って。おい、しゅん」

「ご、ごめんな、さ、い。ひ、ひなた、くん、ほらこ、れ」

「うん？……ＲＰＧか。よかったな。でももう直ぐ夕飯だから後でな」

「う、うん！　い、いいに、おい、ぼぼく、おな、かすい、たっ」

「たくさん食べろ」

部屋に香るまろやかな夕飯の匂い。今日はホワイトシチューだ。

「しゅん、お皿準備して」

夏生に言われるままに皿を出しテーブルに夕飯が並ぶ。

「あきら、パンと白飯どっちがいい？」

あきらは既に箸を付けている。ぱっと手を離し夏生の元へ行く。

「お、パン二枚と〆に白飯。ビールビール」

「ビール呑むなら後にしろ。せっかく作った飯が不味くなる」

「はーい」

無償で手料理を作る夏生。あきらは大人しく席に戻った。「いただきます」と手を合わせ料理に手をつける。他愛ない話をしながら、食事が進む。あきらは〆の白飯を茶碗に盛りもりもりと箸を進めた。

「はあ、腹一杯。日向いつもありがとー」

「うん？　気にするな。しゅん、皿洗い頼んだ」

「う、うんっ！」

食器をキッチンに持っていく。相変わらすしゅんは皿洗いが得意だ。でも時々不安に思う。年齢とつり合わない言動や態度。夏生は考えていた。しゅんはこのままでいいのかと。あきらにもそれとなく話したが思い込みすぎだろうと返された。今は夏生とあきらが交互に面倒を見ている。だが、いつの日かそれが終わってしまうのではないかと考えてしまう。カチャカチャと音を立て皿を熱心に洗っていくしゅんの小さい背中を見詰めた。

きっと何かあるかも知れない。だが今は分からない。ただの思い過ごしであってほしいと夏生は思う。

「日向、ビール」

「え？　ああ、どうぞ」

夏生は窓を開けタバコを咥えて火をつける。紫煙が秋の風に舞い上がった。ゆらゆらと紫煙が形になり消えていく。

明日で十九歳になる。大人になったつもりが、全てはあの日から成長していない。

去年は独りだった。傍にいてほしい存在はなく、涙で独り歳をとった。幼い頃の誕生日は記憶にない。

「明日か」

「ん、なにが？」

あきらは夏生の独り言を見逃さなかった。夏生は苦笑を浮かべ伝えた。

「明日、俺の誕生日」

「え、マジ？」

夏生は頷いて言葉を綴る。

「明日、俺いないから頼んだ。帰りは明後日の昼ぐらいになる」

「おっけー。彼氏とデートか？」

「うん。悪いな」

「いやいや。たまには息抜きでもしてこい。いつも世話してもらってるし。一日早いけど誕生日おめでと」

「ありがと。あきら、お前の誕生日は何月？」

「十二月二十五」

「へえ、クリスマスだな。プレゼント、クリスマスだとどうなんの？」

「クリスマスプレゼントが誕生日プレゼントだな」

「まあ、プレゼントは何て言えばいいのか分かんないけど、誕生日がクリスマスっていいな」

「ガキの頃はサンタクロースにクリスマスプレゼントと誕生日プレゼント二つ貰えると思って、なんでサンタクロースはプレゼントくれねえのかってだだこねてたんだけどな。父ちゃんがサンタクロースだって聞かされて、父ちゃんすげぇって思ってた」

夏生はタバコを吹かしながら笑った。ゴホッと煙が気管に入り夏生はむせて涙を溜め、笑う。

「はは、だいじょーぶか？」

咳き込みながら夏生は頷く。

「はあ、は、父ちゃんがサンタクロース。それはすげえな。それは笑うしかない」

「だろ？　俺は純粋に信じてたんだよ。まあ、今は祝ってくれる奴はいないけど」

笑うあきらは少し寂しそうに見えた。

「クリスマスな。分かった。次は俺がサンタクロースになってやる」

「はは、日向がサンタクロースか。悪くないな、じゃあクリスマスまでにサンタクロースに手紙でも書くか」

こんな些細なことでいい。支え支えられる。友として親友として共に歩ける。悲しさも寂しさも半分、分けて同じ空間で過ごす。

「……日向？」

「うん？」

「さんきゅうな」

「……いいんだよ。友達だろ、あきら」

「おう」

バイクの本を片手にビール。少し震えたあきらの肩。夏生はワザと目を逸らした。

少し冷たい秋の風が黒髪を揺らした。どこへもいけない思いは互いに胸の中に在る。その傷を舐め合う。傷を負ったライオンのように互いを認め深い傷に触れる。

「俺、シャワーいくな。しゅん、ありがとう。ゲームしていいぞ」

着替えを持ち浴室に向かう。明日は誕生日だ。昴に久しぶりに会える。どんな顔をしていけばいいのか分からない。きっとどこかで失敗する。どっちとも転げない複雑な思いだ。それでも楽しみなのは変わらない。今年は好きな人が傍にいる。夏生はシャワーに暫し打たれた。

九月二十三日。夏生は少し分厚いカーディガンを着ていつしか昴に貰った深い赤色のマフラーを首に巻いて昴が乗るタクシーを団地の下で待っている。黒髪はほどかれ少し冷たい秋の風になびいた。履いたムートンブーツ。トントンと足をならす。

ピコン。LINEが鳴る。

（あと少しで着く）

スマホを切って透き通った秋空を見上げた。澄んだ青い空に白く光る月を見つける。ぼんやりと見上げる。昴と離れて二年半。随分と遠くまで歩いてきたな、なんて思った。

キッとブレーキを踏む音に視線を向ける。

夏生はタクシーを見つけた。後部座席に座っている昴。夏生はパタパタと向かう。バタンとドアが閉まり、夏生は昴の隣りに座る。

「待たせたな。あ、それまだ使ってくれてるんだな。嬉しい」

「うん、大事に使ってる」

「似合ってる」

夏生は少し恥ずかしそうに笑った。

「もういいから」

「うん。じゃあすいません、ここまで」

昴は自分の住む住所を伝える。

暫くタクシーにゆられる。そしてタクシーは停まった。

今日は秋晴れ。透き通った青空に浮かぶ白い月。二人手を繋ぎ小高い丘へと散歩がてらに歩いた。バフッと青い芝生を踏む。つややかな緑に昴と夏生は座った。

「誕生日おめでとう」

「……うん」

少し寂しそうな表情の夏生の顔。いつの間にか昴を一つ越して誕生日を迎え十九歳になった夏生。

(母さん、親父。俺もう大人になったよ。今の俺はどう見えるの?)

「夏生」

「ん?」

「また何か考えているんだろ」

「いや、なにも」

夏生は笑って首を振った。さらさらと肩から黒髪が流れる。夏生は髪を掻き上げ、昴を見詰める。

「ありがとう。……お前は暖かいな」

「これも愛する証拠。お前がいるから心も体も温かくなる」

「時間早いけど家に戻るか」

「うん」

一つ前を行く昴。後ろ姿を見詰める。今年は昴と共に誕生日を迎えられる。嬉しいはずなのに大人になっていく中で両親のことを想う。

一番に伝えたい人。なのにどこにもいない。胸が苦しくなりポロリと泣いてしまった。涙が溢れる。ついにうずくまり泣く。立ち止まった夏生を見つけ昴は駈け寄る。

「なつき！」

「あ、はは。ご、ごめん。ごめん」

夏生の心中が分からない昴。なんで泣いているのか分からなかった。

「悪い、俺何かしたか？」

夏生は抱き締められ昴の胸の中で泣いた。

「お前が羨ましい。俺には何もない。どうして、なんで。どうして俺を独りにした」

「……っ！」

理解した。そして何も言えずに夏生をただ抱き締めた。昴はあるがままを精一杯に伝える。

「俺がいるから。俺がずっと傍にいるから、夏生泣くな。お前は一人じゃない。現実は辛い。お前から見れば確かに俺は、俺たちは家族がいて普通の、当たり前の生活を送っている。でも、だからって、独りだって想わなくていいだろ。ほら、俺を見ろ。……だから、もうと呼べる人たちがいる、あの日一緒に逃げた人たちが。俺も傍にいる。お前には家族泣くな。……もう、お前を悲しませたりしないから」

コクコクと頷く夏生。昴は夏生の顔を両手で包む。指先で涙を拭った。昴を見詰める涙に滲んだ薄いブラウンの猫目。ポロリと涙を零し、一生懸命に笑顔を作った。そんな痛々しい姿を愛おしそうに見詰め昴は夏生を抱き締める。

「愛している。俺のたった一人の大事な人。それが夏生。お前をもう離さない」

昴は身を屈め夏生の唇にキスをする。涙のしょっぱい味がした。

「さ、行こ。……もう泣くな」

悲しげに昴の瞳が揺れる。愛おしそうに夏生を見詰めた。涙を拭い、夏生は微笑んだ。

「昴。お前のそんな顔なんて見たくない。行こ、昴」

「ただいまー」

玄関を開き靴を脱ぐ。

「お帰りなさい。なっちゃん、元気かしら？」

夏生は昴の母親に顔を見せ頷いた。

「こんにちは。元気です」

頭を下げた時、黒髪が肩から流れる。

「本当に美人さんになったわねえ。昴にはもったいないわ」

「母さん聞こえてる」

「あら、失礼。さ、上がってちょうだい」

「お邪魔します」

夏生はブーツを脱ぎ玄関に上がる。久しぶりに見た昴の母親。歳を取って見えたが上品な歳の取り方だと夏生は思った。優しい眼差し、昴と同じ目をしたその穏やかな瞳。夏生は微笑んだ。

「母さん、俺たち部屋に行くから」

「はいはい。なっちゃんを困らせないでよ」

「大丈夫だよ。いこ、夏生」

手を引かれ昴の部屋に入る。マフラーをほどいてベッドに腰掛ける。

「夏生いいって言うまで目を閉じてて」

「ん？　うん」

昴はカーテンを閉める。薄暗くなった部屋。電気も消し、真っ暗になる。

昴は目を閉じる夏生をベッドに押し倒す。昴はベッドの下からプラネタリウムを取り出し、スイッチを押す。ぱあっと部屋中に浮かぶ星の数。星座が映った。

「夏生、目あけて」

「ん。……あ、プラネタリウム」

「誕生日おめでとう」

代わるがわる変わる天体。星座は四季に渡り部屋の中を巡る。

「……」

「どう？」

「うん。きれい」

夏生と共にベッドに仰向けで寝っ転がり天井を見詰める。重なる手。横になり昴を見詰める。その横顔が愛おしい。

「昴の馬鹿。卑怯だぞ。……馬鹿昴」

「はは、悪い。何も渡せないけど、俺の気持ち受け取ってほしい。……なんて我が儘かな」

「充分だよ」

ほら、また許される。どれだけの気持ちであの日々を送ってきたのだろう。たくさん傷付けた。言葉に出来ないほどの思いもさせてきた。夏生が微笑む。そして許されてきた。

夏生は星座を指先で綴る。昴は指さす方へ視線を巡らした。

「すばるー、なっちゃん。ご飯よー」

階段下から昴の母親が名前を呼ぶ。昴は応え、夏生を連れて階段を下りた。

「はい。なっちゃん」

昴がそっと背中を押す。そのダイニングテーブルに並ぶのは豪華な手料理。夏生はポロリと大粒の涙が頬を伝う。

「なっちゃん。お誕生日おめでとう」

ポロポロと涙が溢れてくる。夏生は必死に涙を拭う。それでも涙は止まらず溢れだしてくる。

「す、すいません。ありがとうございます」

「ほら、泣かないで」

夏生は過去を辿る。幼い頃の記憶に母親の存在はなかった。父との思い出も欠落していて曖昧だ。だから余計に涙が流れる。

夏生は泣いた。そっと二つの手が夏生の背を撫でた。

「あ、ありがとうございます」

「喜んでくれるかしら？」

コクコクと夏生は頷く。

「ほら夏生。座ろ」

「うん、うん」

夏生は涙を拭い、席に着いた。美味しそうな手料理にお腹が鳴る。

「この後ケーキがあるからね」

「はい、いただきます」


「ごちそうさまでした」

「俺、ケーキもってくる」

「じゃあ少し片付けるわ」

「あ、手伝います」

「いいのよ、座ってて」

動きたくなるのを堪え夏生はそわそわとただ、座っている。出されたバースデーケーキ。

「母さんの手作りだよ」

「そ、うなの？……俺も教えてもらおうかな」

「紅茶でも出すわね」

「ありがとうございます」

カチャカチャとテーブルの上の食器が片付けられ、ケーキが置かれた。生クリームを彩る赤い苺。周りは色とりどりのロウソクが並んでいた。

「はい、ロウソクつけるわよ」

小さく灯る赤い炎。

「夏生、誕生日おめでとう。火、消して」

「うん」

顔を近づけふうと息を吹きかける。じじっと火が消える。が、残された数本のロウソク。夏生がフッと消す。パチパチと拍手され、夏生は照れたように笑った。ケーキ皿に取り分けられ差し出されるケーキ。

「幸せです」

それ以外の言葉は言えなかった。心から祝福された。こんなに思ってくれる人なんていただろうか。

「幸せです」の一言が、口から言葉になり形となり純粋に声となった。

泣き笑いしながら夏生はケーキを食した。甘い生クリームと苺。甘いケーキと涙の味がした。泣き通しの夏生。瞼が重かった。


「じゃあ、失礼します」

夏生は頭を下げる。結ばれていない黒髪が流れる。昴の母親は夏生の白い手を握った。

「いつでも、いつまでも、あなたは一人じゃないわ。きっと分かる時が来るわ。いつでもいらっしゃい」

「はい。……ありがとうございました。とても嬉しかったです」

「お誕生日は特別な日だから」

夏生が生まれた証。ここにいる生きている自分。嬉しいような悲しいような複雑な気分だが、夏生は笑みを浮かべた。

「昴、ありがと」

「うん。気をつけてな。送りに行けなくてごめんな」

「大丈夫。じゃあ、お邪魔しました」

キッとブレーキが鳴る音がした。送迎のタクシーが停まる。夏生は手を振り車内に乗る。

夏生を乗せたタクシーを昴と母親は見送った。

「あんた、学校でしょ。ほら、早く着替えてきなさい」

「時間あるから」

「そう？　じゃあトーストでも準備しておくわね」

「うん」

「あんた幸せそうね」

「幸せだよ。やっと見つけたんだ。手は離さない、二度と」

「そうね、あの子を幸せに出来るのもあんたしかいないのよ。大事になさい」

「うん。母さん、ありがとう」

「いいのよ。誰も祝ってあげられる人がいないなっちゃんだから。私たちがしてあげられることを一緒にやりましょう。ね」

「そうだね、俺もっと大事にしなきゃなって思ったよ」

焼き上がったトーストを片手にコーヒーを飲む昴。食べ終わり制服に着替え玄関で靴を履く。振り返り昴は母親を見る。

「じゃあ、行ってきます」

「行ってらっしゃい。頑張るのよ」

手を振り昴は歩き出す。だんだんと肌寒くなる季節。秋、夏生が生まれた季節。

「はあ、夏生可愛かったなあ。あんなに喜んでくれるとは思わなかった」

また会えない日が続く。会えない時間が愛を育むと言うが、昴はそれは嘘だと思う。離れている分、不安な気持ちになる。

一度離した手。そして掴んだ白い手。掴んだ手は傷だらけだった。茨の道を独り歩いてきた夏生。その背に背負う十字架。

もう離さないと誓った。

「よしっ」

二度と離れないように手を重ねる。傷付いた細い手を優しく撫でる。ゆっくりと癒やす。昴の犯した罪。すれ違い居場所さえ分からなかったあの日。夏生の足跡を辿る。足跡は途中で止まり、躓(つまず)きそうになる。そしてまた違う道へと変わる。行っては止まり、止まれば新たな道が現れる。

夏生が歩いてきた軌跡。固くて重い十字架を引きずって歩いた足跡が続く。たくさん傷付けた、たくさん悲しませてしまった、たくさん待たせた。それでも夏生は許してくれた。

あの日見つけた夏生。静かに長い黒髪をなびかせ立っていた。

「決別しに来た」と言っていた。どれだけ傷付いてきたのか大きい薄いブラウンの猫目が責めるように昴を見詰めた。

夏生と別れどれほどか。夏生は綺麗になっていた。

そして自分はあの頃と変わらない子供のままだということに気付く。

昴は焦るように背伸びをした。だが夏生は言った。

「あるがままでいい」と。

それを素直に受け止め、湧き水のように溢れる夏生の想いに手を濡らせば自然と夏生の隣りに立てていた。

これからの道は一本道。二人の足跡が続く。二人で歩いて行ける。道に逸れそうな時。傷付いた癒やされぬ手が引き上げてくれる。道に迷ったら夏生の鈍色の光が「こっちだよ」と示してくれる。

夏生は昴の足元を優しく照らす、そう暗闇に蒼白く光る月の明かりに似た灯火で。

歩き疲れたら、この背を貸そう。道に迷ったらあの丘に行こう。


教室につき椅子に座る。

がらりと教室のドアが開いた。

「皆、席につきなさーい」

「後でノート見せて」

ぼそりと昴に呟き席につく友。昴は手をひらひらと振りＯＫだどサインする。ホームルームが終わりさっそく授業が始まる。昴は教科書を机にたてスマホを取り出した。そこに映る夏生の無邪気な笑い顔。スッスッと画面をスクロールしていく。そして一人悶絶する。

我慢出来ずにＬＩＮＥを送る。

(授業ひま)

(頑張れ青少年)

(なつきー。会いたい)

(勉強しろ馬鹿)

「東屋君。これを解きなさい」

後ろでこそこそと昴に耳打ちする。

「あのセンコーまじでお前を試してる」

「やっぱ?　よゆー」

こそこそとした会話。直ぐにまた名前を呼ばれる。昴は黒板にすらすらと書き、席に戻った。

「ヤな女」

「だよな」

ひそひそとした会話にここぞとばかりにまだ教わっていない問題を綴り書きし教師は昴を呼ぶ。少しだけ生徒がざわついた。昴は席から立ち上がり再び黒板に説明の意味と回答を解いて席に戻った。

チッと舌打ちする教師。

「せんせー。俺たちまだそこまで授業教わってませんよー」

チャイムが鳴る。昴は席を立った。

「東屋君」

不意に教師が呼び止める。

「はい」

「なぜあの問題が分かったの？」

昴は爽やかに応えた。

「塾の方が早いので」

実に清々しく笑ってみせた。

「かわいくないわね」

不服そうにボソッと呟き教師は背中を見せ歩き出す。昴はその背中を見て舌を出した。

「いい気味」

「さすが東屋。ノートかりるなー」

手を出す友達に昴はノートを取りあげる。

「毎回毎回、ただじゃ見せられねえな」

「ええ。何欲しいの」

「購買十個限定のバナナケーキと交換」

「はあ？　なくなるの早いんだぞ、ぜってー無理！」

「じゃお預けー」

ヒラヒラとノートをちらつかせる昴。だがどうしても見たいノート。昴が手に取るノートはどの教師よりも分かりやすく綺麗な字で書かれている。そしてそれを目当てに昴に泣きつく同級生が多い。

「東屋が頼りなのにー」

「お前ら、なんでそこら辺より偏差値の高い高校なのにどうしてそんなにバカなんだよ！　いいか、見せる代わりにバナナケーキゲットな！　誰か一人でもゲット出来たら見せてやる」

「分かった！　おい、お前らどうしてもゲットするぞ！　真面目にノートを取らない俺らには東屋のノートが必要だ！」

「りょーかい！」

はあ。と昴はため息を漏らす。それもそのはず。学校の授業より塾でならう方が多く、学年で飛びぬけて勉強している昴。将来、学校の教師になると決めている昴には既に今行われている授業じゃ物足りない。教師の教える勉学よりも塾の方が進んでいる。

そして昼休み。昴は弁当を机に置きノートを傍らに肘をついて待っていた。

「あずまやっ！」

息を切らしバナナケーキを一袋ぶら下げる。盗賊になった気分で少しだけ心が痛い。バナナケーキを受け取り、昴はノートを約束通り手渡した。

「汚すなよ」

「まじさんきゅー！　センコーよりお前頼りだからよー！」

昼飯を食べながら昴のノートを取る友達数人。昴は食後のデザート、バナナケーキを頬張る。

「お前ら本当にバカだな」

「東屋様々です」

昴は最後の一口を食べ終えると開いたノートの文字の羅列を一つずつ教えていく。分かりやすいように言葉にしながら指先でなぞる。将来教師になる昴。一、二歩早く進む塾での勉強。教えるのも勉強するのも全く苦ではない。強いて思うのは、今の授業がつまらなくてしょうがない。

それから授業が再び始まる。そして下校時間になる。放課後のチャイムを耳に昴はスマホを開いた。さっそく夏生にＬＩＮＥを送った。

（学校終わったー。疲れたよー）

（お疲れ様。ちゃんと勉強してるか？）

（してる。このあと塾）

（大変だな。無理するなよ）

（おう。ありがとー。ちょっとだけ夏生の声聞きたい）

数分。夏生から電話がかかってくる。

「なんだ」

「うん、癒やされようって思って。塾もあるし中々、夏生の声聞けないからさ」

「そうだな。今度休みの日教える。それまで頑張れ」

「うん。早く会いたい。本当は今すぐになんだけどな。なんて我が儘か。ごめん」

「なんで謝る。俺も会いたいよ。だけど我慢してる。……あ、そうだった、忘れてた、お前に合わせて学校が休みの日にマスターにシフトつくってもらったんだ。喜べ」

「マジで？　嬉しい！　ならまた泊まりに来れるな。夏生愛してるぞ！」

「あー。はいはい」

「夏生冷たいー」

「馬鹿。言わなくても分かるだろ。お前以外いないよ。じゃあ俺、シャワーいってくる。またLINEする」

「うう。早く大人になりてー」

「無理はするな。じゃあ頑張れ」

「おう」

「……昴、愛してるよ」

プツと電話が切られた。昴は地団駄を踏みたくなる想いを我慢して大きく息をはいて誤魔化した。それでも足取りは軽い。

昴は鼻歌交じりに塾へと向かった。

「マスター、おはようございます」

中腰でシャッターを開けるドーベルマンのマスター、田中に頭を下げる。

「おお、こりゃ悪かった。あいたた」

「僕やりますよ、マスター。中お願いします」

「はは、悪いね。ああ、歳をとるなんて嫌になるよ。じゃあ頼んだよ。ああ、そうだ」

「はい？」

「おい、和也。こっちに来なさい」

「……」

ごそりと動く影。夏生は振り返る。見ると中学生ぐらいの少年が姿を現す。

「こいつ、私の息子の和也だ。ほら、挨拶しなさい」

和也と呼ばれた少年はそばかすが散らばった顔をした無口な少年だった。

「……あんた、本当に男なの？」

「そうだよ、僕は日向。よろしくね、和也君」

「目がでかい」

「これ、和也。日向君はお前より年上だ、敬語を使いなさい」

「……女みたい」

「こら和也！」

さらりと流れる黒髪。夏生は笑いながら髪を結ぶ。

「日向君はうちの看板だ。どうだ美人さんだろ」

「いえいえ」とにこりと笑う夏生。和也は気恥ずかしさで目を逸らした。

「……よろしくお願いします」

和也の消えていきそうな声。夏生は初々しいと笑う。

「じゃあ和也君、看板よろしくね」

「……分かってるし」

「こら！」

「いいですよ、別に」

夏生は微笑む。その顔を見て更に和也は視線を逸らした。

「じゃあ、日向君。和也を指導してもらってもいいかな」

「りょーかいです」


「こんな感じでだいたい、いいかな？　分かりづらかったかな？」

「で、出来る」

「マスター完璧です。……多分」

「これから店にも出るようになるから、よろしく頼んだよ」

「はい。よろしくね」

「……よろしく」

「全くお前は。和也ちゃんと喋りなさい」

「いいですよ、マスター」

夏生は制服に着替え、カウンターに出た。

「じゃあ、今日も頑張りましょう。ね、和也君も」

「は、はい」

今日もドーベルマンの看板に明かりが灯る。

和也には少し大きい制服。夏生はふとしゅんを思い出す。もし、施設に残りあのまま学校に通い、ちゃんとした生活を送れていたら、もう少しましな人生を歩めたかも知れない。学校に行けば少しはまともなはずだったかも分からない。しゅんの遅すぎる成長。僅かな不安が過る。きっとこの先成長していけばこの不安の思いの答えは分かるだろう。

カラン。ベルが鳴る。さっそく見せた顔。常連客の相原。夏生と並んでカウンターに立つ和也を見て目を開く。

「こんばんは。見ない顔だね」

「おお、相原さん。私の息子の和也だ、これからこの子も働くようにしたんだよ。ほら和也、挨拶しなさい」

「初めまして、和也です。よろしくお願いします」

ペコと軽く頭を下げる和也。なってないと、息子の頭を掴み、深くお辞儀をさせる田中。

「こんなもんで、社会勉強にねえ」

「父ちゃん、分かってるから、もう！」

「ははは、中々勝ち気な子じゃないか。初々しいねえ。それじゃあ日向君、いつもの頼むよ。それと和也君にもラムネを一杯」

「え、お俺は」

「いいから、ね、和也君」

「……」

「これも社会勉強だよ」

夏生は笑いながらシェイカーを振り、グラスに注ぎ相原にスッと差し出した。

「はい、和也君。どうぞ」とラムネの瓶を渡した。

「あ、ありがとうございます」

「よく出来ました」

夏生は笑って手を叩いた。時間が進む。ドーベルマンも忙しくなる時間帯。カップルや一人で来る常連さん。もちろん顔も名前も覚えている。店は賑わい閉店の時間も刻々と近づく。

客足もまばらになり閉店の時間になった。

「疲れた」

「お疲れ様、和也君。マスター、和也君頑張りましたよ」

「そうみたいだねえ。和也、ちゃんと小遣いに入れてあげるからこれからも頑張るんだよ」

ドーベルマンの、そのマスターの子供、和也は目を輝かせた。

「父ちゃん、約束だからな！」

「日向君も少しは楽になるだろう。和也、ただし、あくまでも仕事だ。愛想は良く、ちゃんとな」

「分かってる！」

言われればはむかう年頃だ。夏生はクスクスと笑ってその親子の様子を見ていた。

「和也君、店の閉め方教えるね」

夏生に連れられ、閉店の準備を教えられ看板を直しシャッターを下ろす。そしてグラスを丁寧に拭き業務は終わりだ。

「大丈夫かな？」

「大丈夫、です」

「マスター終わりました。和也君、ありがとう。今日は頑張ったね。またよろしくね」

夏生は先に私服に着替えマスターの田中に言う。

「今日はタクシーで帰ります、お疲れ様でした」

「ああ、私が送るよ」

「大丈夫です」

「じゃあ和也、タクシーまで一緒に日向君の傍にいなさい」

「分かった」

「ごめんね、和也君」

「べ、別に」

夏生は和也の付き添いと共に外に出る。和也は顔を伏せ、なるべく夏生と視線が合わないように目をキョロキョロとさせている。

「急に寒いね」

「あんたみたいな男初めて見た。び、美人だ」

夏生はクスクス笑う。そして何となく和也の頭を撫でた。

「な、なんだよ」

「可愛いなって思って。ごめんね」

「うるさい、ガキ扱いするな」

「そう？　俺にも兄弟がいたらな」

「そんなの知らないよ！」

「だよねえ」

キッとブレーキを踏む音が聞こえる。夏生は顔を上げた。一台停まったタクシー。夏生は開かれたドアに手をかけて和也に言った。

「和也君、また明日ね。見送りありがとう」

「う、うん。お疲れ様です」

照れ臭そうに視線を逸らす和也。夏生は店に戻る和也を見届けてタクシーに乗った。

暫く揺られ団地に着く。会計を済ませた夏生は玄関のドアを開けて鍵を閉めた。壁に掛けた時計を見れば三時過ぎ。

「はあ」とため息をついて楽な服に着替える。仕事も仕事だが団地に帰るたび、仕事の負担で重くなった肩の荷を下ろす。

肌寒くなったこの頃。敷かれた布団が恋しくなる。夏生はしゅんを端に大の字で眠るあきらを足の先で転がし布団にもぐった。


和也と共にカウンターに立つ。なんだかんだと言いつつ一緒に働き始めて一週間が過ぎていた。和也は相変わらず無愛想で、それでも目を合わせるようにはなった。

明日は休みだ、なんて思いながら客を回しながら夏生は接客をする。するとふいにマスターの田中から肩を叩かれる。

「君は待機だ」

「え、どうかしました?」

「いいから事務所においで。和也、頼むよ」

後ろ髪を引かれつつ、バックヤードに手を引かれ、田中は防犯カメラに映った男を指さす。

「この男。覚えてるね? 気を付けて、と言った男だよ」

「えーと、前にも見ましたよね。どうして僕なんです?」

「君の素性を凄くきいてきたからね、お引き取り願ったんだ。この男が帰るまで君はここにいなさい。まあタバコでも吸ってカメラを見ていてごらん。じゃあね」

「分かりました。なんかすいません」

「いや万が一でもあったら大変だ。安心しなさい」

カウンターに立つマスターと和也。夏生はタバコを取り出し火をつけた。アークロイヤルアップルミントの甘い香りが広がる。

「この間の子は」

「今日はお休みです」

「さっき見た時はいたんだけどね」

「では休憩中です」

「出てきてはもらえませんか。私はあの子に会いに来たのだけれど」

「お客様。申し訳ありませんがお引き取り願います」

「私は客だよ」

「ええ。お気持ちは分かりますがあの子はご勘弁をお願いします。彼は以前も言いましたが男性です。それにお付き合いの方もおります」

「そうですか。話でもしたかったのだけれど、残念だ」

「申し訳ございません。お代は結構ですのでお引き取りをお願いします」

「いや、ちゃんとお支払いしますよ」

そんなやり取りを夏生は画面越しに見詰める。ただ、音声は入らず画面では喋っているだけに見えた。男は会計を済ませ店を後にする。

「和也、ちゃんと帰ったか確認してくれ」

「分かった」


「日向君」

「はーい」

「気を付けて。これからは危機感を持ちなさい」

「父ちゃんいなかったよ」

「よかった」

夏生には状況が分からず、ちんぷんかんぷんだった。夏生は聞く。

「僕、目当てのお客さんですか？」

「さっきも言った通り、君目当てだ。何かある前になんとかしなくてはいけないねえ。帰りは私が送ろう」

「すいません。……困りましたね」

「気を付けるんだよ」

「はい」

間もなく閉店も近い。困る夏生と腕を組む田中。

そして外の気配に目を向ける和也。

カラン。

「いらっしゃいま……あ……」

思わず声を止める夏生。素早く夏生の前に出る和也。田中は更に二人を後ろに下げ警戒した。

「ほら、いるじゃないか」

カラン。

「んんっ、どうしたんだい」

「相原さんっ！　こいつです！　日向くんのストーカーですよ！　危ないから近寄らないで！」

「ひなたと言うんだね。やっと会えたよ、下の名前はなんと言うんだい？」

状況を察したマスターも男に言う。

「お客様、本日はお引き取り下さい。でなければ警察を呼びます」

「おいおい物騒だな。私はいつも通りこの店に来ただけだ。ただ、ひなた君に会いに来ただけだ」

男は紳士的な口調で客の正論を語っているが、開いた瞳孔、荒い鼻息、不気味なニヤケ面。どれも明らかに普通でない。

誰もが夏生を守ろうと思えば思うほど、この男の異様さにも呑まれていた。

「さあ、行こうか。今夜は二人っきりだ」

男がスタスタと夏生に向かって近づいていく。対して田中も一歩前に出る。

「来るんじゃねえ、変態野郎が！」

男はピタリと足を止め、更にスッと胸ポケットに手を忍ばせ、バタフライナイフを取り出した。そしてボソボソと小さい声で、

「もうめんどくさい。おまえらに用はない……」

男はニヤケ面を止め、無表情に一変していた。驚く田中、理解する間もなく男は一気に詰める。気づいた和也は「やめろっ」と叫ぶ。

ドンッ。

男とぶつかり転がる田中。そして、一番後ろにいたはずの夏生が血塗れに倒れていた。何故？　男も動揺が隠せない。だが、その様を見逃さない相原は冷静に男に向かっていた。

すかさずナイフを持った手首を捻（ひね）り、そのまま腕を掴み一本背負いで投げられた男は、見事に宙を舞って受け身も取れず床に叩きつけられた。男はピクッピクッと体が痙れんし、ひゅうーっ、ひゅうーっと呼吸が苦しそうであった。

「バカ野郎が！」相原が叫んだ。あの時、夏生もまた異変に気づき前へ走っていた。ぽたりぽたりと血が落ちている。咄嗟（とっさ）に田中をかばった左腕は狂気の刃に裂かれていた。

相原が駆け寄る。田中も和也も夏生の元へ。

「日向くん！　大丈夫かい！」

「あ、はい……多分大丈夫です……相原さん、すごいですね」

「あぁ、私は柔道黒帯なんでね。それより君、腕を！」

相原の声と腕から流れる血に夏生は我に返る「痛ってぇ……」

その時、ウゥー、ウゥー。パトカーのサイレンが聞こえる。窓からぼんやり赤灯も見える。

マスターが呼んだ警察が来たのだ。だが、振り返ると瀕死だったはずの男はそこにいない。

「和也！　店を閉めるんだ！」

相原が叫ぶ。和也はシャッターを下ろした。

「なんて奴だ。気をつけろ、あいつはまだどこかにいるかもしれない」

ドーベルマンに緊張が走る。

だが、夏生はつぶやく。

「相原さんに何もなくて良かったです」

これには相原も苦笑い。どこか呆れた口調で、

「人の心配してる場合か。それに飛び出しちゃ駄目じゃないか」

田中は声を荒げる。だが言う。

「顔に傷がつかないで良かった」

やがてパトカー二台が到着した。マスターの田中は防犯カメラを警察に見せて何やら話

している。夏生の腕の傷は深く、それでも縫うまでには至らず、消毒とテーピングをされ包帯を巻かれた。

「あんた、これからも気を付けた方がいい」

「和也君、守ってくれてありがとう」

「当然だ」

「かっこいいね」

和也は照れ臭そうに言うが内心ドキドキが激しかった。

「日向君、今日は閉めだ。お巡りさんがパトカーで送ってくれるそうだよ。腕、大丈夫かい？」

包帯に巻かれた腕を見て田中は心配そうに眉を下げた。

「大丈夫です。って、嘘です、ちょっと痛いですね。でも誰も怪我がなくて良かったです。相原さんありがとうございます」

夏生は頭を下げた。その頭を相原は撫でる。

「すまないね。怪我をさせてしまったよ」

「いえいえ。大事なドーベルマンのお客さんに傷がなくてよかったです」

「全く君は」

「はは、今度カクテルでも頂きます。じゃあ、先に帰ります。お疲れ様でした」

「気を付けるんだよ」

「はい」

夏生はパトカーに揺られ団地へと着く。ストーカーが捕まるまで一日巡回すると告げられ夏生はパトカーを降りた。

「ただいまー」

普段なら仕事をしているはずの夏生の帰宅にまだ起きていたあきらは振り返る。

「帰ってくんの早くね？」

「悪いか。はあ、ちょっとゴタゴタでね」

夏生はカーディガンを脱ぐ。そしてあきらが気付いた。

「何だ、その包帯」

「ううん。ストーカー？　に遭ってたらしい」

「誰が」

「俺が」

「はあ？　傷は！」

「ちょっと深いらしいけど縫わなくていいくらい？」

「掴まったのか？」

「いや。逃げられた。お巡りさんが俺の周辺巡回するって」

「お前イケメンさんと遠恋だろ。店まで俺が原チャで送ってやる」

「ありがとう」

夏生は髪をほどきタバコに火を付ける。煙を吐きながら夏生は言う。

「ああ、なんかどっと疲れが出るな」

「ストーカー相手じゃ尚更だな。気を付けろよ。今、お前を守ってやれるの俺ぐらいだからな。イケメンさんに心配かけるなよ」

「でもよ、仕方なくね？　俺だってストーカーに遭いたくねーよ。もう髪切って坊主にでもするか」

「笑えるけど笑えねえ」

「笑ってくれ。俺は男になんか興味ない」

「まあ、その顔じゃな。もう寝てしまえ」

「そうするー」

ぐっすりと寝ているしゅんを起こさずに、布団に入りうずくまる。布団の暖かさとしゅんの小さな寝息が眠りを誘う。暫くも経たないうちに夏生は眠りに就いた。

ずっとスマホを見ていないおかげで昴のＬＩＮＥ通知が十数件未読のままで溜まっている。

だが、今日はイレギュラーがありすぎた。けっしてスルーしていたわけじゃない。だが疲れとストーカーの問題で夏生は既読を付けずにぐっすりと寝てしまった。

あきらの原付の後ろに乗る夏生。昨日の一件で心配になり日があるうちに少し早く店に行く。

「ああー」

「え？　ヤバくね？」

口を開いた二人。目の前に見たのはシャッターごと壊されたバーのドーベルマン。車で突っ込んだ跡が残っていた。ガラスも粉々だ。

「これって車の跡だよなあ？」

「マスターに電話しなきゃ」

夏生は呆然と壊された店を見ながらドーベルマンのマスター田中に電話する。そして電話に出た田中に事の成り行きを話す。田中は慌てながら「直ぐに行く」と電話を切った。

キッとブレーキを踏む音が聞こえ、夏生とあきらは振り返る。見事に粉砕されたバー、ドーベルマン。田中は慌てながら車から降りてくる。そして嘆いた。

「ああ、やられてしまったよ」

「取り敢えず警察に電話します」

「頼んだよ」

はああと大きなため息をする田中を前に電話をかけた。昨日の件で既に確認されていたドーベルマンの事件に、警察は直ぐに動いてくれた。

「あきら、ありがと。帰っていいぞ」

「おう」

あきらは原付に跨がりビビビーと走り去る。

「店の中は」

がれきを掻き分け店内に入る夏生。直ぐに金庫とレジを開く。現金は持ちさられておらず、バックヤードまでは被害は及んでない。夏生はホッとため息を吐いた。暫くしてパトカーが店に着く。

夏生は外に出て改めて壊された店を見た。田中と警察官は外に設置された防犯カメラの確認をしていた。被害に遭った瞬間まで遡り、田中は頷いた。

「昨日の方ですね。間違いないです」

警察官は映し出された車のナンバーに指を差した。

「これ、レンタカーですよ」

「じゃあそこからあらってみましょう。テープお借りします」

現場の被害状況をカシャカシャとカメラで収め、察官は頭を下げ、パトカーで走り去った。

時間は夕方の六時。ビビビーと原付の音が聞こえてくる。あきらが姿を見せた。

「しゅんは飯食わせて寝かした。取り敢えず、これ」

「あきらー」

「道具持って来た」

革手袋と長靴、そして砂利をすくうスコップ。

「明日休みだから。外は無理でもなんとか中の方を片付けたほうがいいな。お金も心配だし」

「ああ、悪いねえ。……はあ、日向君、電話くれてありがとう」

「いえいえ。僕のせいですいません」

「君のせいじゃないよ」

「店の中、お金は大丈夫でした」

「店が標的だったようだ」

店内のがれきでもある程度までは片付け、すっかり日が暮れた。

「そろそろ帰ろうか。あきらくん、ありがとう。助かったよ」

「今度、おごって下さい」

「ああ、喜んで」

「マスター。またあきらと明日来ます。お疲れ様でした」

「助かるよ」

あきらの後ろに乗り夏生は頭をさげた。原付は団地に向かう。ガチャンと鍵を開けた。

夏生は髪をほどき、カーディガンを脱いだ。

「あきら、本当にありがと。助かった」

「ん、どうせ暇だし。世話になったからな」

二人タバコに火をつけ、同様にため息を吐いた。

「腕の傷は？」

「痕に残るかも」

「イケメンさんには言ったの？」

「言ってない。普段温厚な奴がキレると怖いって聞くからな」

「正解かもな」

さらりと流れる黒髪。あきらはぼんやりと言った。

「まあ、お前の顔だと……仕方ねえわ」

「なんでだろ。俺、そんなに男に見えない？」

「んんん。正解がねえ。あーでも、男って言ってもお前の顔ならありだわ」

「はあああ」

「美人は大変だな。俺の彼女なんて金髪ヤンキーだぞ」

「お前にお似合いじゃん」

「ほら、写メ」

あきらに見せられた写メ。金髪でバチバチのギャルメイクの少女。それでも少し幼さを残していた。夏生には物珍しい。

「へえ、ギャルってこんななんだ。あきらとお似合いで可愛いじゃん」

「マジで？　ちょー怖いんですけど」

「え、なんで？」

「ギャルだぞギャル。俺、苦手だわ。でもやめろって言ってもやめないし、別れようかな」

「ギャルでも性格はあるだろ」

「んまあ、そうなんですけどね。だから付き合ってるんですけどね」

「お前普通にただののろけじゃねーか」

「えへへ。あ、でもお前、あんまり外出歩くなよ。まだ捕まってないんだから」

「そうですね。気を付けます。じゃシャワー先に浴びるわ」

「おお」

夏生はシャワーを浴びる。包帯を解かれた傷は地味にジワジワと来て痛い。身体を洗いながらなるべく傷に触れないようにした。

「はあ、あきら次いいぞ」

「はいよー」

入れ替わりで風呂に入る。腕をめくると少し血が滲んでいる。縫わなくてすんだが、白く痕に残るだろう。

「仕事どうなるかな」

ピコン。ＬＩＮＥが鳴る。夏生はスマホを立ち上げた。

（夏生、仕事頑張れ）

（今日は休み）

（え、マジで？……電話してもいい？）

（うん）

テケテンと電話が鳴った。夏生は電話に出た。スッと耳に届く愛しい人の声。夏生は安らぎを得る。

「どうした？」

「うん、なんとなく。夏生の声が聞きたくて。……最近、あんまり夏生からＬＩＮＥ来ないしちょっと心配で」

「ああ、仕事がな、ちょっと立て込んでて」

「忙しいのか？」

「まあ、そんなとこ。大丈夫だよ」

「次の週末も会える？」

「うーん。ちょっと未定だな、悪い」

「なんかあったのか？」

「なにもないよ」

他愛ない会話をしながら夏生は思う。そう言われれば、昴が夏生の前でキレたことなど一度もないことを。想像してみても見当もつかない。触らぬ神に祟りなし。夏生は黙った。

「夏生、今度プリクラ撮ろ」

「え？　なんで」

「友達がさ、彼女と撮ったプリクラ見せびらかしてきて気分悪い。いいだろ？」

「お前は馬鹿か。俺は嫌だ」

「なんでー。いいじゃん！」

「お前、会うたびに俺のこと隠し撮りしてるだろ。気付かねえとでも思ったか、この馬鹿」

「マジで？　だって可愛いからしょうがなくない？」

「この馬鹿が」

「お前にバカって言われるとなんか嬉しいな。なんでだろ」

「お前が馬鹿だからだよ」

「こんなに愛してるのに」

「馬鹿。……俺も愛してるよ」

「でたな。このツンデレ」

「ふん。そこら辺の女と比べんな」

「いやいや。夏生が一番可愛いから」

「はいはい。俺、もう寝る」

「じゃあ俺も寝る。夏生、通話したまま寝たい」

「……いいよ」

「一緒に寝れる」

「はいはい。おやすみ」

「うん、おやすみ。切らないでね」

「うん」

夏生は枕元にスマホを置き、通話したまま布団にもぐった。

「ひなたー？」

「うーん？」

「ビール呑まね？」

「ちょっと待って」

受話器から昴の寝入った呼吸が聞こえる。夏生はそっと布団を出てあきらと晩酌をする。

「お前、暫く店出れねえな」

「本当だよ。すげえ災難」

「どんな奴なの？」

「んー。細いひょろりとしたおっさん。何歳くらいだろ？……でもなんか紳士っぽい顔だったな」

「そんな奴に変態は多い。見た目は紳士に見えるけど中はどうなのか分からねえ」

「だよな。俺、同性愛者じゃないし。御免蒙るわ」

そんなこんなで深夜になる。お酒も回り、あきらは既に潰れていた。夏生は風邪を引かないように酔い潰れたあきらに毛布を掛け、自分も布団に戻った。通話のままのＬＩＮＥ。そっと耳をすます。寝息は変わらず、夏生は昴の吐息を聞きながら眠りに落ちていった。

店は一ヶ月でリニューアルオープン予定だ。九月が過ぎ、振り返れば冬の足音が聞こえる十月を迎える。日曜日、昴の元へと出かけた。

肝心なことは話さない。ストーカーに遭っていることも。昴は相変わらずで夏生を愛おしく抱く。夜の街。夏生は昴と手を繋ぎ、早くにイルミネーションで輝く街並みを散歩しながら夜の街を歩く。欲しい物があるわけでもなく輝くイルミネーションを見ていた。

不意に夏生は歩きを止め、アクセサリーが並んだ露天商を見つけた。

「ん？　欲しいの？」

「ううん、あんまり見ないから興味本意」

「お似合いですね」

露天商の男は身を乗り出し顔を見せる。夏生はこんなタイプは苦手だ。じっくりと見たかったが、さっと昴の手を引き歩き出す。

「いいのか？」

「うん。それよりイルミネーション綺麗だな。少し早いけどクリスマスの時期だな」

「だな。欲しい物とかある？」

「ないよ。昴は？」

「俺は出来れば夏生とクリスマスは過ごしたいな」

「その日が来たらシフト変えてもらうよ」

「マジ？　やった」

「うん。お前も今年で高校卒業だな。頑張るのはいいけど、無理するなよ」

「おう。お前がいれば毎日全力だ」

昴は笑う。夏生とは大分離れた身長の昴。キスすら背を伸ばさなきゃ届かない。そんな夏生の行動でさえ愛しく可愛いと思ってしまう。来年で高校を卒業する昴。いつの間にか時間は流れ気付けば三年が経っていた。昴と過ごす今年。会えなくなっていた時間を埋めるように昴は夏生の手を握り歩いて行く。やっと歩幅は重なった。


このまま変わらず、特別ではなく、その傍にただいたい。二年前の再会。宿命だと感じた。そうして愛するが故の絶望を知った。凍える心はただ寒さに一人震えていた夏生。それでも巡り合い再び恋に落ちた。


「夏生、今一緒に住んでる奴はお酒とか呑む？」

「うん。下戸だけど缶ビールまみれ」

「母さんから出かける時、買い物券貰ったんだけどビール買おうかと思って。どうせ使わないし、日頃のお礼を兼ねてさ」

「そうなの？　お前の好きに使えばいいのに」

「いいの。今度紹介してよ」

「分かった。言っとく」

賑やかな人混み。輝くイルミネーションに並ぶ家族や恋人たち。自分たちも幸せに見られているのだろうかと夏生は思う。そう思えばどこか心が幸せな気持ちで満たされる。

「買い物券、換えようぜ。明日祝日だからお前の住む団地まで送ってやれる」

「ん。ありがと、そろそろ帰ろ」

「そうだな。クリスマス楽しみだな。まだ早いけど」

「スーパーに寄らないと。ビールに換えよう」

「いいのに。昴は謙虚だな、偉いぞ」

「それ褒めてる？」

「褒めてる。多分？」

夏生は言って笑う。そんな無邪気に笑う夏生の横顔を見詰める昴。もちろん気持ちは溢れる。手を引く愛しい横顔。一足早い夏生を引き寄せ抱き締めた。

「ああ、幸せ」

「馬鹿。人がいるだろ」

「だけど俺たちだけじゃないみたいだぞ」

不意に見た街並み。昴が言ったように恋人たちは身体を寄せ合い歩いて行く。ちょっとだけ恥ずかしい夏生。

「そろそろ慣れてよ、夏生」

「慣れねえよ！」

昴の頬に手を伸ばしパチンと叩いた。

「分かったよ。可愛いなお前は」

「可愛いはやめろって言っただろ！」

パチパチと頬を叩く。夏生と昴。日々を重ねる度に思いが増す。夏生の手を取り直し手を繋ぐ。途中スーパーに寄り買い物券を瓶ビールに換え、帰路に就く。

出迎える昴の母親。にこにこといつも嬉しそうに夏生の訪問を迎える。

「寒かったでしょう？　ご飯は出来てるわよ。食べましょ」

「良い匂い。おばさん、また料理教えて下さい。レパートリーが最近思いつかなくて」

「あら。いいわよ、大歓迎だわ」

楽しげに笑い合う夏生と母親。それを見て純粋に嬉しかった。昴は瓶ビールを冷蔵庫にしまい、夕飯を三人で囲んだ。

シャワーも済ませ昴と夏生は二階へと上がった。天体の本を開きながら夏生は背を昴の胸に任せる。覗き込むように昴は夏生の広げる天体の本を見た。

「天体望遠鏡欲しいな。まだまだ頑張んないと」

「俺も協力する」

「社会人をなめるな」

「ええ。俺取り敢えず今年卒業して大学通うけど、カテキョのバイト始めるし、お前の力になれるんだけどー」

「いいんだよ、別に」

「俺に頼ってよ」

「頼ってるよ、充分」

「まあ、俺にもっと甘えろ。俺には夏生しかいないから。お前の為なら何だってしてしてみせる」

「うん。お前が俺を思うように、俺もお前を想う。だからお互い様だ」

夏生は微笑む。いつまでも互いを思う気持ちは変わらず、愛している。部屋の暖かさと昴の心地良い心音を肌で感じ、ついつい、眠くなってくる。そしていつの間にか眠ってしまった。昴は軽々と抱き上げベッドに寝かせた。長い睫毛、柔らかい唇。そっとキスを落とし昴も横になった。


「明日からまた会えなくなるのかー」

「それ禁止！」

「なんで」

「俺も同じ気持ちだから」

「はあ、浮気するなよ」

「しねーよ。これでも健全な男だ！」

団地の駐車場。冬に変わりゆく風の匂い。少し肌寒く、それでもどこか心地良い。

「夏生」

「うん？」

「またな」

「うん。またな」

キスを交わし離れた瞬間、夏生は後ろから襲われた。

「夏生っ！」

「うっ」

「ひ、ひなたくん。なんでだい、なんで私じゃダメなんだいっ？」

状況を理解出来ない昴。近づけば相手は逆上するだろう。迂闊（うかつ）に手出しが出来ない。

夏生は叫んだ。

「あきらーー！」

叫ぶように呼ぶあきらの名。聞こえたあきらは慌てて玄関から出てきた。

「ひ、ひなた！　ちょっと待て！」

あきらはスマホをとり警察に連絡した。これまでの経緯もあり警察は直ぐに動いた。そしてドーベルマンのマスター田中に電話した。

「夏生」

「動くんではないよ。君も！　なつきと言うんだね、どんな漢字を書くんだい」

夏生の首にあてられたナイフ。黒髪が風に舞い流された。

「そ、そうだよ。この髪、この黒髪が綺麗なんだ。ずっと待ってたよ。君の店大変だったね、ごめんよ」

「は、はなせっ！　気持ち悪いんだよっ！」

夏生は暴れ抵抗する。つぅーとナイフの先端から血が流れた。

「なつ、き！　暴れるなっ！」

急なブレーキ音。田中の乗る車が停まった。

「日向君っ！」

男は動揺するが夏生を離さない。首にはナイフがまだ首筋にあてられている。

「三人でどうするつもりだい。わ、私はこの子が欲しくてね、ここ何日も気になって眠れていないんだ」

「おい！　ストーカー野郎！　イケメンさん、これ投げるぞっ！」

見上げる昴。フェイクだと知っていた。物を投げるフリをしてストーカー男の不意をつく。

その瞬間、昴と田中が男に体当たりする。ナイフが地面に落ちる。体勢の崩れた瞬間、昴は夏生の身体を引き寄せ、身体を抱いた。あきらが駆けて来る。ストーカー男に一発蹴りを入れる。

男は逃げようと足掻(あが)くが馬乗りになった田中と現場仕事に履く鉄板入りのあきらのブーツで蹴りを入れられ、ゴフッと身じろぎする。

昂は冷静ながらも怒りに満ちている。表情を変えず男の胸ぐらを掴み顔をボコボコに殴り続けた。怒りの瞳と表情を変えない冷たい瞳。

途端に男は口から血を吐き出した。

「す、ばる！」

夏生は初めて見た。冷静ながらも殴り続ける昂の怒りの表情を。男は既に朦朧としているがその拳で殴り続けた。

「ちょいちょい、イケメンさん。それ以上やると……オラァッ！」

あきらの蹴りがトドメだった。男は気絶しているように見えた。夏生は田中の背に守られながらその状況に言葉なくただ見詰めていた。暫くしてパトカーと救急車が停まる。

「あらら、これは君たちやり過ぎだ」

昂は冷たい表情で言う。

「あなたの奥さんや子供さんがこうなっても、同じことを言えますか？」

警官は困惑して首を振る。

「この人は俺の大事な人です。許せますか？」

「ああ。君は頭が良い。何も言わんよ」

夏生は救急車で傷の手当てを受けている。

「君も手を見てもらいなさい」

「夏生、離れろ」

　ふと見た手の甲。男の歯がめり込んでいた。警察に言われるまま救急に向かい夏生同様手当てされた。

「ひなた」

「お、お前ら馬鹿！」

　夏生の声が震えた。初めて見せた昴の怒り、そしてあきら。首に包帯を巻かれ、昴は痛い痛いと言いながらめり込んだ歯をピンセットで取り除かれ、カランと男の歯が銀の皿に転がった。

　夏生は震えながら昴の手を取る。

「ごめん、ごめん。怖かったな」

「違う！　お前だよ馬鹿昴！」

「俺？……怖がらしたか。ごめんな」

「あきら、お前も酷い。ほら、挨拶しろ」

「え？　あ。俺、あきら」

「俺はすばる。夏生のことありがとう」

「いやいや。イケメンさんなんかやってたの？」

「ええと。俺もキレることあんまりないから。はは、分からない」

　苦笑する。

「あずって呼んでよ。よろしく、あきら。それと、これ」

差し出された瓶ビールのパック。六本入りだ。

「さんきゅう。じゃあ、あず」

ドーベルマンのマスター田中は警察と話している。夏生は救急車から出てくるやいなや、二人の頭を叩いた。

「何してんだよ、お前ら！」

「でも、ありがとう」

「夏生、なんでストーカーされてんの俺に言わなかったんだ」

「心配かけたくなかった。真顔で殴る奴がいるかよ馬鹿昴！　反省しろ！　お前もだ、あきら！」

「で、でもさ、な、あず」

「そう、だよな。あきら」

「なんなんだ馬鹿昴、馬鹿あきら！　なかよくなってんじゃねえ！」

警察が来る。

「日向夏生君は君かな」

「はい」

「それではこちらは友人かな？　二度とあってはならない事件だ。私たちも暫くはこの辺りを巡回するから安心しておくれ。今日は友人に助けてもらえてよかった。まあ過剰防衛だが今日は目をつぶろう。特に君、冷静に見えるがブレーキがかからないと見た。君も気を付けなさい。分かったね」

昴とあきらは頭を下げお互いを見詰め苦笑する。

「これで以上だ。後はご友人とよく話して」

「はい。ありがとうございます」

「日向君、大丈夫だったかね」

「マスター。ありがとうございました」

「はあ。捕まって良かったよ。刑事さんと話してきたよ。店の損害と個人へのストーカー行為で充分罪を償うそうだよ。二人ともありがとう。助かったよ」

「さあ、帰りなさい」

「はい。じゃあ、リニューアルオープンまで待ってます」

夏生たちが家へと帰るのを見届け、田中は車で走り去った。

十二月。たくさんの花束の贈り物とリニューアルオープンと書かれた旗がなびく。

「マスター。いよいよですね」

「そうだね、わくわくするよ」

「今日、昴とあきらを呼んでます」

「本当かい。いや、楽しみだね。今何時だい」

「あと少しで九時です」

「おーい、ひなたー」

「なつきー。間に合った。マスター、これ差し入れです」

「おお、生ハムかい。こりゃご馳走だ」

「じゃあ看板つけてきますね」

ジジッと新ドーベルマンの看板に明かりが灯る。常連の客足が揃った。

「「おめでとうございまーす！」」

「いやあ、泣けてくるよ。皆ありがとう」

「じゃあ今日も頑張りましょう！」

「そうだねえ」

カランとドアが開く。昴とあきらは連れ立ってカウンターに座った。あの日から仲良くなった昴とあきら。買い物券で換えた瓶ビールをあの時に二人で呑み干した。

「相原さんっ！」

「やあやあ。はいフルーツの詰め合わせだよ。皆に配ってくれるかい？」

「ありがとうございます。マスター、相原さんからです」

「悪いねえ。相原さん今日は無礼講で」

「おや、いいのかい」

「ええ。ストーカーも捕まりましたし、楽しんで下さい、相原さん」

「僕おつまみでも作ってきます」

「ああ、よろしく。昴君、あきら君、おごりだよ。なにか呑むかい？」

「いいんですか？　あきらなに呑む？」

「じゃあシャンディガフ」

「なら俺も同じの頼む。俺たちシャンディガフ二つで。よろしくお願いします」

「はいよ」

「マスターおつまみ出来ました」

昴の生ハムで作ったチーズを巻いたおつまみとカットされたフルーツの盛り合わせ。

「皆さんどうぞ」

夏生が差し出したおつまみに舌鼓を打ちながらカクテルを呑む。

カラン。

「佐々木さん、きてくれたんですね」

「待っていたよ。色々あったみたいだが大丈夫かい？」

「大丈夫ですよ。ダーツも二台になりました。今度対決して下さいね」

昴とあきらはダーツで賭けゲームをしている。

「おい、お前ら金じゃねーだろうな」

「違う違う。あきらのバイクの試験落ちるか落ちないか賭けてる」

「負けたらどうすんの」

「焼き肉食い放題」

「はあ？　本当に馬鹿だなお前らは。ほら、つまみ」


時間は流れ閉店時間になる。完全につぶれた昴とあきら。

「日向君、お疲れ様。和也は明日から出勤だ。今日は先にあがっても大丈夫だよ」

「ありがとうございます」

夏生は私服に着替えタクシーの送迎を待つ。暫くして停まった一台。

「手伝いましょう」

「すいません」

酔い潰れた昴とあきらをタクシーの運転手の手を借りながら乗せタクシーは走る。

「ここで」

「私も手伝いますよ」

「す、すいません」

タクシーの運転手のありがたい助け船にのり、団地の鍵を開け二人を運んでもらった。

「助かりました。ありがとうございます」

「いえいえ。それでは失礼します」

お互い頭を下げた。

「しゅん、まだ起きてたのか。ゲームはやめて手伝って。布団だして」

「う、うん！」

無造作に敷かれた布団。二人を布団に転がす。

「ほら、しゅんも寝ろ」

「わ、分かった」

「もう無理……」

夏生は足先で二人を転がす。

「もう家だよ馬鹿」

タバコに火をつけ煙を吐く。ふうとため息をついた。一ヶ月間出勤出来ずにいた身体はなまり余計に疲れた夜だった。もう直ぐクリスマスだ。煙を吐きながら夏生は考える。今月で十九歳になるあきら。亡き家族の分、祝ってあげよう。

灰皿にタバコをねじ消し、夏生は髪をほどき昴の横で眠りに就いた。

クリスマス。あきらの誕生日。昴の家へ招き誕生日を祝った。夏生同様、涙のバースデーだった。それでもあきらは喜びケーキのロウソクを消した。あきらは涙を零し、何度もありがとうを繰り返した。

「夏生」

「んん」

「夏生ってば」

「もう何だよ。俺は本を読んでるの」

夏生は昴の膝の間に抱えられ天文書を読んでいる。

「じゃあ俺が話すから」

「うん」

「住むとしたらどこら辺がいい？」

「ここらへん」

「間取りは」

「日差しが入るとこ」

「マンション、アパートどっち」

「マンション」

「オートロックは」

「あり」

「何階くらい」

「三階」

「風呂トイレは」

「別」

「広さは」

「２ＬＤＫ」

「分かった」

「え！　なに」

「一緒に住むとこ」

「はあ？　どういうこと？」

夏生は髪を揺らしながら振り返る。頭はクエスチョンマーク。

「俺、来年大学じゃん？」

「うん」

「大学通いながら中学生のカテキョのバイトするんだけど。一人暮らしするから夏生も連れて行こうかなって」

夏生の瞳が一瞬輝いた。

「お、ちょっといい反応。俺奨学金なしで大学入れんの。自分で家賃払えるなら一人暮らし大丈夫って。だからカテキョのバイトしながら教員免許取って大学卒業したら教師になる算段なんだけど、夏生はどう？　同棲とか」

「え、え。ちょっと待て。お前教師になんの？　初耳なんですけど」

「あれ、言わなかったっけ。四年制の大学卒業したら中学生の先生になるつもり」

夏生はぽかんと口をあけた。どれも初耳だ。「二十三くらいには学校の教師になる。それで離れたくないし、あの日みたいなことになりたくないから。夏生と一緒に住みたい。ダメかな？」

あの日。もう遠い過去。施設の屋上で独りで泣いていた夏生。そうだ、独りにはなりたくない。なら、と夏生は言う。

「うん。じゃあ言うね。俺、車の免許取ったの」

「え、嘘」

夏生は鞄を引き寄せ財布を取り出し免許証を見せる。

「いつの間に」

「昴をびっくりさせようと思って内緒にしてた」

「マジかあ！　俺ショック」

「なんでなんで。ドライブデート出来るぞ」

「嫌だ！　普通お前が助手席だろ」

「偏見」

「いやいや。俺絶対助手席には乗らねえからな！」

「我が儘。でも車買うお金ないから貯金中」

「俺も取ろうかな」

「うんうん。俺、昴の助手席乗りたい」

からかうように夏生は笑った。しょんぼり顔の昴。表情がころころ変わる。

「土下座でもするか」

「いーじゃん。写メって送って」

他愛もない時間。今まで許されてきた昴。

「ごめん」の言葉じゃ足りなく、そして重い物はない。何度傷付けたか分からない。それでも傍にいてくれる夏生。永遠を、永遠に信じ合えるたった一人の存在。別れた道は一つになった。はぐれそうになったらその手をまた引き上げよう。その向こうで二人の未来は暗闇の中鈍く光っている。手を取り合い、時には喧嘩し、涙し、そして慰められる。

愛してるの言葉以上に伝えられない想い。たくさんの言葉の羅列から選び出される愛の言葉。それは光り輝き、そして、時に重い。守られていた昴は守るべき人の手を取った。日向夏生。その存在が輝き始める。眩しそうに瞳を細め見詰める。見付けた。

「もう二度とはぐれない」

覚悟は出来た。昴と夏生。二人は寄り添い歩き出した。

ドーベルマンがリニューアルオープンして一ヶ月が経った。今年の冬は早く感じた。十九歳になったあきら。そして迎える春の訪れ。まだ春には肌寒い風が窓を開けた部屋に吹き抜ける。夏生は昴と同棲することをどう言おうか迷っていた。日曜日、休みが重なる。

「あきら。ちょっと真面目な話があるんだけど」

「え？　なに」

「取り敢えず単車の免許合格おめでとう。はい。俺から」

差し出した段ボールの包み。あきらは受け取りさっそく箱を開けた。

「お、半ヘル。メタリックパープル、俺の好きな色。さんきゅう、大事に使う」

「被ってみろ」

「おう」

「良いじゃん似合ってる。お前らしい」

「マジありがと。で、真面目な話って何？」夏生は言葉をえらんだが、率直に言った。

「昴と同棲する」

あきらは驚くこともなく話を聞いた。

「今年で卒業だろ。昴は大学に通いながらカテキョのバイトするみたいで。それで同棲しようって」

「おう」

「で、施設にいた頃、知ってるだろ？」

「お前がしんどいことになってるのは知ってる」

今も鮮明に思い浮かべることが出来る。屋上で泣いていたことをあきらは知っていた。

「それで、もうあんなふうにならないようにって。一緒に住もうって」

「なるほどね。別に止めないけど仕事はどうすんの？」

「続けるよ。車の頭金払ったらなんとかなるし。……でもしゅんがな」

楽しそうにゲームをしている小さな背中。

「まあ、大丈夫。俺がいるし、それにしゅんもあの頃より成長してる。それに隣のおばあちゃん夫婦にも言ってるし遊びに行ってる。実際世話になってるからな」

それは初耳だった。夏生は聞いた。

「ちゃんとお礼言ってるか？　挨拶してんのか？」

「いや、なにも」

夏生はあきらの頭を小突く。腕を組み夏生は頭を悩ませた。

「挨拶に行かなきゃ。俺、ちょっと出かけてくる」

「え？　どこに」

「手土産買ってくる。どんな感じの人なの」

「普通のばあちゃんとじいちゃん。待って行くなら原付出す」

「助かる。……しゅん、留守番してろよ」

「わ、分かった」

夏生はコートに手を通しあきらと共に団地を出る。

「手土産ってコンビニのでいいだろ」

「そうだな」

原付は走る。近くのコンビニに着き、カウンターに並ぶ手土産を選ぶ。

「これでいいか」

「いいんじゃやね？」

クッキーの詰め合わせを購入して団地に向かう。そしてしゅんを呼び、夏生、あきら三人で隣りに住む老夫婦の玄関のドアを叩いた。「はいはい。おや、しゅんちゃんじゃない」

顔を見せた夏生とあきら。

「隣の相模と申します。夜分遅くにすいません、しゅんがお世話になっているそうで、改めてお礼を」

そっと差し出した手土産。老婆はにこにこと皺だらけの目元を緩ませ、手土産を受け取った。

「ほら、しゅん、お礼言って」

「あ、ありが、とうござい、ます」

「いいんだよう。まるで孫みたいでね。ウチのは県外を出てしまってねえ」

「ありがとうございました」

三人で頭を下げる。老婆は嬉しそうにうんうん、と何度も頷いた。

「それでは、失礼します。ありがとうございました」

「しゅんちゃん、またおいでねえ。おやすみなさいね」

「う、うんっ！」

ガチャリと玄関を開ける。部屋に上がりタバコを取り出す夏生。小言のように言う。

「あきらもちゃんと言えよ、この馬鹿」

「お前は母ちゃんか」

「馬鹿が。挨拶したから取り敢えずはマシだな」

夏生は煙を吐きながら窓を開ける。冷たい風が入り込む。

「まあ、話はさておいて。二人でやっていけるか？」

「大丈夫だ。仕事は続けるし、遠くに行くわけじゃないから」

「そっか。そうだな、俺ら元々自由じゃん。俺は日向が幸せになるなら喜んで手を振るよ。日向」

「うん？」

「幸せになれよ」

夏生は頷いて微笑んだ。

「ありがと。……反対されると思った」

「ぶっちゃけ大丈夫かなって思ったけど、あずなら、心配ないだろ。もう泣くなよ」

「え。なんかハズい」

「知ってんだよ。泣き虫さん」

「うわ。ないわー」

「はは、時期が来たら教えろよ。ほい」

あきらは拳を握って夏生に向ける。夏生も拳を握ってお互いに拳を交わした。

高校卒業。十九歳になった昴。大学進学。昴は既に家庭教師のバイトを始めていた。抱えるのは中学生の子供四人。教えるのが上手なのは高校時に友人へとノートを取っていたおかげだ。

教え子の両親からの評判もいい。それは昴の顔が整っていたからに過ぎず、毎回教え子の母親の鼻を突く香水の匂い、そしてお茶に誘われる。そのたびに体よく断る。

だが、昴の実績のたまものだ。伊達に優等生を演じてきたわけじゃない。高校の授業と塾に通ってきた。優等生で容姿がよく、涼しい顔してテストを終わらせ、シャープペンを転がしてきた高校時代。

教師の前では愛想良く優等生を演じるのは正直しんどかった。それでも友人には恵まれた。顔に張り付いた仮面。家の中でも気を使う。父親なら尚更。成功してきた重みもことなり、父親には頭が上がらない。ましてや気を許せない。だがあの時言った言葉で顔に張り付いた仮面は剥がれ落ちた。

「お前のままでいい。お前らしくただ、いればいい」

逃げ回っていた昴。だが意外だった。下から見上げていた父親はここにあった。父親の心に触れられた。逃げるように自分の部屋に戻っていた。でもそれもなくなった。ずっと下から見上げていた父親はここにいた。自分が勝手に逃げ出しロックをかけていた心のドア。その重いドアが音をたてて開かれる。

昴は進学祝いに車の免許を取らせてもらえた。全ては夏生に救われた。夏生は言う。

「お前が明日死ぬのなら、俺も喜んで死んでみせよう」

よくよく考えればプロポーズに先手を打たれる言葉だった。

「もう二度と離さない」と願う。差し出されたボロボロの白い手に導かれる。

夏生は昴の母親とキッチンに立ち料理をしていた。ソファーでは父親が座っている。向かい合わせに座る昴は慣れたのはいいものの、どこかそわそわしている。

「昴っ！」

夏生は名前を呼ぶ。振り返った瞬間、パンパンとクラッカーがとんだ。

「おめでとう！」

「え、ええと。……ありがとう」

「昴」

「何、父さん」

「これからは自分の道は自分で決めなさい。私たちとは分かれ道だ。お前がどうなるか楽しみだが、繋いだ夏生ちゃんの手を離すんじゃないぞ。お前の隣で歩くその子の光になるように前へ歩きなさい」

威厳に満ちた父親からの言葉。昴は夏生の手を取り、頭を下げた。

「父さん、母さん。ありがとうございました。教員の資格を取ってこれからも勉学に励みます。誇れる教師になり、その時はまた父さん母さんに立派になった自分の姿を見せたいと思います」

昴の父親は満足そうに頷いた。母親も微笑んでいる。

「一人暮らし許してもらいありがとうございます。夏生とこれからは共に歩いて行きます。

幸せにしてみせます」

「よし。言ったな。これまでお前の成長を見続けてきたが、こんなに大きくなるとは父さんもびっくりだ。……昴。お前は私たちの誇りだ」

「あ、ありがとう、ございます」

学業以外で初めて認められた気がした。昴の頬に涙が伝う。

「男は泣くもんじゃないぞ。奥歯を食い縛るんだ」

「は、はいっ！」

「じゃあおばさん」

「そうね。ほらダイニングテーブルにいらっしゃい。お祝いだから。ちらし寿司、なっちゃんの手料理よ」

「本当？」

「ええ。いい子を見付けたわね。大事にしなさいよ、昴」

「うん。もう迷わない」

夏生は照れたように笑う。母親は幸せそうにその二人を見詰めた。

「さ、頂きましょう」

「夏生ちゃん。この勉強しか出来ない男の、まあ息子だがどこが良かったんだい？」

「ええ。困りますね」

「夏生は俺の一目惚れだから」

「まあ強いて言うなら、弄ると面白いところですかね」

クスクスと夏生は笑う。

「こんな美人さん連れてくるとは思わなかったよ。昴も面食いだな。なあ母さん」

「ふふ、そうねえ。私の目に狂いはなかったわ。見る目は母さんと同じ、あるわね」

「まあ男女ではなく、性別を超えた恋があってもいいじゃないか。そのことに関しては昴、誇りに思いなさい」

だんらんが広がる。暖かい家庭。夏生はふと、寂しそうにその家族の姿を見詰めた。

夏生もあきらも家族がいない。暖かいだんらんを見詰め、昴と視線が合う。そんな時どんな顔をしていいのか分からない。

夏生はただ、微笑んだ。

「あきら、行くから」

「ああ、なんか寂しくなるな」

「そうでもないでしょ。お前の彼女とのイチャイチャ、しゅんには見せるなよ」

「そんなことしませんー」

「あれ、しゅんが言ってたぞ。裸でなんちゃらと」

「うわ、最悪だわお前。性格悪っ！」

あきらは「余計なこと言うんじゃねえ」としゅんの頭を小突く。

「まあたまには顔出すし、仕事も辞めないから安心しろ。弁当は作ってやれないけど、近くに寄ったら作り置きの料理でも作っておいてやる」

夏生は小さな荷物を軽自動車に乗せ、あきらに手を振る。

「じゃあな、仕事気を付けろよ。しゅん頼んだ」

「おう行ってこい！」

「ありがとな」

「うん。ほら早く行け」

「じゃあ、またな」

アクセルを踏み遠ざかる車。あきらはタバコを吸いながら見送った。

「はあ。……しゅんどうすっかな。まあじじばばがなんとかしてくれるか」

楽観的に前を向く。現にしゅんは今、隣の家にいる。

車を走らせて一時間弱。着いたマンションは引っ越し業者が働いている。新しく買った家具を運び、新居のマンションを往復している。

オートロックのマンション。昴の実家とあきらの住む団地と丁度いい場所に空き部屋があった。夏生は小さな荷物を持ちマンションのエレベーターに乗り三階のボタンを押す。

「昴、ただいま」

「お帰り。あきらはどうだった？」

「幸せにな、って」

「おう。幸せにしてみせる。って言っただろ」

「もう充分」


「あ、これはここで」

業者に伝えながら昴は家具の配置を指さす。2LDKのマンション。寝室一部屋と風呂トイレ別の物件。一通り作業が終わり引っ越し業者は頭を下げ帰って行く。

「んー。なんか夢みたい。ふわふわしてる。あの頃はこうなるなんて考えもしなかった。……あきらに言われたよ。夜になると夏生が泣いているって。てめぇはなにしてたって怒られた。なんで大切な人を泣かせるんだって。……俺何も言えなかった」

「そう」

「まあそうなんだけどね。俺は自然消滅をしたかったわけじゃない。でもお前に別れを告げられた。自暴自棄になって好きでもない人と付き合ったりもした。でも……そうじゃなくて。忘れようとした。だ、だけどお前を忘れるどころか色んな人にお前を重ねて見て一人で彷徨(さまよ)ってた」

「……うん」

「あの時、奇跡だと思った。姿は変わったけどお前の目が俺を映した時、この手を離したらもう終わりだって必死にお前を引き寄せた」

夏生は小さくなる背中に手を回し告げた。

「許す。……お前の全部許すって言っただろ」

「夏生、なつき」

「俺はここにいる」

昴は夏生を抱きしめた。さらさらと黒髪が流れた。

「俺とで大丈夫か？　心配はないか、不安じゃないか、辛くはないか、苦しくないか……俺といて幸せか？」

「幸せだよ。俺はお前の前にも後ろにも行けない。だけど、隣りにいるから。俺の傍にいて」

「約束。お前を守るから。だから、ずっと傍にいさせてくれ」

「うん。……これからもよろしくな」

夏生は微笑み、昴の胸に頬を寄せた。とくんとくん、と優しい心音が聞こえる。そっと夏生は瞼を伏せた。肌から感じる温もり。昴の声から、吐息から、香りから、感じる幸せだと。


季節は緩やかな風が吹く春へと変わる。寒さに耐え続けた桜は実を結び薄紅色の花を満開に咲かせた。昴の通う大学は桜の木が連なり青い空を薄紅色に染め花びらが舞う。穏やかな午後。夏生は薄手のカーディガン姿で昴の通う大学の正門で帰りを待っていた。

はらはらと舞う桜。穏やかな風が夏生の黒髪をさらい吹き抜けていく。

「ねえ、お姉さん」

不意に声をかけられる。夏生は髪を掻き上げ声の方を向く。

「めっちゃ美人！」

「ここの学生ですか」

夏生は対処の仕方に戸惑う。そして昴が現れた。

「夏生。ごめん、待たせた。……なにお前たち」

「あ、あずまやさん」

「もしかして絡まれてた？」

「みたい？」

昴は冷たい目で声をかけてきた二人の学生を見る。表情が変わる。

「え、と。すいません」

「東屋さんの彼女さんだったんですね。すいません！」

「いいから他所に行け」

「は、はい」

ささっと学生は姿を消す。

「あ」

夏生は思わず手を差し出す。ひらりと舞い落ちてきた桜の花びら。夏生は微笑み昴に手の平を見せる。

「なに可愛いことしてんの、お前は」

「昴、屈んで」

言われた通りに昴は身を屈めた。夏生は昴の髪に落ちた桜の花びらを摘（つま）んで昴に見せる。

「お前も桜まみれ」

「はは、本当だ」

昴は空を仰ぎ見る。春の晴天。花びらを散らす桜の花。夏生を抱き寄せ、暫く舞い散る桜並木を二人見上げていた。

はらりはらり、風に揺れ空を舞う。昴の大学生活は順調だ。そして頭の良さも容姿も変わらず、それでも気取らずに過ごしている。

「帰ろうか」

「うん」

歩幅を合わせて歩く。振り返る女生徒、振り向く男子生徒。昴と夏生。

もう怖いものはないはず。


カラン。ベルが鳴る。

「いらっしゃいませ、ってなんで二人一緒なの？」

姿を見せたのは昴とあきら。

「日向、久しぶりー」

「久しぶり。しゅんは？」

グラスを拭きながらあきらを見る。心配していたが、変わらずに元気そうで安心した。

「おや、二人とも久しぶりだね」

「こんばんは」

「ちゃっす」

「なんで二人なんだ？」

「え、夏生送った帰りがてらに、あきらのとこいって。久々だなって、んで呑みに行こうかってここに来た」

「お前ら馬鹿だろ。特に昴！　お前車だろ。帰りどうするんだ！」

「ごめんなさい」

「このアホ！」

「ええ。馬鹿の次にアホって。夏生ごめん！　許して！」

「はあ。マスター今日はお酒なしでお願いします」

マスターの田中は笑いながら頷いた。いつの間にか仲良しになった二人。嬉しいと素直に思う。

「なに呑むんだ」

「シャンディガフ。二つ」

「りょーかい」

差し出されるカクテル。二人は一口つけてダーツをやりに席を立った。

いつも来る常連客。夏生は後から来た田中の息子の和也とカウンターを回しながら閉店時間になる。

「ありがとうございました」

最後の客を見届けて店を閉めた。

「日向君、今日はあがっていいよ。和也もいる」

「ありがとうございます」

「どれ、私も手伝おう」

酔い潰れた昴とあきら。担ぎ上げて車に乗せた。夏生は頭を下げ、車のドアをしめた。

車は走り団地に着く。あきらを抱え、植木鉢の下から拾い上げ鍵をあけた。

「しゅん、久しぶりだな」

「う、うん！」

しゅんはあの日から止まったままのようにまだ幼さが残る。夏生はしゅんの頭を撫でた。

はあ、とため息を吐く。

「しゅん、布団敷いて」

言われるがまましゅんは布団を引きずりおろし敷いた。

「よっと」

「ううう」

あきらは呻きアルコールのニオイを吐きながら布団に転がる。

「しゅん、後は頼めるか？」

「うん！」

「俺が出たら鍵を直ぐに閉めろよ。それと、今度本屋に行くか」

「ほ、ほんと、う？」

以前のような吃音はなくなったが頭の中はまだ子供なのだろう。夏生の不安は気のしすぎだと思いたい。

「じゃあな。おやすみ」

夏生は玄関の鍵がかかったことを確認し車に戻る。助手席で眠る昴。夏生はマンションまで車を走らせ、マンションの駐車場に車を止めた。身長に差がある二人。どうにか昴を抱えながら部屋に帰った。

ベッドに寝かせる。昴は手を伸ばし夏生を引っ張った。酔っ払いの相手をしたくない夏生は掴まれた手を振りほどき昴の手から逃げる。

「なーつーきーだいすきーごめんーありがとー」

呂律の回らない昴。夏生はシカトをして着替えを持ち浴室に向かう。シャワーに打たれながら今日一日の疲れを癒やす。

シャワーを終えた夏生。コーヒーをマグカップに注ぐ。タバコに火を付け煙を吐いた。

昴をソファー越しに見る。昴は夏生の枕を胸に抱きスカーッと眠っていた。

濡れた髪をドライヤーで乾かすが、その騒音にさえ目を覚まさない。

「なーつーきー」

夏生はコーヒー片手に昴の寝顔を見に行く。腰掛け昴の寝顔を見下ろす。額にかかった前髪を指先で払う。

「ムカつくけどかっこいい。仕方ないか」

「なつき」

「はいはい、ここにいますよ」

「あいしてるー」

「俺も愛してるよ」

夏生はソファーに戻りスマホを立ち上げる。ビクセン、天体望遠鏡と入力してスライドしていく。

「いいなあ」

呟いてソファーに身を沈める。ふわあ、と欠伸を漏らしマグカップをキッチンに持っていく。そしてアルコール臭い昴を抱いて瞼を閉じた。昴との同棲は順調だ。目を開ければ昴がいる、手を伸ばせばその手を掴んでくれる。この恋が最後で最初だ。辛い時、悲しい時、傍にいてくれる。

今なら、父親の眠る場所まで行けそうな、そんな気がした。


桜の花は散り、青々とした葉桜が風に揺れる。今年で夏生は二十歳になる。昴の歳を一つ、越える。容姿は相変わらずに美人で通っている。

夏生は昴の運転する車に揺られている。手には菊を交えた花束を持っていた。車は夏生の父方の祖父母の家へと向かっている。片道三時間弱。段々と田舎道になっていく。田んぼが広がり山々が見え始める。

自分が住んでいたあの家。空き地になり夏生の胸を強く締め付けた。もう戻らない過去。眠りこける父親の姿、面影はどこにもない。


自分の帰る場所はもうないのだと、空き地を見詰めた。

「昴、ここ」

「うん」

車を停める。夏生は花束を持ち車から降りた。電話で教えてもらった父が眠る墓地。

葬式に出なかった少しの後悔。最期に見た父親の顔。色々な物から、しがらみから解き放たれたのだろう。その顔は穏やかに眠っていた。あの写真のように。非現実から目の前にある現実へと変わる。それが怖かった。だから見ないフリをした気付かないフリをした。遠ざけた。

夏生は桶に水を張り、ひしゃくを取り墓地へと向かう。高台にある小高い丘にある墓地。見渡せば遠くに海が見えた。

「夏生、大丈夫か？」

「ん、大丈夫だよ。いい所に眠ってるなクソ親父。昴、花の枝切り頼む」

「おう」

供えられた花束は枯れている。墓石を拭きながら夏生は涙を堪えた。だが堪えきれずに涙を零す。

「おやじ？　あんたは……幸せだったのか、苦しかったのか、何から逃げたかったんだ、なあ、親父……」

これが現実だ。涙は頬を伝う。

「俺はあんたを許さない……なんで俺を独り残した……もうあの家もない、思い出もなにもない」

「夏生」

声に振り返り呟いた。

「やっぱり来なきゃよかった、俺の帰る場所なくなっちゃった。は、はは」

枯れた花を取り替え新しい花を供えた。線香に火を付け、震える手を合わせた。なにもかも遅すぎた。気付けば何も残っていなかった。

「なあ、すばる？　俺の帰る場所はどこだ」

昴は夏生を抱き寄せ強く言う。

「ここだ」

「そ、か。……ふっ、くう、う」

夏生は泣き声をあげる。

「お、おやじは独りで逝っちゃった。俺を残して……葬式出れなかった。俺のこと、恨んでるかなあ、分からないよ……もういない。言いたいこと、聞きたいことたくさんあるのに」

そして後に聞かされたこと。夏生の母親は出て行ったんじゃなく病で息を引き取ったと。そう今更になって電話越しで告げられた。声が出なかった。小さかった夏生には知る由もない。愛おしい人が死ぬ事実。夏生は痛いほど突きつけられた。

夏生は墓石に刻まれた名前をなぞる。日向夏子。

「母さんもここで眠ってるって。親父は現実から逃げたかった……俺も同じだった。お酒に逃げたこと、そんなこと知りたくなかった」

何て悲しいことだろう。夏生には憎むべき相手と父親を位置づけたかった。そうすれば悲しまずにすむと思っていた。

「俺は……間違っていたかな」

「それは、お前の心にいる。事実は確かに辛い。だけどお前はちゃんと愛されていた。ほかにあるか？」

「愛されていた……間違いはないかな」黒髪が風になびき夏生の弱い姿がむき出しになる。

「行くか」

「うん」

墓参りから祖母の家へ寄りアルバムを受け取った。そして夏生への手紙。震える手で開いた。


『夏生。

これを読む頃には何歳になってるかな？

先に天国へ逝っちゃう母さんを許してね。ずっと一緒にいられなくてごめんなさい。


私の可愛い夏生。


お父さんもお母さんも夏生が大好きよ。

病気でお父さんには迷惑たくさんかけちゃったけど、お母さんはあなたたちのこと一生愛しているわ。


育っていく夏生を見られなくて寂しいけれど、これを読む頃には大きくなってるでしょう。

まだ何も分からない夏生を残して、そしてお父さんを悲しませてしまうけれど……。

お父さんは寂しがり屋だから少し心配です。

夏生。あなたは私たちの最高の宝もの。

大事に大事に育てたかったけれど私は空に還らなきゃいけないみたいです。

夏生はどんなふうになっているかな？

出来れば大切な誰かといられるのならば幸せを願います。

ずっと一緒にいたかったけど弱いお母さんをゆるしてね。

お父さんと過ごした時間、あなたが生まれあなたが一人で立てた時、そして私を呼ぶ声。とても幸せでした。

お父さんとあなたを残していくことが心残りだけれど、それが辛いけれど前を向き歩いて下さい。

躓きそうな時、空を見上げて下さい。私はそこにいます。あなたを見守っています。

寂しくなったら夜の星を探して下さい。

そこから絶え間なくあなたを見守っています。

お父さんと出逢えたこと、あなたに出逢えたこと。

お母さんはこれ以上なく幸せだと思いました。


私の愛する夏生。

この愛情が永久にあなたに降り注ぐことを、空から祈っています。

夏子』

夏生は膝が崩れた。手紙を握り締め泣き叫んだ。自分が間違っていたこと、父親を支えられなかったことを悔やんで泣いた。

「だから渡せなかった」と祖母は言った。

「あなたは愛されていたんだよ」と告げた。真実は全て手紙に残されていた弱い父、憎むべきは誰でもない自分だった。

「自分を責めるではないよ」と祖母は夏生を抱く。シワシワの手の平。夏生の頬に当てられ涙を指先で拭った。

「ごめんなさい……ごめんなさい」

夏生は何度も呟いた。そして自我を保てず、ふらっと目眩を起こした。昴に抱えられる夏生。

「……はは、情けな」

「夏生ちゃん、隠していたわけじゃないんだよ。あなたに大切な人が出来たら渡そうと思っていたんだよ。そうやって受け止めてくれる手があるから……夏子さんの思い、やっと渡せたわ。夏子さんの思い届いたかね」

祖母はシワシワの目元に涙を滲ませながら夏生の頭を撫でた。

「寂しいねえ、悲しいねえ。……でもその手紙をお守りに今日からまた生きていくんだよ。夏生ちゃん、幸せはね直ぐそこに在るんだよ。夏子さんが残した宝物、昴君大切にしてあげて下さいねえ」

昴は頷いた。確かに受け取った、大事な物。

夏生は昴と同じ道を行く。二度と迷わないようにはぐれないように。歩くことが疲れたならこの背を貸そう。けっしてたいしたことではないが、自分にはこんなことしか出来ない。

この手紙が教えてくれた事実。今まで父親を責めて憎んでいた。それはかつての昴の手を離した自分と同じ物だった。夏生はアルバムと手紙を胸に抱き昴に引かれ車に戻る。

「ごめんな、昴」

「いや。俺も身に沁みたよ。お前の母さんが残した宝物……お前を大事にする」

「……つき、なつき」

「ん」

「家に着いたよ。立てるか？」

泣き疲れいつの間にか眠っていた夏生。昴の手の平が頬に触れ、夏生は目を覚ました。外はもう暗い。ぬるく湿った風が雨の匂いを乗せ吹き抜ける。あの日から何ヶ月経ったのか。そろそろと梅雨の季節だ。

鍵を回し玄関を開ける。夏生をソファーに座らせ昴はコーヒーを作る。

「はい、コーヒー」

「ありがと」

夏生は泣き腫らした目をこすった。昴は夏生を膝の間に座らせソファーにもたれる。

「俺も一緒に見ていいか？」

膝に抱かれた夏生。

「うん」

肩越しに夏生がめくるアルバムを見る。

「お前の母さん、きれいな人だな。お前は母親似だ」

「そうか？」

「顔立ちとか目元もそっくり」

「はは、母さん似か。嬉しいような悲しいような複雑な気分」

「ごめん」

「なんで謝るんだよ」

「ううん。夏生のこと大事にしなきゃなって」

昴は夏生に頬を寄せる。ギュウッと抱き締めた。

「俺は後悔だらけだ。親父に聞いたんだ、母さんとは離婚したって。そう聞かされてきた。……今思えば親父が俺を気にかけてたのが分かった。母さんが死んだこと、何も言わなかった。それも愛情の証だってこと、気付きもしなかった」

大事そうにアルバムを開く夏生。昴は夏生の黒髪を夏生の耳にかけ、同じようにアルバムの中の幸せを見付ける。

「愛って重いんだな」

「そうだな、愛は重くて辛い」

夏生が昴の手を離した時、充分に堪えた。薄いブラウンの猫目。いつまでもその目に映っていたい。その手を離さないよう、今、もう一度もう一度繋ぎ直す。

ぽた、とアルバムに涙が落ちる。自分は愛されていた。その事実だけで充分救われた気持ちになった。父親が酒に逃げ道を作った弱い気持ちが分かった。そしてそれを支えられなかった自分が酷く子供じみて見えた。愛情を求め彷徨い立つべき場所を間違えていた。なぜあの時父親に目を向けられなかったのか、憎むばかりで何一つとして出来なかった。

今更自分を恨む。

「夏生」

「ん」

涙を拭われる。夏生は頼りなさそうに笑った。揺れる瞳は薄いブラウンで昴を見詰める。

「もう大丈夫だ」

「俺らずっと一緒だ。もう離さないから」

夏生は一つ涙を零して笑って頷いた。

「東屋先生、ありがとうございました！」

「うん。今日教えたところ高校進学に大事なところだからちゃんと復習するようにね」

「はい！　ママー終わったよー」

すっと香る香水。正直鼻をつまみたいくらい鼻につく。顔を覗かせた教え子の母親。

「あらあ。もう終わりなんですの。よかったらお茶でも」

「この後もあるので、また。じゃあね、みくちゃん」

「はい。ありがとうございました！」

「またよろしくお願いしますわ」

猫なで声で教え子の母親は頭を下げる。服装も露骨で胸元をはだけさせ化粧も濃い。昴は嫌悪感を覚える。

車に乗りマンションへと走らせる。愛しい人が待つ我が家へと急いだ。

「なーつーきー」

「昴、お帰り」

「ただいまのキスー」

「はいはい」

昴は身を屈め夏生のキスを待つ。夏生の唇が昴の頬にキスをする。あれから夏生は少し楽になったような気がした。事実は辛いが憑きものが落ちたように明るく笑うようになった。

夏生は仕事が終わり昴の迎えを待つ。空を見上げれば見えるはずの星が見えない。母が書き残した手紙。

「ここからじゃ何も見えないよ、母さん」

寂しげに夏生は夜空を見上げる。微かに光る木星。あの丘に行けば見られるだろうか。母に父に会えるだろうか。

父親がついた「優しい嘘」。今なら分かり合えるだろう。そしたら弱い父を支えられたかも知れない。でももういない。

車の音がする。ドーベルマンの前に停まった軽自動車。昴が顔を出した。

夏生は助手席のドアを開け乗車する。

「お疲れ様」

「お疲れ」

最近夏生は飲酒を控えている。それでも差し出されるカクテルは美味しく頂いていた。

「はあ、ごめん。ちょっと呑みすぎた」

「まあそれも仕事なら仕方ない。気にするな。帰りは俺がいるし安心しろ」

「ありがとー」

ぽた。フロントガラスに雨粒が落ちる。次第に本降りになりフロントガラスを叩いた。

「ああ、良かった。雨に濡れるとこだった」

「もう梅雨か。早いな」

梅雨になるたびに思い出すあの情景。何年経っても変わらず鮮明に思い出す。

「昴、カテキョのバイトどうなの？」

「問題はないんだけど、母親がね」

夏生は昴の横顔を見詰める。そして思う。「うーん。お前なら仕方がない」

「香水臭いわ化粧臭いわ。お茶なんてどう、なんてもー鳥肌」

「はは、さすが昴先生」

「任せろ、って言いたいところなんだけどね」

赤信号で停まる。昴は夏生の手を握った。

「本当はお前にこの仕事やめてほしいんだ。前にあったストーカーとか、酒呑まなきゃいけないし俺が早く大学卒業出来たらいいんだけどさ。カテキョのバイトも割に合ってるし」

重なる手。夏生は心配そうに見詰める昴に微笑む。

「俺は今の仕事誇りに思ってるよ。マスターも気にかけてくれるし。前のような奴はいない。最近はお酒も控えてるし。大丈夫だよ俺は」

「無理してないか?」

「うん。だからお前はお前の道を行け。俺はただ傍にいる」

「うん、そっか。そうだよな。……でもよお前の引きずってるモノ、半分俺に任せてほしいなって」

青になる。車は雨の中を走る。ガラスを叩くように振りだした雨。昴の横顔を夏生は一瞥して俯く。答えが見えない問い。

「俺は大丈夫だよ」笑ってそれしか言えなかった。そしてマンションの駐車場に着く。雨に打たれないようにドアを閉め、駆け足でマンションへと急ぐ。オートロックを解除して三階のボタンを押した。

ガチャンと鍵を下ろし、雨に濡れた靴を脱ぐ。少しの間だったが雨に濡れた服を脱いだ。

「シャワーいいぞ」

「昴は？」

「もう浴びさせてもらった。風邪引く、早くシャワー行ってこい」

「うん」

夏生は着替えを持ち浴室に向かった。服を脱ぎ鏡に映る顔。どこかに母親の面影を見る。静かに瞼を伏せ夏生は浴室のドアを開けた。


シャワーの音が聞こえてきた。昴は並べられた写真立てを見詰めた。写真立ての中の夏生の両親。微笑みを浮かべ寄り添う二人。

母親は病で亡くなったと聞かされたあの日の夏生を壊れるほど抱き締めたかった。

「俺が守る」

固く心に誓った。そう思った。独り歩いて行くその姿を見失わないようにもう二度と離れないように。

そしてバニラの香りが広がる。その香りで夏生が浴室から出たのを知る。長い黒髪をタオルで束ねながら眠そうに瞼をこする。

「夏生、ここ」

「うん」

昴は手にドライヤーとヘアオイルを持ち夏生を待っていた。

昴の膝の間に座らされ夏生は髪を乾かしてもらう。これが日課になりつつあった。

「少し伸びたか？」

昴の手が夏生の髪をすく。さらさらと流れる黒髪。艶やかでとても魅了される。

「ふわあ」

膝の間に座った夏生は大きな欠伸をもらした。時間を見れば深夜の四時を回っている。

夏生は昴に謝る。

「こんな時間までごめんな。寝よっか」

「おう。よいしょ」

「わわ」

軽々と抱き上げられベッドに向かう。

「俺の宝物」

夏生はふふ、と笑う。

「あの誓い俺は忘れてないよ」

「失敗した、かっこ悪」

「それが昴らしい」

「なあ夏生？」

「うん？」

「辛くないか？」

「……うん」

ベッドに身を沈める。夏生は昴を見上げる。

「お前は何も言わないから」

「大丈夫。心配するな」

「それ、お前はいつも大丈夫って」

夏生はただ昴を見詰め、ただ笑う。その笑顔がいつか消えてなくなりそうで怖い。昴は夏生を抱き締めた。「どこにも行かないで」そう言葉にすれば現実になりそうで昴は夏生の手を取る。

「どうした昴？」

今にも泣きそうな顔の昴。夏生は昴の頬に手を伸ばした。

「いや。なんともない」

「……俺はどこにも行かないよ」

昴の心を見透かしたように夏生は笑う。

「うん」

「寝ようぜ。……はい昴、腕枕」

「おう」

布団にもぐり夏生を抱き寄せる。こてんと載った夏生の頭。胸に抱く。

生の寝顔に祈りを込めてキスをした。


「おやすみ、昴」

「おやすみ」

キスを交わし瞼を閉じた。昴の優しい心音。直ぐに夏生の寝息が聞こえてきた。失敗した婚約の言葉。今度こそは間違えないように言葉を飾らずに素直な気持ちで伝えよう。夏生の寝顔に祈りを込めてキスをした。


夏生は久々に団地へと顔を出した。しゅんの元気そうな顔を見て取り敢えずは安心した。

「しゅん、勉強頑張ってるか？」

「う、うん。こ、これっ」

出してきた漢字ドリル。字は下手くそだが頑張っていることに夏生は頭を撫でた。

「さてと、しゅん。片付けだ」

部屋はビールの空き缶やゴミで散らかっている。ゴミ袋を持ち、特に分別することもなく夏生はゴミ袋の中に捨てていく。夏生が想像していた通り、部屋はゴミが散乱していた。

「あきらは仕事か。うーん、まあいいか」

ゴミ袋を引きずりながら部屋を片付けていき、一息吐いた。タバコに火をつけ煙を吐く。

「後で本屋にでも行くか」

「ほ、ほんと？」

「うん。ほんと」

しゅんは嬉しそうに頷いた。

「じゃあラストスパートだ。しゅんは皿洗い頼む」

しゅんは言われるままキッチンへと向かった。夏生はゴミ袋をしめ、掃除機をかけていく。あらかた片付いた部屋。夏生は洗面所で顔を洗い、手を石けんで洗う。

「しゅん、行くぞ」

「わ、分かった」

吃音のたどたどしいしゅんの言葉。少しましになったと夏生は思った。

「ちゃんと本読んでるんだな。頑張れ」

しゅんの手を引き車に乗る。車を走らせ本屋に着いた。

「しゅん、好きなやつ持ってこい」

「うん！」

楽しそうに走るしゅんの後ろ姿。夏生は勉強の参考書を選ぶ。そろそろ中学生の勉強をするべきか悩んで、結局小学六年生の漢字ドリルと算数のドリルを選んでしまう。そして移動し専門書のコーナーに回る。結んだ黒髪を揺らし星座の本を手にした。

「ひな、たく、ん。これ」

「んー。ロボットと深海魚の図鑑。お前も相変わらずだな」

苦笑いをしながらレジに並んだ。お会計を済ませ車に戻る。

「しゅん、ドアあけて」

植木鉢の下から鍵を取り出ししゅんは玄関を開けた。

「はい、これしゅんの本。勉強もちゃんと出来てる。じゃあ俺帰るから。玄関、チャイムが鳴っても出るんじゃないぞ。分かったか？」

「わ、わか、った！」

夏生はしゅんの成長しない様子を気にしながらも団地を出てマンションに戻った。

家に着いた夏生。昴のスニーカーと見慣れない靴があった。

「すばるー？」

「あ、お帰り。どこ行ってたんだ？」

「団地」

「あ」

見慣れない男。夏生は視線が合い頭を下げた。

「昴の友達？」

「そ、俺のダチ。迷惑だよな」

「ううん」

「こ、こんにちは。ヒデって言います、迷惑、ですよね」

夏生は笑って首をふった。

「勉強中、だった？」

「おう。夏生、焼き肉行くぞ」

「うん？　どういうこと」

「こいつのおごり。勉強教えるかわりに焼き肉おごってくれるの」

「もちろん、え、と」

「夏生でいいですよ。ヒデ君」

どこかで覚えた無駄なモノ愛想笑い。ただニコッと笑う。ヒデはぽかんと口を開ける。

「まじ噂は本当だったんだ。夏生さんめっちゃ綺麗ですね！」

「あはは、ありがとう」

少し目を伏せ夏生は視線を逸らした。

「東屋、羨ましい！」

「飲み物は？」

「あ、ごめん」

「ううん。コーヒーでもいれる」

キッチンに向かいケトルにお湯を沸かす。ふと耳にした音。窓を叩く雨音。夏生は耳を澄ませた。一番寂しい、一番悲しい、一番辛い。夏生の中の思い出。嫌いな季節。

すっと昴は立ち上がり夏生を後ろから抱く。

「夏生、ごめんね」

「別にいいんだけど、やめろ。さっさとテーブルに戻れ」

シュンとした昴。ヒデは笑う。

「お前な、俺がいるところでイチャイチャはないだろ。勉強馬鹿」

「ひど、勉強教えてやんねえぞ」

席に戻った昴。暫くもたたずにコーヒーの香ばしい香りが広がる。

「はい、どうぞ」

ガムシロップ、ミルクとセットで昴とヒデに差し出した。夏生はコーヒーを片手にソファーに座り先ほどしゅんと行った本屋で買った星座の写真集のページをめくる。

流星群。暁の星。夏の大三角。七夕の天の川。一枚一枚の写真で形作られた写真集。

夏生は見惚れる。どの一瞬のページでも見逃さず星空は写真に切り取られている。

いつか天体望遠鏡を持ち、あの丘に行きたいと願う夏生。写真でもこんなに綺麗なら本物の星空は天体望遠鏡から覗けばもっと綺麗だろう。夢に思う。

ぱたとページを開く手が止まる。うとうととしてきた夏生、いつの間にか寝てしまった。

「ん？　夏生」

静かになったのに気づき、昴はソファーに座る夏生を振り返る。

「んん」

「あ、ごめんごめん」

昴はスマホを取り出し写真を撮った。

「東屋、俺にも撮らせて」

「ダメに決まってるだろ」

「ですよねえ」

昴は立ち上がりソファー横の収納カゴから膝掛けを取り出し夏生にかける。

「どこで知り合ったの？」

「中学。俺の一目惚れ」

「マジで？　うわ、信じらんねえ。中学か、凄いな！」

「まじまじ」

「信じられん」

「もう可愛すぎて毎日幸せ」

「大学の噂は本当だったんだな」

ヒデはコーヒーを飲みながらため息を吐く。

「へ、どんな噂？」

「東屋が美人と歩いてるとこ見たとか、校門で美人が東屋が来るのを待ってるのを見たとか、そんな感じの噂」

「知らなかった。まあこれで俺に声をかけてくる女から逃げられるなら本望だ」

「悔しいけど俺も噂流してやる」

「どうぞどうぞ」

「ん、うるさい」

ぼそりと夏生は呟く。

「ああ、ごめんごめん」

昴は夏生の傍に寄り小さい額にキスをする。昴のイチャイチャが目に余る。

「馬鹿」

「寝てて、静かにするから」

「ん」

「むかー」

ヒデが声を上げた。

「俺の前でイチャイチャするんじゃねえ」

「羨ましいだろ。純愛だからな」

「昴、うるさい」

夏生の眉がピクと動く。

「ああ、ごめん」

昴はテーブルに戻りヒデとの勉強会を始めた。

そして時間は進みやがて勉強会が終わった。そこから夏生を起こし、三人は昴の運転する車に乗り焼き肉屋に走った。

「ヒデ君、ご馳走様。ありがとう」

「いえっ！　大丈夫です！」

「ヒデありがと」

「おう。また教えてくれ。アパートまでサンキュー。じゃ、なつきさん、おやすみなさい。東屋また明日な！」

　また降り出した雨。急いでアパートに入るヒデの背中を見送り、家路に着いた。


　バタバタと今日も雨は降り続ける。梅雨になるたびに思い出す。

「梅雨なんて嫌いだ」

　夏生は呟きタバコに火をつけた。昴は今大学で勉強をしているだろう。帰る時間に合わせて迎えにでも行こう。

　今住んでいるマンションは割と好立地で昴が通う大学まで歩いて二十分。昴の実家までは一時間もかからない。

　夏生は昴の実家に顔を出し、手料理のレパートリーを増やす為度々通っている。もちろん昴は知らない。

　十七時。夏生は傘を持ってマンションを出た。傘を打ち付ける雨の音。夏生はしかめっ面で空を見上げる。雲がかかる梅雨の空、ため息が出た。水たまりを弾きながら夏生は歩く。

　大学の校舎。正門に立ち昴にＬＩＮＥを送る。

（迎えに来た。正門で待ってる）

直ぐに返信が来る。そして昴が雨の中傘も持たずに駆けてきた。

「悪い夏生！」

夏生は傘を差し出す。

「お疲れ」

傘を広げ正門を出ようとした時昴に声がかかる。

「東屋！」

「ヒデ」

「借りたノート忘れてた！」

雨に濡れないようにヒデはノートを渡した。

「ヒデ君、はい」

夏生は昴の傘に入りヒデに傘を差しだした。

「え、ええ。いいんですか」

夏生は笑って頷いた。

「ありがとうございます！」

ヒデは傘を受け取り雨を避けた。

「いつでもいいのに」

「いや、いつも悪いしちゃんとしないと」

ヒデは笑う。そして頭を下げた。

「なつきさん、東屋ありがと。じゃ、またな！」

傘を揺らしヒデは校舎へと歩いて行く。夏生は昴の傘の下で昴を見上げて言った。

「いい友達もったな」

「だな。じゃあ帰ろうか。迎えに来てくれてありがと」

同じ傘の下昴は夏生にキスをした。

「んん、馬鹿」

最近昴のキスの仕方が変わりつつある。今までは唇に触れるだけのキスだったが最近は舌を入れてくるようになった。別に嫌いじゃない。だが恥ずかしい。深いキスに夏生も応える。そしてようやく慣れてきた。舌を絡ませ深いキスをする。身体が熱くなる。それを誤魔化すように夏生は傘を揺らした。

「帰るぞ」

「おう」

少し照れたような夏生の小さな横顔。本当はその先を昴は望む。だが夏生の気持ちが優先される。昴はいつか許される時が来るまで長くやっていくつもりだ。

「夏生、仕事は？」

「あるよ。帰って晩飯作ってから仕事の準備する。どうして？」

「はあ。俺が大学卒業したら辞めてもらうからな」

「なんで。俺はそのつもりはないけど」

「心配なんだよ。俺の気持ち分かる?」

「分かるけど、お前に頼るつもりはない。それに今の仕事、楽しいから。心配するな」

「うーん。まあいずれな」

「うん」

パシャパシャと水を弾きながらマンションに着いた。

「濡れたな、シャワー浴びよ」

「俺は後で浴びる。先に浴びてこい」

濡れた靴を脱ぎ部屋に上がる。昴の言葉に夏生は悪びれもせず、服を着替えた。

「ええ。一緒にはいろ」

「無理、嫌だ。さっさと行け」

「ひどくない! 夏生、俺のこと本当に好きなのー」

夏生は振り返る。さらさらと黒髪が流れた。

「こっち来い。身を屈めろ」

「えええ。なに」

夏生は昴の背中に手を回し身を屈めたその頬にキスをした。

「好きに決まってるだろ。お前は鈍感か」

「え、なに。嬉しいんですけど」

ギュウと昴は夏生を抱き締めた。触れた唇は隙間を狙い舌を滑らす。

「ん、んふっ」

深いキスを何度も繰り返す。さすがに恥ずかしくなった夏生は昴の頬を叩いた。

「お前はどこで覚えたんだ！　この変態っ！　さっさと風呂入ってそのまま出てくるんじゃねえ！」

「可愛いな、お前は。やっとキスに慣れてくれたな」

「知らん！　可愛いって言うな！　俺は飯を作る、早くシャワー浴びてこい！」

「はーい。最後に」

夏生の頬にキスをして昴は着替えを持ち浴室に向かった。その足取りは軽い。鼻歌でさえ聞こえてきそうだ。

舌を絡めるキス。今の自分にはこれしか応えられない。それでも恥ずかしいのには変わらない。今これで満足してもらえる内は精一杯それに応えよう。これが今の夏生に出来ること。

夏生は髪を結びキッチンに立つ。

手際よく料理を作っていく。今日はロールキャベツ。昴の母親との密かなやり取りで教えてもらった料理のレパートリー。中でも昴の好物は肉ジャガ。

ふと思い出す。初めて手料理を作った幼き日。昴は嬉しそうに食べてくれた。その時に作ったのが肉ジャガだった。昴は母親から教えてもらっているのを知らずに手料理を食べる。でも純粋に夏生のあの日の肉ジャガには勝てない。

ぐつぐつと鍋を煮込む。コンソメの香りが広がる。昴はいつの間にかシャワーを浴び終えていた。ぐるりと背中から抱かれる。昴は身を屈め夏生に頬を寄せた。

「俺今が一番幸せだ。夏生愛してる」

蕩(とけ)けそうな甘い言葉を耳にする。夏生は不機嫌そうに昴の足を蹴った。

「邪魔だ馬鹿」

「夏生」

「はいはい」

「幸せか？」

夏生はトングを持ち振り返る。眉をしかめ昴に言った。

「俺も幸せ。いちいち言わなくても分かるだろ！　お前と違って恥ずかしいんだよ俺は！」

「そうゆうとこも好き」

「分かった、分かったから！　あっち行ってろ！」

「照れたとこも好き」

夏生の耳は朱色に染まる。夏生を離さない昴。手を握りしめグーで昴の腹に一発拳をいれた。

「痛った」

「馬鹿が。課題でも終わらせろ。もう直ぐ飯も出来るし大人しく待ってろ」

「はーい」

シュンとなった昴。夏生が言ったようにガラステーブルに大学で出された課題のノートを広げペンを走らせる。

暫く鍋を煮る音とペンの音が静かな部屋に聞こえる。キスにも慣れたがイチャイチャにも慣れなくてはいけないと夏生はため息を吐く。別に嫌とか無理なわけじゃない。でも恥ずかしいものは恥ずかしい。昴に我慢させていることも知っている。

「いつかな」

ぼそりと呟いた。

「じゃあ行ってくる。ありがと」

「おう。終わったら電話しろよ！」

夏生は昴の頬にキスをして車から降り、ドーベルマンへと駆け足で向かった。

昴の運転する車が走り出す。看板の明かりが灯りドーベルマンの営業時間を知らせる。

仕事休み。昴は家庭教師のバイトで家にいない。夏生はカーテンを開ける。雨は降っていない。雲のすき間に見える青空が夏色に変わっていた。今年の梅雨は昴といたからかどこか短く感じた。

夏生は薄手のカーディガンに腕を通し、車のキーを取る。これから団地へと向かう準備をしていた。行ける日は行く。手料理を作り置きして定期的に団地へと顔を出している。

日曜日。あきらは休みだろう。

マンションを出て車を走らせる。暫く走り、団地に着く。夏生はチャイムを鳴らし、ドアが開くのを待つ。中から「はいはーい」と声が聞こえあきらはドアを開けた。

「お、日向。久しぶり。どうした」

「取り敢えず上がる」

夏生は靴を脱ぎ、部屋に上がった。部屋を見渡し夏生はあきらを小突く。

「ビールの空き缶くらい捨てろ、この馬鹿。飯と部屋片付け。しゅんは？」

「隣のじじばばの所」

「お前ねえ、気が緩みすぎ。ほら片付けろ、俺は飯作るから」

久々に見たあきらは相変わらず元気そうで夏生は安心した。しゅんは取り敢えず隣の老夫婦に任せ一気に部屋を片付けていく。

「あきら、調子はどう？」

「んー。順調だよ。仕事も変わらず。日向、お前は？」

暫しの休憩。夏生はタバコを取り出し火をつけた。

「まあお陰様で幸せな毎日を送ってます」

「もう、泣かなくていいな」

「……うん」

夜中独りで泣いていた夏生を知るあきら。まんざらでもなさそうに夏生は微笑んだ。

「お前のおかげだよ」

「はは、なんか恥ずかしいな」

あきらは照れ臭そうに手を振った。それでも助けられた夏生。生活を共にしてきた仲間。友、親友、どの言葉を選んでも変わらない、ただ一人の心を分かち合った存在。

楽しかったこと嬉しかったこと、時には涙し互いを慰め合った。互いに家族を亡くし人生のギリギリの岐路に立たされた時、差し伸べられた唯一無二の友の手。この関係は言うまでもなく大切な一人だ。

「飯の材料買いに行くけど、一緒に来るか？」

「おー。行く行く」

「なに食べたい」

「なんでもいいよ。お前の作り置き、マジで助かってる。いつも悪いな」

「俺にはこれくらいしか出来ないからな」

「まあ律儀なことで。気にしなくていいのに」

「うーん？　ま率直に言えばしゅんが心配なだけだ。あきらは相変わらずみたいだけどな」

「しゅんかあ。まあ大丈夫じゃね？　普通に生活出来てるし。飯はコンビニ弁当になるけど」

「お互い元気ならそれでいい。じゃ行くぞ」

「日向の助手席」

「お前が運転するか？」

「任せろー」

「安全運転だからな」

「あいよー」

あきらの運転する車に乗りスーパーへと車を走らせる。

「なんか思い出すな」

あきらが言う。

「そうだな。あれからもう何年だ。ドキドキしたのは覚えてる。あきらがいなきゃ出来なかったからな逃亡記は。まあ余計なものまで連れてきちゃったけど」

「まあな。でもしゅん、少しは成長したようにも見えるけどな」

「今もちゃんとやってるか？」

「おう。本読みはさせてるけど。俺もバカなもんで勉強の方は分からん」

「またドリルでも買うか」

他愛ない話をしながら車はスーパーの駐車場に停まった。

夏生は冷凍食品を主にカゴに入れていく。そして晩ご飯の材料を入れる。あきらはカゴを持ちながら夏生の後を歩いて行く。

「ま、こんなもんか」

「晩飯楽しみー」

会計を済まし団地へと車を走らせた。

「よし、と」

団地に着き部屋に帰る。

「冷凍食品は勝手に使え。晩飯は別に作る」

夏生はキッチンに立ち料理を始める。保存がきくもの。晩飯はカレーだ。

「あきら後は頼んだ」

料理が終わり鍋に蓋をする。

「ありがとー。ってもうこんな時間か。しゅん呼んでくる」

あきらはドアを開けて出て行く。夏生は壁掛け時計を見る。そろそろ昴もバイトが終わった頃だろう。

「ただいま。ほらしゅん、日向」

「ひ、ひなた、くん」

吃音は健在だが前よりはマシになっている。身長が伸びないのは生まれ付きなのか。やはり差が出てしまう。しゅんも変わらず元気そうで夏生はほっとする。

「また本屋行こうな。じゃあ俺帰るから。またな」

「おう！　ありがとな」

「うん、またな」

夏生は一通り家事を終わらせ団地の玄関を開ける。見送るあきらとしゅん。手を振り車に戻った。

二人の元気な姿を見て安心し、夏生は自分の住むマンションへと車を走らせた。

夏生がマンションに着く頃、昴は既にマンションに帰っていた。

「ただいまー」

「夏生、お帰り」

「キス」

昴は身を屈めキスを求める。夏生の頭を支え深いキスを交わした。舌を絡め取り存分に唇を重ねる。

「っは」

ようやく解放された。夏生は恥ずかしさに目を伏せる。その姿が愛おしく、昴は夏生を抱き締めた。

「どこ行ってたの？」

頬を寄せる昴は聞く。夏生は既に降参しており昴の背中に腕を回した。

「あきらんとこ」

「元気だった？」

「うん、相変わらず」

「良かった。俺もたまには顔出さなきゃな」

「今度一緒にドーベルマンに呑みに来いよ」

「いいの？」

とくんとくん。聞こえる昴の穏やかな心音。夏生は瞼を閉じて感じた温もり。

「いいよ」

「じゃあ、今度一緒に行く」

「わわ」

昴に軽々と抱きかかえられる。昴は夏生を抱き上げソファーに向かい、膝の間に夏生を座らせた。誰も邪魔するモノはいない。ありったけの愛の時間を費やす。夏生は昴に身を任せこの穏やかな時間に瞼を伏せた。

あの頃に欲しかった温もりが今は傍で感じ取られる。別れたはずの二人。それでも運命のように再び出逢った。

片翼をなくした二人。今なら一緒に飛び立てる。傷付いてボロボロの夏生の片翼をかばうように昴はその大きな片翼で傷を癒やす。そして共にあの丘で飛び立った。

もう二度と失わないように。もう二度とはぐれないように。

「……お前は暖かい」

昴の胸で眠りに落ちていく中、夏生は呟いた。

夏生はどきどきしていた。指定した時間が刻々と近づいてくる。

ピンポーンとチャイムが鳴る。夏生はオートロックを解除した。ドキドキしながら配達員を迎えた。部屋のチャイムが鳴る。夏生は玄関を開け大きな荷物を受け取った。両手に余る大きな荷物。

昴が帰ってくるまで待とうか夏生は悩む。時計を見ればもう直ぐ昴の帰宅時間になる。三十五万で買った天体望遠鏡と一緒に買った専用カメラ。ドキドキが止まらない。昴が帰ってきたら開けようと思っていた中、カシャンと玄関を開ける音がした。

「なつきー。ただいま」

「お帰り」

昴は身を屈める。当たり前のようにキスを交わし、夏生は昴の手を引き大きなダンボールを見せる。

「買っちゃった」

「んん、でかいな。何買ったの？」

「開けてからのお楽しみ！」

わくわくする夏生。とても嬉しそうだ。夏生は昴にカッターを渡す。

「昴、あけて」

カッターを受け取り頑丈に巻かれたガムテープを切り刻む。ダンボールを開けると発泡スチロールで固められた物を取り出す。剥ぎ取ると姿を現した天体望遠鏡。

「ええ、買ったの？」

「うんうん」

「いくらしたの」

「三十五万」

「俺も出すのに、なんで内緒で買っちゃうの」

「昴ならそう言うだろーと思ったから。ほら、カメラも」

夏生のわくわくが昴にも伝わってくる。子供みたいに笑う夏生。愛おしさがわいてくる。

「夏生、仕事は」

「残念だけど仕事」

「いつあいてる?」

「明後日かな」

「よし、じゃあその日の夜、天体観測だ」

「うん」

夏生は大きく頷く。丸みを帯びた天体望遠鏡。百万円の物を購入しようとしていた夏生。悩みに悩んだ末に妥協し購入した。

「嬉しそうだな」

「嬉しい」

「可愛いやつ」

昴は夏生を抱き寄せる。黒髪に顔を埋めた。

「早く明後日にならないかな」

「丘でいいよな」

「うん。あそこは星が綺麗に見える」

「じゃあ俺んちに泊まろ。いいだろ？」

「いいの？」

「母さんも喜ぶし、久々に顔出さないと」

夏生は鼻歌交じりで天体望遠鏡に触れたりレンズを見たり大切そうに胸に抱く。

「高いな、三十五万」

「俺も悩んだけどね、これでいいかなって」

「半分出すよ」

「いいの。俺の我が儘なんだから」

「でも」

夏生は両手で昴の頬を引っ張りむにっとする。

「貯金はまだある。心配するな」

「ふぉゆーことやなくへ」

夏生は手を離す。

「じゃあなんだ」

「夏生の夢は俺の夢だから」

「うん」

「だから」

「いらないよ。もう充分もらってる」

夏生は笑う。大切そうに触れる天体望遠鏡。「じゃあ俺シャワー浴びてくる」

「ああ」

夏生は暫くして浴室から出てくる。

「夏生、こっち」

いつものように髪を乾かしてくれる。ヘアオイルを馴染ませた黒髪はさらさらと肩から流れる。膝に抱かれ、こてんと昴の胸に頭を預けた。

「早く明後日にならないかな」

「楽しみだな。俺にも見せてね」

「いいぞ」

三脚で組み立てた天体望遠鏡。そっと部屋の隅に置く。

「さてとお仕事お仕事。昴お願い」

「ああ」

車で仕事場まで送った。

「マスター、おはようございます」

「ああ、おはよう」

夏生は制服に着替えサロンを腰に巻く。髪をまとめカウンターから出た。

「看板出してきますね」

「頼むよ」

パチパチと看板に光が灯る。

カラン。

「あきら」

「やっほ。呑みに来た」

「バイクは？」

「タクシー」

夏生は突然のあきらの登場で少し嬉しくなる。

「しゅんは？」

「寝かせた。シャンディガフ」

「りょーかい」

今日は客足がまばらだ。夏生はグラスを拭きながら雑談を始めた。取り敢えず近況を聞けてホッとする。

「ありがとうございました」

最後の客を見送った。夏生はカウンターを片付ける。

「こういう日もある。日向君お疲れ様」

田中はブルースカイの瓶を夏生に手渡す。夏生は受け取り頭を下げる。

「頂きます」

カウンターに腰掛け瓶を開ける。夏生はごくごくと喉を鳴らした。

「日向君を雇って何年になるかねえ」

「そうですね。……忘れちゃいました」

「はは、君はうちの看板だからね」

和也は先に田中の車の中に戻り父親を待つ。

「これでも男なんですけどね」

「君を採用した時は女の子かと思ってしまったよ。だけど、男の子じゃないか、びっくりしたよ」

田中は声を上げて笑う。夏生は黒髪を揺らし困ったように笑った。ごくごくとブルースカイを呑み干しゴミ箱に入れる。

「じゃあ先に失礼します」

「ああ、お疲れ様」

夏生は私服に着替える。昴に電話した。コールは直ぐに通話に変わる。「迎えに行く」

そして通話を切った。髪をほどき店を出る。梅雨は明けたがまだどこか蒸し暑い。これから訪れる清々しい季節の香りがぬるい風に乗って頬をかすめる。タバコを取り出し火をつける。ふうと紫煙が風にかき消されていく。もの思いにふける。

「逢いに行くよ」

星に還った父と母。二人は一緒なのだろうか、と思う。空で共に輝いているのか。写真立てに映る両親の姿を思い浮かぶ。

「それならそれで、幸せか」

煙を吐きながら夏生は一人呟く。夜空を見上げる。霞がかかり星すら見えない都会の空。ピンと指先でタバコをはじいた。

キッとブレーキが鳴る。夏生は顔を上げる。そして歩き出した。

「お疲れ」

「迎えありがと」

助手席に乗る。挨拶のようにキスを交わした。車を走らせてマンションに帰る。

そして休みの日。待ちに待った天体観測。

「夏生」

「うん」

天体望遠鏡をカバーに入れ大切そうに昴に渡した。懐中電灯と星座早見表。時間は十一時。

「準備おっけー」

「おばさんには電話したの？」

「ううんしてない」

「馬鹿。急に行ったら慌てるだろ」

「え、でも俺んちだし。いいかなーって」

「お前はいいとして俺はどーなるんだよ！」

夏生にペチンとおでこを叩かれる。昴はしゅんとし実家に電話をかけた。

「はーい」

最後に返事を返し電話を切った。

「行くぞー」

「うん」

車に乗り込む。運転は昴だ。夏生が運転すると言うが昴は頑なに断る。男が廃れると意味不明な理由からだ。うるさい物には蓋をと夏生はそれ以上は言わなかった。車は人の多い街並みから静かな道を走る。

「昴、あーん」

「ん、あー？」

昴の口にフリスクを放る。

「めっちゃスースーする」

「俺のお気に入り」

　カシャカシャとフリスクを振った。昴は溶けるのを待たずボリボリと歯で噛み砕く。

「なんか癖になりそ」

「だろ。ストレス解消になる」

「え、ストレスあんの？」

「ないよ」

　うっかりと言葉に出てしまった。夏生は即答で応え誤魔化すようにフリスクを口に入れボリボリと噛み砕いた。

「俺にもちょーだい」

「気に入った？」

「おう。目が覚める」

「おい、冗談抜かすな」

　ふわあと大きな欠伸をする昴。夏生は大量に昴の口の中に大量のフリスクを放り込む。

「俺は死にたくないからな、死ぬならお前一人で死ね！　運転に集中しろ！」

「ええ。酷い」

「居眠り運転とかありえねえからな！」

「大丈夫だよ。じょーだん。天体観測か。楽しみだな。俺にも見られるかなー」

「あそこなら色々と見られそうだな。お前も星座の勉強とかしてたんだろ？」

「うーん。分かりそうで分からない。お前にはやっぱり敵わない。でも少しだけ夜空の見方が変わったな」

「分かった？　星って凄いよな。何百光年から火を放ち続ける。まるで永遠みたいに。……天文学者にはなれなくてもいい。だけど夢見てもいいよな」

「当たり前だ。お前はそのままで充分、天文学者よりも天文学者らしい」

昴を見詰める。あきらの車の雑誌で見た、運転する男の横顔はかっこいい、なんて言葉を思い出す。

やがて見覚えのある道が見えてくる。通り過ぎた夏生がいた家の空き地。目で追う。昴は夏生の手を握った。

「うん。大丈夫」

手を握り返し夏生は頷いた。思い出してもきりのないことばかり。過去をどうにかしようなんて所詮は無駄な足掻き。分かっていても後悔ばかりが夏生の落とす影に付きまとう。歪（いびつ）な形を残した傷跡。火傷のようにヒリヒリと腫れ疼（うず）く。

「俺らの帰る場所あるだろ」

「はは……」

夏生は俯く。

「何にも残ってないんだな」

改めて知らされる現実。空き地と書かれた看板が痛いほど夏生の胸を締め付けた。辛いこともあった、楽しいこともあった。思い出も確かにそこにはあった。

「あの頃は楽しかったな」

「そうだな。でもこれからも楽しみや嬉しいことが待ってる。俺がいるだろ、昔も今も俺の一目惚れなめるなよ」

寂しげに瞼を伏せ夏生は頷く。

「馬鹿昴」

「ほんっと、お前は可愛いな。これから先も俺はお前といる。もうそんな顔はするな」

「うん、俺にはお前がいる」

顔を上げ夏生は悲しそうに笑み昴の手を握りしめた。車は走り、昴の実家へと着く。

「あらあ、なっちゃん！　久しぶりねえ。また綺麗になったんじゃないかしら」

「お久しぶりです」

頭を下げる。

「今日は泊まっていくんでしょう？　さあ上がってちょうだい」

「ちょっと母さん、俺もいるんですけど」

「あら昴。いたのね」

夏生はクスクスと笑う。その笑顔に昴は安堵する。夏生の肩を抱いた。

「そうやって笑ってろ、お前は」

「うん」

「じゃあ行くぞ。ほら」

そんな二人を微笑ましく見詰める昴の母親。

「忘れなさい」あの時そう言いそうになった。薄情かも知れない冷たいかも知れない。それでも子を思う母親の心。そして夏生のことも思った。

「この子が邪魔しないように。この子があなたの歩む道に立ち止まってしまわぬように」それでも再びの出逢い。母親は確信を持った。「この子たちならば支え合い生きて行けるだろう」と。

「お邪魔します」

出されたスリッパに足を通しパタパタと昴と共にリビングに行く。かちゃかちゃと出される紅茶。夏生は角砂糖を一つ入れティーカップに口をつける。

「ねえ母さん」

「何かしら」

「相談。夏生は黙ってて」

「え？　う、ん」

昴の母親は向かいのソファーに座った。

「俺たちのこと、知ってるよね」

「付き合ってるんでしょう？　母さんもお父さんも否定はしないわ。あんたは知らなかったでしょうけれど早めに気付いてたわよ」

「再来年、俺大学卒業でしょ。卒業に合わせて夏生と結婚式を挙げたいの」

夏生は驚いたように昴を見る。何か言いかけた時、昴の人差し指が夏生の口を塞いだ。

「あら、素敵なこと。……でもなっちゃんは？」

「え、と。初耳です」

「俺のバイト代、小さな式挙げられるくらい貯金が貯まったんだ。俺の友達。夏生、あきらとかヒデね。母さんと父さん呼んでやりたいんだけど」

「素敵なことだけれど、ちゃんとなっちゃんのこと幸せに出来るの？　責任取れるの？」

「当たり前。夏生には内緒でやりたかったけど、それじゃ夏生の心無視してるみたいで嫌だったから、今言ったけど」

「結婚するの、俺たち？」

状況が上手く呑み込めていない夏生。不思議そうに昴を見詰めた。

「夏生は嫌か？」

少し焦るような昴。夏生は首を振る。

「嫌、じゃない。……俺なんかでいいのか？」

「お前じゃなきゃ嫌なの！　お前以外に考えられないの！」

昴は夏生の手の平を握る。

「いいよね、母さん」

「私は大歓迎よ！　こんな綺麗なお嫁さん、他にはいないわ。バカ息子と結婚してくれるなんて、なんて素敵なことなの！」

キラキラと昴の母親の瞳が輝く。

「バカは余計」

「だってあんた勉強以外なにも出来ないじゃない」

「俺だって頑張ってるよっ！」

夏生は微笑む。仲のいい家族だ。支えられ、支えられる、昴の家族。昔と変わらない。

（俺の家族は……）

ふと瞳に影が落ちた。

「夏生？」

「ん？」

「どうした」

「いや、仲がいいなって」

「そう？　いつもと変わんないけど」

「そうかしら。身長ばかり伸びて相変わらずよ。ね、なっちゃん」

笑いながら夏生は頷いた。昴が結婚を考えているとは知らなかった。夏生が迷う自分の居場所。そんな夏生の心を知っている。だから昴は動いた。結婚という形で一緒になり居場所を、二人だけの居場所を作りたかった。夏生が帰る場所を作りたかった。そしてもう独りで泣かないように、夏生の傍で強くありたいと思った。もう迷わぬようにと、願った。

そして自分なりに考えて出した結果が形に残る結婚という答えに辿り着いた。

「で、話を戻すけど、いいよね」

「それはもちろん。なっちゃんこんなバカ息子でいいの？」

「……はい」

「じゃあ決まりだ。父さんには俺から話すから」

「分かったわ。覚悟は決めなさいね」

「うん。もう決めてる」

「遊びじゃないのよ。ちゃんと二人で話し合いなさいね」

「分かった。夏生、荷物持って二階いこ」

「うん」

昴は車から天体望遠鏡を抱え夏生の荷物を持ち玄関に戻る。昴に手を引かれ何年かぶりの昴の部屋に入った。

「お前の部屋変わんないね」

「そうだな。あの頃のまんま。夏生、こっち来て」

「うん」

ベッドに仰向けに寝っ転がる昴。手を掴まれ夏生は昴の上に覆い被さるように倒れた。

「さっきの話、本当？」

「結婚の話？」

「うん」

丁度いい感じに昴の胸に頬が触れる。ドキドキとしている。きっと不安なのだろう。

「俺……何もないよ」

「お前は何もしなくていい。ただ、俺の傍にいてほしい。お前がいれば俺が頑張れる」

「だって、んむ」

昴は夏生を抱き寄せキスで夏生の口を塞ぐ。

「んん」

「お前は俺だけ見てればいいの。言ったろ俺の背中だけ見てろって」

「うん」

夏生の黒髪がさらさらと流れる。昴は夏生をベッドに押し倒す。黒髪がシーツに広がる。黒いワイシャツ姿の夏生。第三ボタンまで外し楽に着ていたワイシャツから夏生の白く細い首と華奢な鎖骨が見えた。

「う、ん。す、すばる」

夏生の手を取り指を絡めキスを交わす。恥ずかしがるように夏生は長い睫毛を濡らした。

「エロい」

「馬鹿だろ、ん、ん」

「その声、興奮させるな」

「馬鹿か、やめろ！」

ゴチンと夏生の頭突きが入る。

「痛い」

「変態」

夏生は服を着直す。

「ああ、可愛いって罪だな」

「馬鹿なこと抜かすな」

「本当はこれ以上したいんだよ。だけど夏生が嫌がるならやらない」

「……嫌じゃない。けど恥ずかしい。慣れるから」

「本当？」

「うん」

「可愛い。ってか色気が凄い。いつからそんなになったんだ」

夏生は長い睫毛を濡らしぽつりと零す。

「我慢させてることは知ってる。ごめんな」

「いや。大丈夫。平常心平常心」

昴は深呼吸をする。

「誰にも渡さねえ」

「お前は本当に馬鹿だな」

夏生はベッドから起き、髪を手ぐしで整える。

「そう言えば聞きたいことがあった」

「なに」

「中学の時、図書室の奥の机に昴って俺の名前彫ったのお前？」

「うん、よく見付けたな」

「お前は知らないだろうけど、二年の頃一度廊下ですれ違った時、俺は既にお前に一目惚れだった」

「そうなの？　昴って名前は聞いたことあるよ。頭良くてかっこいいって噂も耳にしてた。まさか告られるとはな」

「なんで告白オッケーしてくれたんだ？」

夏生は悪戯げに笑う。

「ただの遊び半分。退屈でさ。学校一モテる男はどんなだろうと思って」

「遊び半分……」

昴は嘆く。

「でも……中身を知って好きになった」

夏生の言葉は純粋に聞こえる。だから素直に胸に響く。

「今は大好き。愛してる」

昴の頬をむにっとつまみキスをした。

「このやろー卑怯だろー。俺だって大好きだ、愛してる！」

昴は夏生に抱き付く。夏生は黙ってそれを受け止めた。

「早く夜にならないかな」

夏生の髪に顔を埋める昴。まるで幼子を撫でるように昴の広い背中を温かな手で抱き締めた。

夕食を終えた二人。夏生はお風呂から上がって髪を乾かし昴の母親と談笑をしていた。いつの間にか母親と笑い合えるようになった夏生。昴はそんな二人を嬉しそうに見て浴室に入った。上がったら行こう。天体望遠鏡を抱えてあの丘へ。別れ、再び再会を果たした「約束の丘」へ。

「じゃ母さん行ってくる」

「ええ、気を付けていくのよ、なっちゃん、昴お願いね」

「はい」

「行こ、夏生」

天体望遠鏡を抱え昴は夏生の手を握る。懐中電灯を照らしながら夜道を歩いた。自動販売機で飲み物を買い、手を繋いで歩く。暫くして着き丘に立つ。

「うんうん。綺麗な星空！」

夏生は夜空を見上げ嬉しそうに笑った。その笑顔だけで昴は充分に心が満たされる。夏生はカバーをはずし天体望遠鏡を取り出し組み立ててレンズを見ながらダイヤルの調節をした。

「昴、覗いてみて」

「おう」

昴はレンズを覗き込む。そこには照らし出された満月が淡く銀色に輝いて見えた。

「月ってこんな色してんだな。……すげぇ綺麗」

「クレーター見て」

「クレーター。……おお、ヤバい。くっきりと見える。へえ、凄い」

「クレーターに名前あるの知ってるか？」

「名前あるの」

「静の海、晴れの海、氷の海、雨の海、虹の入り江」

「そんなにあんのか。夏生が前に教えてくれたスバルって星見られる？」

「うん、ちょっと待て」

夏生はレンズを覗き込みながら牡牛座を探す。

「あ、あった。うん、綺麗に見られる。昴」

昴は夏生と代わりレンズを覗く。

「オリオン座は分かるよな」

「うん、それは覚えたけど、えーどこー」

キョロキョロと昴は視線は動かし声を上げた。

「見えた！　星の集団だよな？」

「うん、それ。牡牛座のプレアデス星団」

夏生はレンズを覗き込む。

「おおー！　感動！」

はしゃぐ昴。夏生は昴を見詰める。

「凄いな、星綺麗だ」

「やっぱりビクセン。高い買い物しちゃった。でもそれ以上に感動。こんなふうに見られること、ずっと夢見てた」

「俺にも言ってくれたらいいのに」

「いいの」

「でも凄い、感動する」

昴はレンズを動かしながら感動の声を上げる。そんな昴を夏生は微笑んで見ていた。夜空を仰ぎ亡き両親を想う。

星に還り見守ってます、と書かれた手紙。その言葉通り見守っていてほしい。

「俺は幸せです」そう伝えたい。

「親父、母さん。幸せですか？」共にいるならそれでもいい。

スッと星が流れた。その瞬間涙が零れた。

「ふ」

昴は静かな夏生を振り返り涙する夏生を見た。昴は慌てて夏生を引き寄せる。

「ご、ごめん。……こんなはずじゃなかったんだけどな」

「いい。気にするな」

ギュッと抱き締められる。そうなるとどうしようも出来ない。夏生は昴のシャツを掴みポロポロと涙を零す。

「俺は、幸せだよ、だけど、なんでかな。全部なくなっちゃった……あの家も親父も母さんも。嫌いでいたかった、でも今、凄く会いたい」

抱き締める手を離し昴は片膝をあげて座る。昴はポケットから小さな箱を取り出し膝をつく。

「夏生。夏生……俺と結婚して下さい。ずっと幸せにします。あなたを一生愛します。病める日も健やかなる日も。ずっと俺の傍であなたを幸せにしてみせます」

夏生の手を取り昴は星空に輝くリングを左指の薬指にはめた。ピタリとはまるリング。婚約指輪。夏生は更に涙を零した。

「夏生、俺の傍でずっと笑っていてほしい。もう泣かせないから。……返事は」

「……馬鹿。イエスだよ。当たり前だろ」

「は、良かった。無理矢理なやり方したから逆に不安にさせたかなって思って。今更ビビってる」

昴は夏生を抱き寄せキスをした。肌越しに伝わる昴の鼓動。ドキドキと脈を打っている。

「夏生……愛してるよ」

「……俺も愛してる」

涙声で呟く。芝生に座り膝に夏生を抱える。黒髪が初夏を呼ぶ清々しい夜風に揺れる。

昴は夏生のリングを撫でる。

「今度はぴったりだ。お前が寝た時にサイズを測った。俺にも付けてくれるか？」

ポケットからもう一つのリングを取り出す。夏生は涙を拭い昴の薬指にはめた。手の平を重ね、夏生は昴の頬にキスをした。

「……よろしくね」

「おう。……もうこの手は離さない」

夏生を抱き締める手に優しい力がこもる。

「永遠の愛、誓うよ。二度と悲しませない、涙も全て受け止める。こんな俺だけどお前を守る」

寂しげな夏生の笑顔に頬寄せた。

「その笑顔ごと全部俺に渡せ。俺にもたれろ」

「……うん」

「任せろ」

夏生は昴に身を預けた。

「まかせた」

涙声で夏生は言って笑った。初夏の夜空の下二人で永遠の誓いを結ぶ。二人で歩き出した一本道。隣には最愛の人がいる。

泣いてもいい、弱くていい、夏生の素顔。ずっと力の限り守り抜いてみせよう。そしてひたむきに愛を注ごう。

二人の左指を繋いだ永遠の誓い。キラリと星の光に輝いた。

天体観測は続く。夏生は指先で星座を繋げる。昴は指先を追いかけレンズを覗き込む。カメラで星空の写真を撮り無邪気に笑う夏生の横顔。黒髪を耳にかけレンズを覗き込む夏生を見詰める。これ以上ないくらい幸せに満ちている。

「夏生」

「うん？」

「幸せか？」

夏生は夜空にリングを照らし、昴に向かって微笑んだ。

「幸せだよ」

それは紛れもない事実。夏生は昴に手を差し出し昴の手を引いた。そしてレンズを見せる。星の河。一際輝く二つの星。

「天の川。織り姫と彦星。織り姫のこと座の一等星ベガ。彦星、わし座の一等星アルタイル。年に一度の巡り逢い。もう直ぐ七夕だろ、やっと出逢える日。昴が言った七夕伝説」

「綺麗な光だな。輝き方が他のと違う」

「かささぎの渡せる橋におく霜の白きを見れば夜ぞ更けにける」

「え、どういう意味？」

夏生は笑う。

「織り姫と彦星を逢わせる為にかささぎが翼を重ね二人を逢わせた、って意味。難しいだろ」

「へえ。夏生はやっぱり凄いな」

「天体オタクなめるな」

「はは、それはそうだ」

「そろそろ帰るか。おばさんが心配しちゃう」

「そうだな」

夏生は天体望遠鏡をカバーにしまう。写真もたくさん撮った。現像が楽しみだと夏生は笑う。夏生の手を引き家まで歩いた。変わらずにある自動販売機の明かり。空を見上げれば満天の星。あの頃と変わらずにある。離れていた距離を埋めるように昴は夏生を引き寄せ歩く。乱れない歩幅。手を取り歩く夏生。傍には愛しい人がいる。あの頃とは違う。

「待っていた」と言い「大嫌いだ」と言った夏生。どれだけ傷付いたのか、薄いブラウンの猫目が昴を見詰めた。あの日出逢えたこと、奇跡だと思った。この手を離したらもう逢えないと確信した。だから立ち去る夏生の手を掴んだ。そして無理矢理に伝えた、「待っている。ずっと待ってる」と約束を一方的に昴は交わした。

昴は情けない、と苦笑いを零した。

「ん？　どうした？」

「いや、俺って情けねえなって」

「うん、知ってる」

「えええ。俺をもう少し大切にしてー」

「この馬鹿」

「酷い」

「……なんて」

夏生は立ち止まると昴に身を屈めろと言う。

スッと一瞬だけ昴の頬にキスをした。ついでというように頭を撫でた。

「な」

「うん」

昴は頷いた。「なんて単純な奴だ」と言葉には出さずに夏生は心の中で思う。

目に見える玄関の光。帰りを待つように灯っていた。

「ただいまー。夏生、荷物二階に持っていくから先にリビングに行ってて」

夏生は頷きリビングに向かった。

「ん、夏生ちゃんも来てるのか」

ソファーから顔を覗かせた昴の父親。夏生は頭を下げた。

「お邪魔してます」

「あら、なっちゃん、お帰りなさい」

「ただいま帰りました」

「さ、座って」

母親に勧められるまま、夏生はソファーに座った。昴の両親に囲まれどことなく気まずい。階段を下りる音が聞こえ、昴はリビングに向かった。

「父さん、お帰り」

「ああ、話があると母さんから聞いたが」

「うん。夏生、こっち来て」

「うん」

昴は夏生の手を握り父親を見詰める。見上げた昴の顔は真剣だった。

「父さん。俺、夏生と結婚します」

ピクと父親の眉が動く。スッと昴を父親は見詰める。腕を組んだ昴の父親。

「話しなさい」

「大学卒業したら、夏生と結婚したいと思います。あと二年。教員免許を取って、そして俺が夏生を養い幸せにしてみせようと思います」

「夏生ちゃんのこと守れるのか？　結婚はお遊びじゃない。そんな簡単に言葉に出来ない、もちろん否定はしない。だが、その子を守り抜くことが出来るのか。勉強が出来ても、教師になったとしてもその手を離さず傍にいることが出来るのか？　前のように泣かせてはいかんのだぞ。甘えは許されない」

「今まで俺は勉強しか出来なくて夏生のこと、傷付けてきた、けど。もう昔の俺じゃない。夏生のことは守り抜く、どんなことがこれから先あったとしても俺は一生罪を償い夏生を幸せにしてみせる。責任をとります。俺は本気です」

　昴の父親は頷く。

「もう夏生ちゃんのこと泣かせるんじゃないぞ。その薬指のリングはめるのは簡単だが外すのはそう簡単なことじゃない。それはとても重く簡単には外せん。それが責任ということだ。昴、もう一度聞く。夏生ちゃんを一生大切に幸せにすることが出来るのか？」

「当たり前だよ。俺は父さんが母さんを愛するように、連れ添うように夏生の手を取って一緒に歩いて行く」

「はは、これは一本とられたな、なあ母さん」

　昴の母親は穏やかな笑みで二人を見詰め頷く。

「じゃあ約束だ。男と男の約束だ。生涯寄り添い愛し、病める時も健やかなる日も共に歩んでいくと、約束出来るな」

グッと夏生の手を握る手に力がこもる。

「……さすが私のバカ息子だ。夏生ちゃん、うちのバカ息子を支えてやってくれるかい？」

「はい」

夏生は静かに頷いた。

「昴と一緒に歩きたいと思います」

「よし。分かった。……夏生ちゃん、幸せになるんだよ」

夏生は昴と父親を見詰め微笑んだ。

「もう幸せです」

昴の繋いだ手を握り返す。

「母さんと同じ、見る目があるな」

「ふふ。昴、なっちゃんおめでとう」

昴は勢いよく頭を下げる。

「父さん母さん、今までありがとうございました！　認めてくれてありがとうございました！　これからは夏生の手を取り一緒に歩きます。精一杯、守り抜いて見せます、幸せにします！……ありがとうございます」

夏生も頭を深く下げた。

「二人とも、幸せになるんだよ」

父親の言葉に昴は泣きそうになった。歯を食いしばり涙を堪える。

父親は昴の震えた肩を見逃さなかった。

「お前はよく頑張った」

「……ふっ、ぐ。ありがと、うございます！」

満足そうに昴の両親は見詰め合い頷いた。

「昴、お前は私たちの誇りだ。幸せになれ」

「なっちゃん、昴をよろしくね」

「はい」

「さあ、寝なさい。後は母さんと私の時間だ。夏生ちゃん、ありがとう」

「はい。ありがとうございました」

昴はやっと顔を上げた。目元には涙が滲んでいたが夏生の微笑みに照れ臭そうに笑った。

「じゃあ行こう。父さん母さんありがとうございました。おやすみなさい」

「おやすみなさい」

夏生は頭を下げ昴の手を引いた。二人の背中を見詰めて昴の両親は満足そうに互いに微笑んだ。


必然のような出逢い。呼び合うように梅雨の晴れ間に再会を果たした。

「夏生、幸せか？」

「うん。幸せだよ」

当たり前のように答える声。こみ上げる愛情と愛しさ。

「出来たぞ。冷蔵庫にしまうから腹が減ったら温めて食え」

バター香る明太子スパゲッティ。

「じゃあ俺シャワー浴びてくる」

「おう」

昴は返事を返しながら出された課題をこなしていく。

「こんなんで教師になれんのかね」

呟く頃には課題はすんでいた。

「あとカテキョの問題集」

ブツブツ言いながら問題集をそろえる。

「ふう」

髪を拭きながら夏生は浴室から出てきた。

「夏生、こっち」

「うん」

いつも通り昴の手によって髪が乾かされる。オイルを塗ってさらさらになった黒髪。甘いバニラの香りが鼻をかすめる。昴は夏生の髪に顔を埋めた。

「仕事、ごめんな」

「なんで謝る」

「再来年、中学の教師になるまで待っててな」

「イケメン先生、頑張れ」

「おう。夏生もお酒控えてね」

「……そうだ。お前タバコ吸ってるだろ」

「え、バレた？」

「バレバレ。んでも俺も吸ってるし責めはしないけど隠れて吸うことないだろ」

「いいの？」

「うん。気にしないよ」

「怒られるかと思いました」

「怒んないよ。何吸ってんの？」

昴はバッグを引き寄せタバコを取り出す。

「なんだ。セブンスターか」

「夏生はなんだっけ」

「アークロイヤル。ほら」

トスと昴に投げてよこす。緑色の箱。甘い香りがした。

「洋モク」

「へえ。一本貰っていい？」

「うん」

取り出し口に咥え火をつけた。

「不思議な感じ。メンソール？」

夏生はキッチンに行き、戸棚から灰皿を取り出し首を傾げる。

「そこは曖昧。ただ匂いがいいから吸ってる。アークロイヤルアップルミント。置いてるとこ一つしかないからカートンで買ってる。灰皿置いとくから好きに使え」

「そういやお前、中学から吸ってたな」

「……だから身長伸びなかったのか？」

自問自答し夏生はへこむ。

「昴はなんで」

「うん。それが聞いてよ。ヒデにタバコ吸わない奴は童貞だって言われてさ。そりゃごもっともなんだけど腹立って吸い始めたの。最初はむせて涙目になってたけど、なんか慣れちゃって」

「馬鹿なの？　聞いた俺が馬鹿だった」

「え、酷い。俺だってシたいよ。でも我慢してんの」

「うう……俺が悪者みたいー」

夏生を抱き寄せ白い項にキスをする。

「俺のはお前にあげる」

消え入りそうな声で夏生は呟いた。だがその声を昴は聞き逃さなかった。

「んん！　もうお前はっ！」

項に吸い付き舌を這わせる。

「おい！　キスマーク付けんなよ！」

「んん」

昴は唇を離す。白い肌にくっきりと立派なキスマークが出来た。昴は鏡を取り夏生に見せた。

「お前馬鹿！　俺この後仕事なの！　髪結べねえじゃねーか！」

昴は満足そうにキスマークを撫で呟いた。

「俺のモノ」

夏生の黒髪に指を絡ませ遊ぶ。

「綺麗な髪だな」

「ああ！　もう。髪下ろして仕事かよ。この馬鹿昴！」

「あはは」

他人事のようにわざとらしく笑い声を上げる。

「はあ。最悪だ馬鹿！」

抱かれた昴の腕に噛み付く。

「痛い痛い。夏生、なーつーきー」

「んーんーんん！」

「なに言ってるか分かんねーよ。夏生悪かった」

カパっと唇が離れる。昴は腕を見た。

「綺麗な歯並びしてますねー」

「ふん、って仕事の準備しねーと」

夏生は立ち上がりざまに昴の頭を叩いた。昴はなぜか満足そうに夏生の噛み跡を撫でる。

「昴、送って」

「おう」

車のキーを取り一階へと下りる。外はもう夏だ。昼間照り返していた太陽の名残をアスファルトは残し熱を帯びていた。

「お前のせいで髪結べないし、暑いし最悪だ」

「いいじゃん。自慢して」

「誰がするか」

昴は車を走らせた。夏生の働いてるバー、ドーベルマンに着く。

「終わったら電話して」

「うん。ありがと」

キスを交わし夏生はドーベルマンに入る。その姿を見届けて昴は車を出した。

夏の照り返し。ムシムシと暑く蝉が遠くで鳴いていた。ドーベルマンのマスター、田中が載せた夜の雑誌のグルメウォーカー。田中と和也が並び目を引くカラフルなカクテルの写真がアップされたページを夏生は見ていた。夏生の写真をアップしようか田中は悩んだが以前の件もあり夏生の写真は載せなかった。

夏生は月に数回、あきらとしゅんが住む団地に定期的に顔を出し夕飯を作り置きし後にする。そして昴の帰りを待ち二人で帰路に就く。とても穏やかで幸せな生活をしていた。天体望遠鏡を抱え何度も丘へと足を運んだ。そのたびに昴の実家に泊まり昴の母親と料理を作りテーブルに食事を並べた。順風満帆な生活だった。

そんな中、あきらとしゅんの生活が終わりを告げた。あきらのたまり場、酒を呑みタバコを吸いバイクで走る。ここのところあきらはしゅんを家に置き集会に入り浸っていた。しゅんにはコンビニの弁当が与えられ、それを食している間にジャージに腕を通し原付で出かける。そんな乱れた生活を送っていた。

あきらはどこかにはけ口を作りたかった。夏生は今になればそう思う。

そして事故は起こった。泥酔状態の運転に酒で酔っ払ったあきらを乗せて車は走った。いつもはなだらかな坂道で車のスピードは加速し民家のブロック塀に衝突した。後部座席、窓を開けて夏の風に酔いを冷ますように身を預けていた中で、一人だけブロック塀に衝突した瞬間ガラスを割りあきらは外に投げ出された。

でかい衝突音と鳴り止まないクラクションの中ブロック塀を破壊された住民が慌てて家

から出てきて言葉を失った。運転手、助手席に座った仲間は腕を骨折、足を骨折あばら骨にヒビ程度で済んだが、車から放り出されたあきらは重傷を負った。

ガードレール、電信柱に激しく身体を打ちつけ口からは泡混じりの血が溢れた。そして譫言（うわごと）のように「母ちゃん。母ちゃん」と無意識に呟きがもれた。


夏生の電話が鳴る。出れば警察の人だった。警察は聞く。

「ひなたなつきさんでしょうか？」

夏生は「はい」と頷いた。そして聞かされた。

「え、どういうことですか？」

急な話に思考回路が回らない。

「大学病院に来て下さい」と告げられた。スマホを持つ手が震える。昴がただならぬ雰囲気に気づき傍に行く。通話を終え、夏生はうずくまった。

「夏生。夏生、なんだ、なんの電話だ。大丈夫か？」

「大学病院……」

夏生は繰り返し呟く。

「なにがあった」

昴は言葉をなくした夏生の肩を揺さぶった。夏生ははっとした瞬間立ち上がり、薄手のカーディガンを羽織りスマホを握りしめ昴に言う。「車を出して」と。

状況が掴めない昴は夏生の頬を軽く叩く。

「す、すばる」

「何があった！　電話の相手は誰だ？」

「け、警察。あきらが重傷だって……く、くるま」

「あきらが？　車？　分かった、大学病院だな、行くぞ」

終始、昴は理解出来ないまま夏生を乗せて大学病院まで車を走らせた。病院に着くと警察官が待っていた。きっと電話をかけてきたのはこの男だろう。夏生は走りより名前を告げた。

「待っていました」

警察官は事故の経緯を告げ病院に入った。そして目の当たりにしたあきらの姿。集中治療室で緊急の治療を受けているあきらをガラス越しに見付け手を張る。

「お。おい。嘘だろ……。あ、あきら、あきらっ！」

夏生はガラス越しに叫んだ。様々な管を差し包帯でグルグルになった腫れた顔を見て叫ぶ。

「ご友人の方ですね、どうぞ」

防護服に着替え案内される。

「脊椎損傷、複雑骨折、脳挫傷、アバラ骨折の上、心臓の外傷。生きてるのが奇跡です」

「あ、きら。あきらっ……なんで、なにしてんだよ、この馬鹿……っ」

涙が溢れる。止めどもなく溢れる。包帯は顔にまで巻かれ血を滲ませている。

「せんせ、い。あきらは……相模あきらは助かるんですか……？」

「なんとも言えません……ただ、生きているのが奇跡です。彼は生きてます。後は本人の力でしょう。……ですが回復しても彼には過酷な生活になるでしょう」

手に巻かれた包帯。触れたくても触れられない。あきらは酸素マスクを白く染めながらかろうじて息をしている、そんな状態だった。そして夏生は集中治療室を出て次に昴が案内された。昴は言葉が出なかった。ただ立ち尽くし涙が頬を流れる。昴は何も言わないまま集中治療室を出た。

医師が言った言葉「過酷な生活になるだろう」涙で滲みまともに見られない。集中治療室のガラス越しに見詰める夏生と昴。そんな中、腕を吊り歩いてくる男と松葉杖をついた男が二人、泣きながら頭を深く下げた。泣きながら謝罪した。

「運転してた奴は誰だ……」

松葉杖をついた男が頭を下げる。夏生は勢いに任せて胸ぐらを掴んだ。カランと松葉杖が音を立て落ちる。

「ふ、ふざけんじゃねえ！　なんで、なんでお前らが軽傷であきらだけが重傷なんだよっ？　なんで……なんだ酒酔い運転って！」

警察官が夏生をなだめる。

「彼らには法的に罪が科せられます。ですが彼も足を骨折しております」

「そんなことは分かってんだよっ？」

ぱあん、と夏生は突き飛ばした。足を骨折した男は立てないまま床に転がる。夏生は泣きながら松葉杖を投げつけた。

「お前らの名前はなんだ、歳は」

「木下直也十九歳です」

廊下に転がった男、木下直也。

「お前は」

「仲居とおるです。十八歳です」

「木下直也、免許は」

「……無免許です」

頭に血が上った夏生は木下直也に跨がり首を絞めた。

「お前なア！　事の重大さが分かるか、分かるよなあ！」

「ごめんなさいっ、ごめんなさいっ！」

「夏生、そこまでにしろ」

昴に抱き寄せられる。夏生は泣きながら昴の胸を叩いた。

「あきら……あきら。な、なんで」

夏生は昴の胸に顔を埋めむせび泣いた。

三日目。あきらはまだ目を覚まさない。相変わらず身体に管をさし酸素マスクを付けていた。心電図は音を立てながら脈を刻んでいた。夏生はガラス越しに見舞いに来る。生きてるのが奇跡だと医師は言う。

だが意識を取り戻し目覚めたら辛い現実に絶望するだろう。あれから飲酒運転をした木下直也と仲居とおるは法的に罰せられそれ相応の罪を償うことになった。

「あきら……」

集中治療室のガラスに手をあてあきらの名前を呼んだ。

そして六日目、あきらは意識を取り戻した。病院からの電話で夏生は急ぐ。昴の運転する車に乗り病院に向かった。

「あきらっ、あきら！」

集中治療室に入りあきらの元に行く。虚ろな瞳は充血し重く腫れ上がった瞼を開いた。それでも意識は混濁しており朦朧と夏生を見る。

「よかった、よかった……」

涙が零れる。涙で視界が滲んだ。

「おい、あきら。お前生きてるぞ、俺の顔を分かるか」

「ひなた」

薄く唇は開き夏生を呼んだ。そしてまた意識を手放した。

三週間。回復はよく、見舞いに来る夏生と無駄口をたたけるようになった。時おり身体が痛むのか唸り声を上げる。夏生は直ぐにナースコールのボタンを押し看護師を呼んだ。鎮痛剤を飲み痛みを和らげる。夏生は事故のことを話す。

「そっか……生きてるんだな。おれ」

どこか自嘲めいたようにあきらは言った。そして退院の日を迎えた。

あきらの身体には後遺症が残った。半身不随。右肩を下げ、ずっずず、と右足を引きずり歩く。痛みは強烈だった。薬を飲んでも痛みはとれず激痛に顔は歪んだ。そして支払われた慰謝料。両手には余るくらいのお金。ビールを買い呑む。そうするとほんの少し、痛みが和らいだ。そうしてアルコールに逃げ道をつくった。夏生は相変わらずに団地へと足を運ぶ。部屋に上がると泥酔し横たわるあきらと散らかった部屋に缶ビールが転がっていた。本を部屋の隅で読むしゅんは大分細くなっている。しゅんに風呂に入るように言い、部屋を片付ける。風呂から上がったしゅんに聞く。しゅんはあきらに渡されたお金を握り弁当と缶ビールを買いに行かされあきらに渡す。そんな荒れた生活を送っていた。たまに見るしゅんの顔に出来た青あざ。酒がなくなれば容赦なくしゅんに手を上げ買いに行かされるのだと、しゅんは言った。

それでもあきらを慕う。言うことを聞く。医師が言った、過酷な生活。あきらは何も言えぬ壮絶で苦痛に歪む道を歩いていた。

夏生は料理の作り置きをする。しゅんはあきらから離れたくないのか懸命にあきらの言うことを聞いた。

アルコールに逃げ道をつくったあきら。夏生はそんなあきらを父親に重ねて見、フラッシュバックする。

「行き着く場所はそこか」

痛みに唸り声を上げるあきら。傍に寄り身体を撫でる。すると静かに眠る。夏生はやるせない思いで暖かい手でさすった。そして団地を名残惜しそうに後にする。

夏生はつとめて平静を装い、普段の昴との生活を送っていた。あきらを見れば正気でいられない。まるで悪夢を見ているようなそんな感覚を覚える。

「夏生……お前のせいじゃない」

「なんで、あいつだけ苦しい思いをしなきゃならない。どうしてあきらだけあんなに傷付いてる？……あいつは言った」

頬に涙が流れる。

「あいつは言った……。こうなるなら死んだ方がよかったって、泣いてた。生き残ったことが苦痛だって」

胸が苦しい。父親もそうだった。苦しみをアルコールで誤魔化した。あきらもそうなのだろう。あきらの気持ちが痛いほど胸に突き刺さった。苦しいくらいに伝わってくる。

「俺はあいつに何をしてやれる？　助かった命なら……どんな言葉をかければいい、生きていて良かったなんてあいつをみたら言えない、そんな残酷なこと言えるわけがない」

昴は言葉はなくただ涙する夏生を抱き締めた。指先で涙を拭いながら瞼にキスをした。

あきらはほぼ毎日といっていいほど浴びるようにビールを呑んだ。少しでも痛みを和らげたかった。そして現実から逃げたかった。

しゅんにビールを買いに行かせ酒浸りになっていた。立ち寄る夏生には顔を合わせないようにしていた。寝ているふりをしてやり過ごした。傍に寄り痛む身体を撫でる夏生の手につかの間の癒やしを求める。

そうして気付けば夏は終わり秋の香りを乗せた乾いた風が吹く。あきらは足を引きずりながら歩いていた。どこに行くあてもなく、鍵のかかった自転車の鍵を壊しふらふらとこぎ出す。足が上手く動かせない。人にぶつかり横転する。

「すいません、大丈夫ですか！」

あきらは差し出す手を払い、自転車に乗る。ひたすらこぎ続けて日の出を見た。気付けば川崎を通り越し横浜まで三時間かけて自転車をこいでいた。

まだ朝焼け。朝日が眩しくあきらは眉をしかめる。コンビニに寄り、食料と缶ビールをありったけ買い込み本牧へとまた自転車を走らせる。足が痛む身体が痛い。ポケットをまさぐり鎮痛剤を大量に口に放りビールで呑んだ。何時間もかけて本牧へと着き自転車を投げ出す。気が付けば……秋の日暮れは早く少し冷たい風が身体に吹き抜けていく。あきらはポケットからスマホを取り出し、夏生に電話をかけた。

「あきらっ？」

「おう」

「どうした、作り置きの飯ちゃんと食ってるか？」

「おう」

「何してる」

「海」

「は、なんで。身体は」

「はは、めっちゃ痛えよ」

「迎えに行く。どこだ」

「分かんねえ」

「なんかあったのか？」

「……、日向。さんきゅうな。本当はお前の顔見たかったけど、なんか声が聞きたくてよ。日向！　愛してるぜ。またな！」

「あ、あきら」

一方的に電話を切った。あきらは防波堤に座り足を放り出す。日が暮れていく。茜色があきらの横顔を照らす。これまで楽しかったなと色々な日々を思い出す。涙が堪えきれず頬を伝う。痛くて生きていくことが悲痛で嗚咽を漏らした。

「おにいちゃん」

妹の声がする。

「からだいたいの？」

「ああ……。メイ」

あきらは声がする方を見るが誰もいない。

「おにいちゃんよしよし」

向かい風に髪が煽られ頭を撫でられた、そんな感覚がした。スマホが鳴る。何度も着信音が響く。

「メイ、メイ……」

あきらはふらつきながら声のする方へと歩き出す。

「いたいのいたいのとんでけ」

「メイ……」

防波堤を彷徨う。

「どこにいるんだ……」

「おにいちゃんこっちだよ。いっしょにかえろ」

「ああ……帰るよ」

あきらは防波堤から海面へと足を踏み出した。ボチャン。音を立てあきらは海へと身体を投げ出した。波が揺れ波紋が広がった。

「いっしょにかえろ」

あきらは沈み海面に浮かんだ。波に揺れる身体。穏やかな笑みを浮かべ幸せそうな顔で息を引き取った。

「おにいちゃんおかえり」

「ただいま……」


夏生は何度もあきらのスマホのに電話をかける。そしてその日は暮れた。

また電話をかける。嫌な予感と不安な気持ちが入り交じりジッとしていられない。

知らない番号から電話が鳴る。夏生は出た。

「はい」

「こちらは警察です。スマホの履歴を見て電話をしました。……日向さんでよろしいでしょうか？」

「え、あきらは」

「相模あきら様はお亡くなりになりました」

カタンと手の平からスマホが落ちる。昴は慌てて夏生の元へ行き電話を代わった。

「どちらさまですか！」

「こちらは警察です。今日未明に相模あきら様はお亡くなりになりました」

「日向様の電話の後に海に身を投げたか、または誤って海に落ちたかで……。相模様の体内から大量のアルコールが検出されました。身元が分からず、最後のスマホの履歴を見てこちらにかけたんですが。お身内の方は」

「昴、電話代わって」

「ああ、大丈夫か?」

夏生は頷き電話を代わる。

「日向です」

「お身内の方は」

「彼は両親ともに死別しております」

「ああ、そうですか……それは」

警察官は言葉をなくす。

「場所はどこですか」

「本牧の防波堤です。……彼の経歴を調べたところ、交通事故にあい、半身に後遺症が残っているのを病院で確認出来ました。身元引き受け人は」

「俺が引き取ります……。あきらは?」

「病院の方へ」

「はい、はい。……。分かりました。失礼します」

夏生は電話を切る。なぜか冷静だった。昴の運転で病院に向かう。病院に着き車を降りると私服を着た警察官らしい人が病院の傍に立っていた。

「お待ちしておりました」

「はい。日向です」

警察官と医師と看護師、連れ立って遺体安置所に向かう。冷たく重いドアが開く。そこにはあきらがいた。顔に白い布を被され眠っていた。

「ああ。まただ。また失った」

夏生は心で呟く。硬直したあきらの頭を抱き締める。

「辛かったな、苦しかったな。痛かったな……。なんて顔してんだお前は。……そうか、幸せか……？　ふっ、く、ああ……」

夏生はあきらの頭を抱き泣き叫ぶ。

「俺は……俺はっ。もう誰も失いたくない……。あきら、なああきら。目を開けろよ、……そんな幸せそうな顔してないで、おい、目を覚ませよ……。お願いだからっ！」

ギュウッとあきらを抱き締める。大粒の涙が頬を伝う。眠るあきらの蒼白い顔に涙が落ちる。

「夏生……俺、何も言えねえわ」

昴はただ立ち尽くしぼろぼろと涙を流した。人の死がこんなにもあっけないと昴は知った。初めて死に向かい合った。死がこんなにも静かで穏やかで眠りに就くことを知った。

見詰めるあきらの顔はこれ以上ないくらい微笑みを浮かべ、幸せそうに永遠の淵の眠りに就いた。

「……還れたんだな、家族の元に」

蒼白いあきらの動かない唇にキスをした。

あきらの葬式はしなかった。火葬して骨を箸で拾う。小さな壺にあきらの遺骨は入れられ、相模家の墓で眠った。手を合わせた。肩が震える。頬を伝う涙は止めどなく流れ、あきらが安らかに眠ることを祈った。やりたいことがたくさんあった、伝えたい言葉がたくさんあった。それももう届かない。

「辛かった。痛かった。そしてもう眠りに就きたかった」

なぜ動かない足で自転車をこぎ海へ行ったのか分からなかった。どんな気持ちで海にむかったのだろう。最期に聞いたあきらの声。

「またな」の言葉が脳裏に焼き付いて離れない。

「愛してる」と言ったのに。夏生は途方もない気持ちで墓石に刻まれた相模あきらの文字を指先でなぞる。

少し肌寒い。

「すばる、行こうか……」

「……ああ」

　あきらが眠りに就いて二日目。あきらの死以来夏生はどこかぼんやりとしていた。曖昧に非現実的な世界に逃げ込んだ。

「これはただの悪夢だ。……早く目を覚まさないと」

　呟く。誰も亡くしていない、何も失ってはいない。あきらは生きてる。

「そうだあきらにダーツ教えるんだった。あきらに会いに行かなきゃ。今仕事中かな」

　夏生はあきらのスマホに電話をかける。

　ツーツー。と流れる機械音。あきらは既にいない。もういない。

「何してんだろ」

　ブツブツ呟きながらソファーに座る。カシャン。玄関が開いた音がした。

「夏生、ただいま」

「お帰り」

　夏生はまたもあきらに電話をする。

「昴、あきらが電話にでない。なんでかな、さっきからかけてるんだけど。仕事中なのかな」

「……夏生。……あきらはもういない」

「え？　何言ってんだ。あきらはいるよ」

「夏生！」

昴は夏生を抱き締める。身を屈め黒髪に顔を埋めた。夏生は朦朧とする。昴の肩が震える。

「あ、あきらはっ、もういない、もういないんだっ！」

キツくなるほど夏生を抱き締め昴は嗚咽をもらす。

「あきらは生きてる。だってまたなって、愛してるって」

「あきらはもういない。夏生、目を覚ましてくれ、お願いだ。あきらはいないっ！」

暫くの沈黙。夏生は呟いた。夏生の頬に涙が流れる。

「あ……、そうだ。そ、うだ。いないんだ。……死んじゃった」

「もうやめてくれっ！」

「は、はは。そうなんだ。……そうだった。あ、あきら」

「な、なつき」

「ふっ、くうう。あきらはいない。でもあいつは言った……またなって、愛してるって。……っ、またなくした、失った。俺の手からどんどん流れ落ちていく。ぜんぶっ！　ぜんぶっ、大事なモノなのにっ！　救えなかったっ……！」

ギュウッと昴のシャツを握りしめる。昴のシャツが夏生の涙で滲んだ。

「すばる、すばる。……あきらはもういない？」

「いない。もうあきらは……帰ってこない」

「そ、うか。そうだよな。俺、なにやってた」

「お前は何もしてないよ。でもな、現実を見てくれ。じゃなきゃ、あきらは、あいつは浮かばれない。夏生、言ったろ星に還るって。あきらは家族の元に還った。そうだろ」

夏生はおぼろに思い出す。あの日のあきらの顔を。そして涙を零し頷いた。

「……微笑んでたな。幸せそうに眠っていたな。昴、お前の言うように家族の元に還ったのか」

「なあ、夏生。俺はどこにもいかない。お前を守りたい。だから……お願いだ。逃げるな、受け止めろ。そしていい思い出にしよう。……あきらが安らかに眠ることを祈ろう」

「安らかに眠ること？」

「……ああ。祈ろう、青空に、夜空に、そこであきらは輝いてる。そうだろ？」

夏生は頷いて昴を抱き締めた。

「眠らせてあげよう」

夏生は現実を受け止めた。あきらが眠りに就いて一週間が過ぎた。

欠片（かけら）が胸に刺さったまま、時間だけが流れた。もう季節は冬を迎える。笑うのはどうやるんだっけ。自問する。上手く笑えない。鏡の前に立ち笑顔を作るがどこか歪にゆがんでいる。

「……時間が戻れば」

そう思いながらまた時間だけが止まることなく過ぎ去っていく。容赦なく思い出が溢れては沈んでいった。手を伸ばしても、もう届かない。父親もあきらも支えてやれなかった。孤独に震え道に迷い彷徨い尽くした独りの手を救い上げてやれなかった。この憤りは誰にも向けられない。

無実の罪に苛まれる。

「夏生」

「うん？」

「最近寝れてないだろう。……あきら、か」

「はは、ごめん。気付いてたのか」

「ほら、クマが酷い。こっち来い」

「うん」

ソファーに座る昴の膝の間に夏生は座らせられる。昴は夏生の薄いブラウンの猫目に過去を見る。頬を撫でる昴の手にすり寄った。

「……あきらがまだ、まだいそうな気がして。もういることはないって分かっているのになんでかな。まだ生きてるような気がして。またなって、愛してるって言ったのに」

未だ思い出せば涙が零れる。ぽろりと涙が零れる。施設で一緒になり過ごした時間。施設から逃げ出し団地で過ごした日々。長かったようで短く感じる。夏生とあきらとしゅん。家族ごっこみたいな生活。悲しみや苦しさ優しさ涙を分かち合い過ごした幾年月。

自分が出て行ったことを夏生は悔いた。

「お前のせいじゃない」

「だけど、少しは支えることが出来た」

「お前は精一杯やったよ」

「……誰も守れない。救えない」

自嘲めいたように夏生は笑った。昴は席を立ちキッチンにいく。二つのマグカップにコーヒーをいれる。香ばしい香りが鼻に香りマグカップに注がれる。

「ほら」

「ありがと」

夏生を跨ぎ座り夏生を抱き締める。

「俺は後悔してる。ごめんな。あの時何も言えなかった。人が死ぬのがあんなに静かなんて思わなかった。……言葉が出なかった。付き合いはお前と比べれば短いけど、それでも」

「生きていてほしかった」

たった一言。夏生も同じ気持ちだった。

「そうだな。あきらはもういない。痛かったんだろうな。身体を引きずって。あんな姿で生きていく道がなかった。家族に救われたのかな」

「救われた……。俺はそう思う」

「そうか。……そうだろうな。あんなに穏やかな寝顔。亡くした家族と身体の痛みから解安らかな寝顔。微笑んだ口元。忘れない。背負う十字架に重さがました。

放されて……救われた」

家庭教師の教え子の母親。香水がきつく鼻につく。

「東屋先生。娘は無事志望校へ受かりました。ありがとうございます」

「彼女の力です。おめでとうございます」

昴は頭を下げ、歩き出す。あきらが眠りに就いて気付けば半年経っていた。今も夏生は団地を往復する。残されたままのしゅん。どうしようか悩んでいた。吃音は少なくなったが時折、パニックになったようにわたわたと歩き回り視線はキョロキョロとせわしなく白目をむいて倒れる。そんな状態が続いた。夏生と昴はしゅんを連れ精神科に向かって車を走らせた。そしてしゅんを診てもらう。状況を話すと「生まれ持った軽度の知的障害、パニック障害および強迫性障害」と診断された。いつの頃からか夏生が不安になっていたしゅんの遅すぎる発達の答えが分かった。あきらがいなくなり一人残されたしゅん。様子を見に団地に立ち寄るが、しゅんは「あきらくん、あきらくん」と呟きながら夏生の目を見ようとしない。料理の作り置きをし、団地を後にする。

「俺たちじゃ手に負えない」

夏生は昴に話した。

「精神病院か」

「仕方がないよな」

パニックを起こし始めたのはあきらがいなくなってからだった。あきらの名を呟き部屋を徘徊する。作り置きするご飯も食べている形跡がない。

「精神科に相談しよう」

「ふうむ。そうですねえ。身寄りの方もおらず独り身では心配ですねえ。生活保護としてもケースワーカーさんが困るでしょう。いくつかこちらで調べ、紹介状でも書きましょうか」

「お願いします」

頭を下げ精神科を後にした。マンションに帰りオートロックを解除して部屋に戻る。夏生はカーテンを開ける。外は小春日和。昴の通う大学は毎年桜の花びらを散らし満開に咲く。昴はインスタントコーヒーをいれソファーに座り一息吐く。

「夏生。もう辛くはないか」

窓を開けた夏生。黒髪が心地よい春風に揺れる。窓に手をあて昴を振り返り微笑んだ。

「……あいつはきっと今頃、家族と幸せになってる」

「……無理はするなよ」

「うん。もう大丈夫」

あれから幾月かの時間が過ぎた。週に一度、あきらの眠る墓へと赴き枯れた花を取り替え新しい花を供え手を合わせる。

「あきら。もう大丈夫だよ」

「幸せに、そして安らかに」

呟いて後にする。背負う十字架が重さが増した。あきらの魂。それも一緒に背負いこれからも生きていこう。ずるずると引きずりながらそれでも前を向いて歩いて行こう。

傍には昴がいる。独りじゃない。夏生は窓を閉め差し出されたコーヒーを受け取り口に付けた。コトンとガラステーブルに置き昴にもたれる。胸に耳をあてる。とくんとくんと穏やかな心音が聞こえる。落ち着く。心の底から。そうして夏生は瞼を閉じた。

「夏生」

昴の胸でいつの間にか夏生は寝息を立てていた。長い黒髪に頬を寄せ昴も目を閉じた。


夏生と昴はしゅんを連れ市役所へと向かった。経緯を告げ、相談する。するとあっさりと審査は通り生活保護が決まった。そして精神内科にも向かった。保護先も見つかった。

二人は胸を撫で下ろした。

「これで良かったんだよな」

「俺たちはやれるとこまでやった。そんな顔するな」

「分かってんだけどな」

インスタントコーヒーを飲みながらソファーに座る。

「俺たちももう成人だ。俺も来年で卒業だ」

「そっか。なんか夢見てる感じ」

昴より一つ上の夏生は今年で二十一歳になる。そしてそれを追うかのように昴も二十一歳を迎える。自分たちの将来。思い描いていた未来。そして一ヶ月後しゅんは保護施設に入る。

なんと言えばいいのか分からない。突然引き離されるしゅんの姿を見るのはどこかしのびいない。

「夏生。なにも心配はいらない。誰のせいでもない」

昴は夏生を引き寄せキスをする。

「なるべくしてなったことだ」

「うんそうだよな。仕方がない」

夏生は思い出す。いつまでも胸に思う。

「楽しかったなあ」

夏生は呟き薄く笑った。これからも思い出さない日はないだろう。夏生とあきらとしゅんと暮らした長くも短かったあの頃を。

「夏生、どこへも行くなよ」

「俺はずっとここにいる」

一ヶ月が経った。市役所の人と一緒にしゅんを連れて行く。

見上げたのは綺麗な外装をした、それでも鉄柵がかかった保護施設。中に入ると、これもまた綺麗なフロアと受付口案内所が設けられている。

「こんにちは」

白衣の白髪頭。それでいて穏やかそうな医師が声をかけてきた。

「大野しゅん君の担当医になる山口と申します」

「あ。失礼しました。保護人の日向夏生です」

しゅんの手を取り頭を下げた。

「市役所の方からお話は聞いてます。君がしゅん君だね？　よろしく」

「しゅ、しゅんです。よろし、くおねがい、します」

「君はこれから私たちと暮らすんだ。ここがどこか分かるかい？」

「わ、わからない、です」

「そうか。それならいい。僕は君の味方だからね。怖がらなくていいよ」

「は、はい」

「日向様、お荷物は」

夏生はしゅんの衣類が入ったボストンバッグを渡した。ヒモが付いているもの、金属、アクセサリー全てないか確認して引き取られた。

「必要な物はどんなのがありますか？」

昴は聞く。

「取り敢えず持って来ていただいた物で大丈夫です。歯ブラシや生活用品が足りませんので下の売店でご購入下さい」

「分かりました」

「じゃあ、しゅん君。行こうか」

「は、はい」

担当医の山口はしゅんの手を引き院内を回る。

その後ろ姿を夏生は見詰めながら聞いた。

「あの、お菓子とか食べられるんでしょうか?」

「はい。十五時がおやつタイムとなっております。こちらを」

差し出された紙。そこには面会時間と必要な物持ち込んではいけない物などが書かれていた。

夏生と昴は売店へと行き足らなかった物を買い足す。そして再び戻り介護士に渡した。

「さあ、今日から君も僕たちのお友達だ。しゅん君。お別れを言っておいで」

「ひ、ひなたくんは、いっ、いっしょじゃな、いの?」

「ああ。ごめんな。ここが今日からお前のお家だ。友達いっぱいつくれよ。俺はここからはいけない、ちゃんと顔を見に来るから」

「そ、そうなんだ。あ。あきらくんは」

「……家族の元に帰ったよ。お前はいい子だ。ちゃんと先生の言うこと聞くんだぞ」

「わ、わかった。と、ともだちたくさん、つくる！」

「おう。じゃあな、しゅん」

夏生はワザと振り返らずに車に戻った。

「お前は悪くない」

「うん」

頷くことだけしか出来なかった。


相変わらず夏生はあきらの眠る墓地へと向かう。墓石を拭いて花を取り替え刻まれたあきらの名前を指先でなぞる。

しゅんが保護施設へ行き、一週間が過ぎた。初めの面会の時は楽しそうに笑っていたしゅん。あれからもう随分経つのにまだ顔に幼さを残している。

「じゃあ、また来るな」

「うん！」

手を振る。夏生はそれを見ずに車へ向かった。保護施設を出て、駐車場に行く。黒髪をなびかせる風は夏の終わりを告げていた。夏生はタバコを取り出し火をつけ、煙を吐いた。何かをどこかへ置いてきたようなそんな感覚に陥る。ふう、と煙を吐いた。これが正しい判断だと分かっている。それでも自分一人だけ幸せに生活していていいのか分からなくなる。あきらは死んだ。しゅんは保護施設へと預けられた。

「俺だけ……」

たった一人だけ置いて行かされたようだった。

「またこの感覚」

胸苦しさが襲う。指先からタバコが落ちた。

「は、は……は」

突然の過呼吸。夏生はなすすべも分からず、苦しそうに息を吐いた。辛い。苦しい。

「ふっ、は、あ」

身体を屈め涙が零れる。

「あきらっ、あきら……会いたい、会いたいよ、お前に」

車を背に夏生は膝をついた。涙がアスファルトを濡らしていく。ポタポタと零れ滲ませる。

「なあ、あきら。俺があの時出て行かなければお前は死なずにすんだのか。俺、間違えたかなあ、もう戻れないよ。……どうやって笑う、どう笑えばいい？」

風が髪をさらう。慰めるように柔らかい風が頬を撫でた。夏生は空を見上げた。

「あきら、俺はどうすればいい？」

頬を涙が伝った。

「ただいま」

「夏生、どこ行ってた」

「しゅんの面会」

キスを交わす。夏生の涙の跡を昴は指先で拭った。

「はは」

夏生の肩を昴は掴んだ。

「お前は、お前はいつも独りだ！　俺がいること忘れてないかっ……頼りないか、信じられないか、俺はお前の支えになっていないのかっ？」

俯く夏生の肩が震える。掴まれた肩が痛い。昴の頬に悔しそうに涙が流れた。

「おれは充分、満たされてるよ。……でもな現実が辛い。俺だけが、独り取り残された。なあ俺は何をすればいいんだ？　分からないんだ……もう笑えないよ」

「俺が、俺がいるだろう！　なんで俺を見ない、なんで独りだと言う？　俺はお前がいてここにいるんだ……なあ、頼むから俺だけを目の前の俺だけを見てくれ。確かに、確かに現実は辛い……凄く辛い。でもな、お前は生きてる！　生きてるんだ、お前はここにいる。確かな事実だろっ？」

「すばる、すばる」

夏生は昴の手を引く。そして抱き締め泣き叫んだ。

「おれはっ！　おれは……誰一人として助けられなかった！　なんで、どうしておれはここにいるっ！　なんでおれだけが生きている」

昴は夏生を抱き締める。強く抱き締める。

「俺がお前を求めてる。俺にはお前しかいないっ、だから、頼む。俺だけを見てくれ、俺の為に生きてくれっ」

「……お前の為？　俺は許されるのか？」

「許すんじゃない。誰もお前を責めはしない。何があっても、どんなことがあっても、お前を責めるものはいない。もう誰もお前を責めはしない」

ギュウッと抱き締められる。夏生は泣きながら何度も頷いた。

「すば、る。昴」

夏生はキスを求めた。涙混じりのキス。

「俺の為に……生きてくれ」

「お前の為……」

「そうだ。俺の為にここにいてくれ」

夏生の髪を撫で頬を寄せる。夏生は今更気付いたかのように目を覚ました。

「もう……泣かないでくれ」

「……うん」

昴に抱き締められ、夏生は心が少し落ち着いた。暖かい温もり。確かに生きている。そして昴が傍にいる。

「お前は独りじゃないんだ」

「そうか。……もう誰も失いたくない。昴、お前だけがいればいい。他には何もいらない。俺の生きてる証」

「それでいい。俺はお前の為に傍にいる。お前がいるから俺はここに生きている」

自分の証。夏生は長い年月をかけて彷徨い歩き続けた。たった一つ欲しかった物。

「生きている証。ここにいる証」あの時呟いた言葉を思い出す。自分が言った言葉を忘れていた。

「俺のモノ全部お前にやる。俺の生きている証」

忘れていた。夏生は涙を拭い昴の涙を指先で拭った。

「……ここにあった」

紛れもない事実。

「昴。愛してるって言って」

「愛してる。愛してる……お前だけを」

「愛してる」

昴は呟き夏生の頬に髪に鼻に睫毛に唇にキスを落としていく。

「夏生、愛してる」

「俺も愛してる」

静かに時間が流れ季節が変わる。

はらはらと雪がちらつく。外は寒く曇天の冬空に雪が舞う。夏生は息を白くさせ昴の大学の正門で昴の帰りを待っていた。あれからまた綺麗になった夏生。その姿に男子生徒が振り返る。昴の恋人であることを周知されているが、いつの間にか胸元から腰にかけて長くなっていた黒髪を揺らし立つ夏生に足が止まる。

「夏生！」

「あ。お帰り」

「悪い、寒かっただろ」

ギュッと抱き締める。夏生は吐息する。

「お前は暖かい」

「雪か」

「そう、さっき降り出した。積もればいいな」

「えー。俺はやだな」

「なんで、雪合戦でもしよー」

「雪だるまとかな」

昴は笑う。時間が経てば全て安定する。傍で無邪気に笑う夏生を待っていた。それでもかかさずあきらの眠る墓へと足を運ぶ。花を取り替え手を合わせる。最近では昴も一緒だ。

しゅんは安定しており未だに保護施設で過ごしている。そう誰も悪くない。自分を責めて生きるのを夏生はやめた。

「俺の為に生きてくれ」トンと憑きものが剥がれた気がした。誰かの為に。夏生はそれが出来ずにいた。そして泣きながら呟いた昴の言葉が胸を満たした。

「かえろ」

「ああ」


昴は大学へ、夏生は相変わらずバー、ドーベルマンで働いている。夏生はどことなく雰囲気が変わった。自分が背負う十字架が重くなる。両親二人の魂とあきらの魂。ズリズリと引きずり歩く。重くて立ち止まりそうになる。そんな時、昴に支えられる。

「俺がいるから心配するな。お前の傍にいる」抱き締めキスを交わす。

とても暖かい。そして優しい。

「夏生、愛してる」頬を寄せる。それだけで充分心が安らぐ。

来年で昴は大学を卒業する。昴の道は中学校の教師になることだ。高校でもいい。大学を卒業した後、結婚式を挙げると約束を交わした。そして昴と夏生は晴れて夫婦、とはならぬが内密に婚約する。関係は変わることなく二人過ごし同じ時間を共有することになる。

「夏生、幸せか？」

「幸せだよ」

キッチンから聞こえてくる夏生の声。昴はタバコを片手に大学で出た課題を片付けていく。

「俺たち大人になったな」

「そうだな。昴も今年で大学卒業だな」

「卒業したら教師枠の内定は決まってるから、夏生は仕事しなくていい」

「さすがだな。でも俺も仕事は続けるよ」

昴はタバコをねじ消し立ち上がる。夏生の元へと行き背中を抱き締める。

「お前を危ない目に遭わせたくない。俺はお前がなによりの宝だ。大切にしたい」

夏生は料理の手を止めくるりと回り昴の背中に手を回す。

「お前の心配性は治らないな。俺は大丈夫。もうなにもいらない。昴お前しかもういらない。望まない」

夏生の言葉がとても重かった。

窓を開けると一面白銀の雪景色。冷たいガラス窓に手を当て、少し嬉しそうに夏生が昴を呼んだ。

「これじゃ冷え込むわけだ」

窓の外には様々な家庭で雪だるまが作られていた。夏生はコートを着込む。

「ほら、昴も暖かいかっこして。あとは手袋」

「何するんだ？」

「もちろん雪だるま作るにきまってるだろ」

昴は笑う。

「いいよ。じゃあ下りるか」

昴もコートに手袋を取る。外に出れば心底、冷たさが足先から伝わってくる。昴は身震いするが夏生ははしゃいでいた。雪のかたまりを集めるその姿に愛おしさがわいてくる。昴も足を雪に踏み出す。シャリシャリと音がした。

「できた！」

マンションの駐車場に二人で作った雪だるま。小さい雪だるまが出来た。ちらほらと雪が舞い落ちる。夏生は空を見上げる。今は亡き友を思う。家族と再会し今頃幸せに笑っているだろうあきら。

ふいに夏生の睫毛に雪が舞い落ちる。昴は笑いながら夏生の睫毛に触れた。昴の指先で消える雪。

「ほら」

夏生は雪を昴に投げつける。シャリと砕ける雪の塊。夏生は無邪気に笑っていた。昴も雪を投げる。暫くの攻防戦。雪は夏生の髪を染めた。

「は、は。俺の勝ち」

夏生は笑う。

「降参です。……夏生雪まみれ」

腰まで伸びた黒髪。薄いブラウンの猫目が昴を映す。

「……綺麗だ」

昴は呟いた。そして夏生は黒髪を揺らし微笑んだ。夏生の髪の雪を払い引き寄せる。

「髪、長くなったな」

「切ろうかな」

身を屈め夏生の黒髪に顔を埋め、昴は首を振った。

「そのままでいい」

腰まで伸びた黒髪が月日を感じさせた。

「少し散歩しようか」

「うん」

夏生の手を引き歩き出す。シャリシャリと雪を踏む。真っさらな雪景色。見渡せば色んな形をした雪だるまが作られている。子供ははしゃぎ声を上げた。微笑みを浮かべながら夏生は見詰める。

「なんか嬉しいな」

「なんで？」

夏生は笑って言った。

「今年もお前と一緒にいられる。幸せだなって思って」

「……もう辛くはないか？」

「うん。あきらもきっと雪空から見下ろしている。もしかしたら俺たちみたいに雪合戦でもしてる」

はあ、と吐いた息が白く染まる。雪は変わらず深々と降り続く。二人が歩く後に足跡が残る。息を白く染め二人はどこへ行くわけでもなく歩く。傍を流れる川には氷が張っていた。

「寒いな。……帰るか」

「うん。帰ろ」

手を繋ぎ歩く。昴は夏生を抱き寄せ、空を見上げた。

「そうだな。あきらは今頃笑ってる」

昴は呟いて少し悲しそうに微笑んだ。付き合いは夏生より短い。それでも笑い合えた友。桜舞う日に花見をやった、夏生のストーカーも共に戦った。ビールを交わし呑み合った。

「あれは確かにあった事実だ。忘れることはない」

「……うん」

微笑んで眠ったあきら。色々な物から解き放たれ安らかに瞼を閉じた。苦しかっただろう、辛かったのだろう、何よりも身体が痛んだのだろう。アルコールに逃げた父親とあきら。そうでもしないと生きていくことが出来なかった。必死に自転車をこぎ海へと向かったあきらの心はどんな物だったのだろう。なぜ動かない身体を引きずって本牧の海を見に行ったのか、その理由が知りたかった。

でも意味などなかったのかも知れない。ただ一生懸命だった。行き着いた場所が海だった。それだけだったのかも知れない。そして海面に浮かんだあきら。家族に導かれた。

「うん。幸せだよ、きっと」

夏生は頷いた。手を握る手に昴の温かい力がこもる。夏生はその手を握り返した。

「もう直ぐクリスマスだ。あきらの誕生日。一緒に祝おう。ね、昴」

「ああ。そうだな。そして俺んちに行こう。いいよな夏生？」

「うん、任せる」

「じゃあ決定だ」

雪に足跡を残しながら二人は歩きマンションへと帰った。


夏生は月に三回ほどしゅんのいる保護施設へと面会に行く。最初は楽しそうに過ごしていたしゅんだったが、挙動不審におどおどし始めパニックに落ち入り、白目を剥いて倒れると、担当医の山口は夏生に伝えた。

「あきらくんあきらくん」

名を呼び徘徊する。生活保護の審査が通り、お金はかからないが、夏生はそんなしゅんの痛々しい姿にため息を吐いた。

しゅんが「あきら」と呼ぶ度に胸が痛くなる。「もうあきらはいないんだ」と告げることが出来ない。車で帰りマンションに着く。部屋に上がると昴はもう帰ってきていた。

「焦ることはない」

昴は言った。このままでいいのか夏生と昴には分からない。でも面倒も見てやれない。

昴は夏生を抱き寄せる。

「お前のせいじゃない。なるべくしてなった結果だ。誰も悪くない」

夏生は頷く。

「あきらを呼ぶんだ。何度も何度も。あいつが一番傍にいたから、しゅんが理解出来るようになるまであきらのことは話せない」

「今はまだその時期じゃない」

「そうだよな、まだ……早い」

「夏生？」

「ん？」

夏生の黒髪を指先でもてあそびながら昴は言う。

「お前だけはいなくならないでくれ」

「馬鹿だな。そんなことにはならない。お前がいる。どこも行かない」

「時々感じるんだ。お前がどこか遠くに行ってしまうんじゃないかって……」

「気にしすぎだよ。俺はここにいる」

昴を抱き締め胸に頬をあてた。

「今日、バイトは？」

「ない。夏生とイチャイチャ出来る」

「こんな雪の日だ。仕事も休みだ」

夏生はソファーに座りタバコを取り出し火を付ける。アークロイヤルアップルミントの甘い香りが広がった。

外は夕暮れ。冬の日暮れは早い。

「なあ、昴」

「うん？」

「本牧まで車出せるか？」

「ああ」

「ありがとう」

二人はコートを羽織り車を走らせた。雪は積もっているものの、道路は雪かきされ安全に走らせることが出来た。そしてあきらが沈んだ本牧のコンテナ置き場に着いた。

タバコに火をつけ餞のようにタバコを供えた。

「なんでここなんだろ」

「……海が見たかったんだろう」

「楽しかったなあ。な、あきら」

ポチャンと波が立つ。夏生の頬に涙が伝い落ちた。

「……あきら、あきら。なんでだ？　身体痛かっただろ、苦しかっただろ。なんで、なんで何も言わなかった？」

膝をついて泣く夏生。

「もう少し頼って欲しかったっ！」

ポロポロと涙は止まらない。冷たい風が夏生の黒髪をさらい吹き抜けていく。

今もあきらを想えば涙が溢れる。思い出は残酷だ。

「夏生、もう泣くな。泣かないでくれ」

「なか、ない。泣かない。でも、でも今だけは許してくれ」

暖かい昴の胸に抱き締められる。尚更、恋しくて悲しくて会いたくて、でももう戻っては来なく、その想いが夏生の胸を締め付ける。供えたタバコが灰になる頃、夏生は涙を拭った。

「こんなに想ってくれる人がいる。あきらは幸せだよ。きっと」

「そうかな？　あいつを想わない日はない。ここに刻んだ」

夏生は昴の胸に手をあてた。

「俺も一緒だ。お前と同じ気持ち。刻もう。そして歩いて行こう、これからも」

「……うん」

夜空を見上げる。雲は重く月を隠し雪を降らせる。寒さが身に染みた。冷たい夏生の手を取り立ち上がった。凍える夏生の肩を抱き寄せ涙の名残を残した瞼にキスをする。

「身体が冷たい。帰ろうか」

「うん」

夏生の手を引き車に戻る。走り去る本牧の海。夏生は遠く、遠くを見送った。

あれからどれくらいの月日が経ったのだろう。随分と時間が過ぎたように思う。

あきらが眠りに就き幾月か。夏生は現実を、過去の惨劇を胸にしまい、いつも通りの生活を取り戻した。月日が経てば経つほどに鮮明に映し出されるこの半年。大事な者をなくした現実。

そして今日も一週間、花束を抱えあきらの眠る墓へと向かう。花束を替え手を合わせる。

「幸せか？」

涙はもう見せない。ただ祈るのはあきらと、その家族の安寧。

「どうぞ安らかに」

そして季節は寒い冬を越え、春の風に夏生は黒髪を揺らし歩く。今年で昴も大学を卒業する。長い時間が経った。

寒さに耐え静寂に眠っていた大学までの桜の並木。固く結んだ芽が花開く。風に舞い散る桜の花びら。清々しい青空を薄紅に染めた。夏生は大学の正門で昴を待つ。腰まで伸びた髪が春風にさらわれる。

「夏生！」

昴が花びらに紛れスーツ姿で夏生に向かって手を振った。昴の内定はもう決まっている。バーで変わらず働く夏生と昴の将来、不安はない。

夏生は桜を黒髪にまとい昴に手を振る。燦々とした季節。無事に迎えた初春。穏やかな風、満開の桜並木。何も言わなくても順風満帆だ。

「夏生、写真撮ろう」

「うん」

行き過ぎる生徒にカメラを頼み、正門に立ち桜を後ろに二人、写真を撮った。

「昴、おめでとう。よく頑張りました。これからも精進し、立派な教師になって下さい」

「ありがとう、夏生」

微笑む夏生を抱き寄せる。

「愛してる」

「俺も愛してるよ。昴、今日はお前の家でお祝いだよ」

「そっか。楽しみだな。夏生、これまで傷付けて長い間待たせたけど。……あきらやしゅん、色々あったけど、これから一生守り抜くから。俺の手を握って傍にいてくれ」

「うん。よろしくお願いします」

改めて言うと少し恥ずかしい。二人して小さく笑った。

「じゃあ母さんたちに会いに行くか」

「うん。……今年も満開に咲いたね」

「色々と思い出すな」

「楽しかったな」

あきらも空の上から見下ろしているだろう。家族と共に。

「じゃあ行こうか」

「ああ。先に着替えたい」

「分かった。家に戻ろう」

手を繋ぎ歩く。マンションに着き着替えるとそのまま昴の実家へと車を走らせた。


「お帰りなさい」

「ただいま」

「なっちゃん、キッチン一緒に手伝ってくれるかしら」

「はい、お邪魔します」

「あらあ、なっちゃんまた綺麗になったんじゃない？」

「そうですか？　自覚がありません」

夏生と昴の母親は笑った。

久々に実家へと帰った。今日は父親もいる。夏生と昴の母親は二人並んでキッチンに立つ。楽しげに料理を作っている二人の後ろ姿を昴は目を細めて見詰めた。

「昴、座りなさい」

威厳のある父親。昴は向かいのソファーに座った。

「まずは卒業おめでとう。まさか内定も決まっているとはな」

「さすが父さんの息子でしょ」

「ははっ、そうだな。さすが私の息子だ。これからも精一杯、学びなさい。そして幸せになるんだぞ。おい、母さんビールはあるか」

「はいはい」

昴の母親は瓶ビールとグラスを持ちリビングテーブルに置く。カシャッと蓋が開きグラスに注がれるビール。夏生と母親は微笑みながら二人を見詰めた。

「こうして呑むのも初めてだな。昴、卒業と内定、おめでとう」

「ありがとうございます。これからは大切な人と歩いて行きます。二十三年間、育ててくれて感謝します」

グラスを交わし乾杯をした。ごくと喉を鳴らす。

「ちらし寿司出来ました。さあ、なっちゃんも座って」

「はい」

「昴、いつの間にか大きくなって。あっという間に大学も卒業ね。これからもなっちゃんと二人で歩いて行くのよ。急がず慌てず、ゆっくりと」

「うん。はい卒業証書」

「立派になったな。目頭が熱くなるな。改めておめでとう」

夏生と母親は手を叩いて祝福した。穏やかな季節。穏やかな家庭。この父と母の元に生まれた昴。威厳のある父と穏やかな母、昴の性格がそれを物語る。

こんなふうに歩いて行こう。二人で暮らしていこう。あきらのこと、しゅんのこと。現実は残酷だが胸に刻み生きていこう。

「はい。昴」

夏生は平べったい包みを昴に手渡す。

「え？　なになに」

丁寧に包装紙を取り箱を開けた。黒いストライプのネクタイ。

「マジか！　嬉しい！」

喜ぶ昴。夏生を含めた一家団欒。吹き抜ける春風のようにとても優しく暖かかった。

夏生は独り丘に立つ。春風が髪をさらい風に揺れる。見上げれば空はどこまでも蒼く晴れ晴れとしていた。雲一つない晴天。

木々が葉音を立てる。

想うのは遠き日々。母は病で息を引き取り父は水死して、そして最愛の友、あきらは死んだ。

本牧まで花を手向けに度々夏生は訪れる。やるせない。けれどもう泣くことは少なくなった。昴に微笑む夏生。手を取り歩く。それでも亡き者をどんなに想っても二度とは戻らず、声すら聞けない。

　悲しみに瞼を伏せた。


「母さん、夏生は？」

焦ったように母親に聞く。昴の母親は不思議そうに首を振る。

「なっちゃんと一緒じゃないの？」

「家にいない」

昴は玄関に向かい夏生の靴を確かめた。

「母さん、ちょっと夏生探しに行ってくる」

「あら、外に出たのかしら。分かったわ」

ガチャンと玄関を開け夏生の名を呼ぶ。返事はない。何となく丘へと歩き出す。

芝生を踏み見渡す。

視界に入った夏生。腰まで伸びた黒髪をなびかせ立っていた。

「夏生！」

夏生は声に振り返る。黒髪を掻き分け微笑む。

「こんな所にいたのか。何してる？」

「うん？」なんでもない、と夏生は首を振った。

「風が気持ちいいな。ごめんな、心配かけて」

「そうだな」

「昴ももう卒業して教師になるのか。お前はやっぱり凄いな」

「俺が働くから夏生は仕事を辞めて家にいてほしい。ダメか？」

「まだ早い」

「そうだけど、心配なんだよ。これまで色々あった。自分を責めるのもなしで、いつまでもそう、お前には笑っていてほしいんだ」

夏生は薄く笑う。昴はグッと夏生の手を掴む。抱き寄せ身を屈めてキスをした。

「どこも行くな」

想わず口から零れた。夏生は昴の背に手を回し頷く。

「どこも行かない」

「あれから色々たくさんあったな。色々失って何かを見付けて傷付けあって慰められて」

夏生は穏やかな声で言う。その口元は微笑んでいる。

「親父もあきらも俺が支えられたら暗い道へと独りで向かわずにすんだのかもな。俺には何をしてやれたのかな、悔いばかりが残るよ。でもそれを抱えて歩かなきゃいけない。たとえそれが間違ったとしても、救えたはずだ。あいつな、あきらがな、俺に言った。殺してくれって。俺はなにも言えなかった。手すら握れなくてただあいつの泣き声を聞いていた」夏生の頬に静かに涙が流れる。

「辛かったんだろうな、苦しかったんだろうな。痛かったんだろうな……。家族に導かれるままあいつは眠った。笑っていたな、微笑んでたな、もうあいつを苦しめるものはない」

笑みを浮かべ夏生はただ静かに涙する。昴の暖かさが心地いい。胸に頬を寄せ夏生は目を伏せた。昴のシャツが涙に滲んだ。昴は精一杯抱き締め夏生の黒髪に顔を埋めた。

「お前がいる。もう大丈夫だ」

「帰ろう、母さんが心配してる」

昴は頷く。広い背に手を回し夏生は昴を抱きとめた。昴の唇で涙を拭われる。

「うん、黙って外出たからな。ごめんな」

「いや。謝るな。逆に邪魔したな」

「邪魔なんてしてない。お前ならここに来るだろうと思ってたよ。だから何も言わなかった。帰ろう。春にはまだ寒い」

「そうだな。夏生」

歩き出そうとする夏生の手を取る。重ねた手の平。キラリと二人の薬指に光る婚約の指輪。

「春が過ぎたら結婚しよう」

「うん」

「幸せにするから」

「もう幸せだ」

振り向きざまに夏生は微笑んで手を繋ぎ直した。

「しゅん」

今日はしゅんの面会に来ている。少し背も伸び、やっと落ち着いたかのように思われる。吃音はまだ抜けきってはいない。

本を渡して喜ぶしゅんを見る。きっとこの先もここにしゅんはいるのだろう。一時期酷かったパニックもなく今は笑っている。それでも不思議そうにしゅんは聞く。

「あきらくんは？」と。

「あきらは家族の元に帰ったよ」

お決まりの言葉。あきらの死を言葉に出来ない夏生。

「元気だよ」それだけを伝えるしか出来なかった。それも毎回、同じ言葉、同じセリフ。何度も繰り返す。

「じゃあな、また来る」

「う、うん！　ほんありが、とう」

笑って手を振って夏生は頷いて車に戻る。

そしてしゅんに週に一度外出許可がおりた。外泊は出来ないが外に出られるようになった。あれから数ヶ月外に出てないしゅんは喜んだ。

夏生はしゅんの手を引き散歩する。欲しい物があったら購入してしゅんに渡した。

しゅんの生い立ちなど知らない夏生。話しても聞いても何も分からない。

まだ理解していないのだろう。まだ幼さだけがあの頃のまま、時間が止まったように成長しないでいた。


「昴、お帰り」

「ただいま」

昴の仕事が決まった。中学の教師ではなく、高校教師を選んだ。中学の教師では物足りず、高校教師の道へと進んだ。見習い教師として教室に立つ。そして期間が過ぎ、教師として教壇に立った。教え方が上手いと同僚、生徒共に評判は良かった。そして昴の容姿。これもまた文句なく、相変わらずに女生徒の視線を集める。

「夏生、ほらこれ見て」

昴は手紙をポケットから取り出し夏生に見せた。

「ラブレターじゃん。やるな、昴。東屋先生はモテモテだ」

「可愛いよな」

「だな。まだ子供だ。でもお前は俺のモノ」

夏生は薄いブラウンの猫目を細めて笑い昴に抱き付く。急に抱き付かれ昴はバランスを崩した。

「いっ、た」

フローリングに頭をぶつけた。見上げる夏生は無邪気に抱き付いた。

「俺の愛の方がでかい証拠だ」

「はは、降参。でも頭痛い」

「じゃあこれはどうだ」

黒髪が肩から流れる。夏生は昴の唇にキスを落とした。なぜか恥ずかしくなり昴は目を思わず逸らしてしまう。普段なら逆の立場だ。

「参ったか?」

夏生は悪戯に笑う。ふっと見上げた昴。夏生と目が合う。昴はそのまま夏生の頭を支え深いキスをした。

黒髪が昴の額にかかる。指ですくい、髪を掻き分けた。

「んん。ん、は」

「愛してるぞ夏生」

「俺も一緒。愛してる」

夏生はドーベルマンを辞めた。結婚を大いに祝ってくれたマスターの田中。心から祝福してくれた。

暇を持て余す夏生。充分満たされている。それでももの寂しくなる。贅沢な悩みだと思う。朝ご飯を作り弁当を持たせ出て行く昴を見送る。そして夕飯を作った。式を挙げる予定はまだだが、見てほしい、祝ってほしい人がたくさんいる。でもそれも叶わないことは知っている。

「おい、夕飯だ」

キッチンで料理を作る夏生。夕飯の匂いが部屋に広がった。昴は何も言わずに食器を出し共に夕飯を食べる。

「シャワー行ってこい。後は俺がやる」

「ありがと、じゃ先に浴びるな」

「ああ」

昴は食器を洗い夏生は浴室に向かった。腰まで伸びた髪。切ろうか悩む。これじゃ女にも間違われてしまっても仕方ない。だが昴は今のままがいいと言う。

シャワーを浴び終えいつも通りに昴の手で髪を乾かしてもらう。長くなった黒髪を指先で昴はもてあそぶ。さらさらと黒髪が流れるのを昴は楽しそうに指先でいじる。

「綺麗な髪だな。切るなんてもったいない。それにお前に似合っている。夏生の母さんみたいだ」

「そうか？」

「ああ」

立てられた夏生の両親の写真。綺麗な黒髪をした夏生の母親。まるで生き写しのように夏生がいる。ふと夏生は立ち上がり両親の写真を手に取った。穏やかそうに微笑む母親。

幸せそうに抱き寄せる父親の姿。

幼い夏生には分からなかった答えが今は出ている。きっと幸せだった。その母親の瞳が物語っている。

「あきらの写真も撮りたかったな。そうすれば皆一緒なのに」

「写真じゃなくても、あきらも夏生の両親も空の上で俺たちを見下ろしてきっと笑ってる」

「そうか。うん……そうだな」

同じ瞳をした母親。静かに微笑んでいた。

「親父の気持ち今なら分かる。優しい嘘。俺は気付かずに親父をただ、憎んでいた。話してほしかった。今になって会いたくなる」

カタンと立て直す。そんな夏生を昴は後ろから抱き寄せる。

「お前は誰も憎んではいない。ただ寂しいだけだ。夏生、俺が傍にいる。だからもう我慢しなくていい。迷ったらあの丘に行こう」

二人の約束の地。夏生は頷いた。

「なあ、昴？」

「うん？」

「しゅんにあきらのことを伝えたい。しゅんが一番に慕ってたあきらのことを」

「そうだな。今度俺も面会に行くよ」

「うん」

桜の花は散り葉桜へと姿を変える。夏生は団地に来ていた。中に入った。涙が溢れた。あきら、しゅんの面影を残した部屋。あの頃と部屋の中は時間が止まったまま変わらずにあった。

あきらが残した多額の慰謝料が入ったタンス。あらゆる場所から探し出したあきらの祖父母の連絡先。夏生はお金を揃え手紙を書き、残された慰謝料をあきらの祖父母に送ろうと、まとめ持ってきたダンボールにしまった。

きっとこれが正解だと思った。

部屋を片付けながら涙を零す。

「お前が幸せならそれでいい」

引き出しを開ける。そこにあったアルバム。夏生は開いた。妹と写る写真、家族と写る写真。手が震える。パタパタと涙の雫がアルバムに落ちていく。拭っても涙は流れ夏生は膝をついた。

あの時夜中の屋上で独り泣いていたあきらの姿を思い出す。泣きながら伝えたあきらの思い。それこそ自分の話をしなかった夏生。それでも孤独はそれぞれだった。

「おまえは……お前は幸せだったんだな。なあ、あきら、そこから見る俺はどうだ？　俺だけ残してお前は何を思う」

ギュッとアルバムを抱き締める。これもあきらの祖父母に送ろう。夏生はダンボールにしまっていく。そして気付けば夕方になっていた。ダンボールを抱え夏生は団地の鍵を下ろした。車でマンションまで帰る。家に帰ると昴は既に帰ってきていた。

「どこ行ってた」

「あきらの団地。これ、あきらの親類に送ろうと思って」

「ただいまのキス」

昴は身を屈め夏生の唇にキスをする。両手を背中に回し、昴の頭を抱く。

「学校の先生はどうだ」

「ああ、それなりに楽しいよ。何も心配はいらない。って、夏生、俺は子供じゃない」

抱いた昴の頭をくしゃくしゃくしゃにする。

「禿げる」

ふふ、と夏生は笑う。

「それでも愛してるよ」

「早く式をしたいんだけど夏生はどう思う？」

夏生は手を離し首を傾げる。そして思い描く。晴れ晴れとした季節。優しく風がなびく。そうだ初夏がいい。

「そうか、じゃあそうしよう。お前が喜ぶならなんだって」

あきらの祖父母に送った荷物。手紙に書いた通り直ぐに連絡が来た。泣きながら祖母は電話をよこした。

夏生は静かに聞いていた。あきらが残した爪痕が余りにも深く、抉られ傷跡を残していく。

「ありがとうございました」

祖母はそう言って電話を切った。夏生は暫く放心状態になる。死を伝えるのがこんなに悲しく重いことだと知った。

（ああ、親父にも会いに行かなきゃな）

心が重くなった。いつの間にこんなに自分が弱くなったのか。虚勢をはって生きてきた日々。何かを失うことだけはしたくなかった。でも安らかに永遠の淵に着いた二人。もう何も伝えられない。

謝りたい。神様にでも懺悔をしたい。やはり引っかかって癒えることのない痛み。それでも昴との日々は暖かく大切な居場所だ。故人を想う。それだけは許してほしい。

そして毎日が当たり前のように過ぎていく。

「夏生、しゅんの所に行くんだろう？」

「うん、あきらのことちゃんと伝えなきゃ」

「無理はするなよ。俺がいる」

涼しげな目元。薄い唇。とても愛おしい。もう何も失いたくはない。そっと昴の頬に触れる。

「うん。お前がいる」

微笑んでキスをした。

外は春の名残を残した緩い風が吹いている。車に乗り込み走り出した。

「じゃあ行くか」

「しゅんの面会です」

そう告げてしゅんが介護士に連れられやって来る。面会室へと通された。

夏生と昴は座り、しゅんもどこか不思議そうに昴を見て言う。

「あ、あきらくん、は」

「いないよ。しゅん、大事な話がある」

夏生はしゅんの手を握りしめて伝える。

「し？　しんだ？　あきらく、ん。なん、で？」

「なんでもない。ただあきらはもう戻らない場所に逝った。お前にも分かるか？」

「しぬ、わかる。しんじゃったの、あきらくん」

静かに聞いていたしゅん。その内にどんどん分からぬ状態になり、パニックを起こした。

「ひ、ひなたくん。わる、いこ。あきらくん、ころ、した！　なんでなんでなんでっ！」

ズキッと夏生の胸に刺さった。しゅんの状態が変わり直ぐに介護士が姿を現ししゅんをなだめる。パニックを起こし手を付けられない。担当医の山口が慌ててしゅんを取り押さえ、鎮静剤が腕に打たれた。ふっと意識を飛ばしたしゅんを山口が支える。

「どうしましたかっ！」

「……友人の死を伝えたかったんです」

「それは」

「しゅんを置いて話せなくて。今なら大丈夫だと思ったんですが、早かったみたいで。すいません」

「いえいえ、ご心配なさらずに」

夏生は重く話し出した。一番大事なことを。山口は難しい顔で聞いていた。

「じきに彼も分かるでしょう。そうでしたか、そんな過去があったんですね。日向様も随分と苦労してらっしゃる」

「いえ、僕は。……今日は失礼します」

「あまり考えずに」

山口の言葉に頷いて保護施設を後にした。


「はは、俺があきらを殺したのか」

マンションに帰り夏生は言った。昴は声を張る。

「バカか！　何を言ってる！」

グッと夏生の肩を掴む。涙は見せなかったが憤りに夏生の肩は震えていた。

「俺はっ！　俺は、あいつのことを見ないフリしてたっ！　あきらもそうだった。俺が来る度、寝たふりでやり過ごしていたっ！　気付いていたのにっ！　ただ、身体を撫でること、それしか出来なかったっ！」

バッと昴の腕を振りほどいた。膝をつき身体をまるめる夏生。どんどんと床を叩いた。止める昴の手を払い血が滲むまで殴り続けた。

昴は夏生を抱き起こしドンと壁に押し当てる。グッと夏生の肩を抱き締め昴は涙する。

「お前には幸せになってほしいんだっ！」

つぅと夏生の頬に涙が流れる。

「俺は許されるのか……。お前の気持ちも気付いていたのに見ないフリしていた。自分を責めることでしか生きていけない！　なあ、俺はどう生きればいいっ？　生きていくこと、こんなに辛いなんて俺は限界なんだっ！」

夏生を抱き締める。痛いほど抱き締める。

「俺だけを見ろ！　俺だけを……見てくれ。頼むから、なあ夏生」

「……本牧まで車を出してくれるか？」

「ああ。お前が望むなら」

夕暮れ車は本牧まで走る。ただ沈黙の続いた車内。窓を開ければ海の匂いが鼻をかすめた。本牧の波止場、キッとブレーキを踏む。

あきらが沈んだ海。

タバコに火を付けあきらに手向ける。静かに紫煙が舞い上がった。

「なんでもいい。声を聞かせてくれ。忘れるわけはないだろう、なあ、あきら？」

夕陽に照らし出された夏生の綺麗な横顔。昴はただ見詰める。ジジッと煙が上がる。手を合わせて瞼を閉じた。長い睫毛に影が出来る。夏生は昴の胸にいる。

「昴、教えてくれ」

「答えは分かってるだろ、お前は何も悪くない。お前は俺の傍で幸せに笑ってくれ。それだけで全て分かりあえることもあるだろ。だから、なあ夏生、もう眠らせてやらないか？お前がそんなんじゃあきらは浮かばれない。後悔ばかりがあきらの思い出を重くさせる。楽しかったこともあっただろう。施設で過ごした時間、団地で過ごした時間、思い出にして前に進もう。あきらもそれを祈っているはずだ。……思い出にしよう、けっして忘れず、互いに過ごした日を」

「……」

「許されるんじゃない。許してやれ、自分自身を」

不意にとん、と夏生の胸に落ちた昴の言葉。やっと答えが出た。そう許されることを望んでいた夏生。ずっと自分を責め続けていた夏生はやっと呪縛から解放された。

「そう、か。許すことが出来るのは自分自身だけか。そうなんだな。はは、そっか。そうなんだ」

緩やかに風が吹き抜ける少し油臭い海の香りを乗せて。そう理解した瞬間、夏生の心はどこか軽くなった。何よりも自分を責め許しを請い続けた夏生。だが許せずにいたのは自分自身だった。昴の伝えたかった言葉に頷いた。昴は何度も頷く。そして夏生を抱き締める。

「もう少しだけ」

「ああ」

やっと伝わった、と昴は夏生を抱く。誰よりも傍に、誰よりも一番近くで見ていた痛々しい夏生の姿に昴は生きている心地がしなかった。目を離せばまたどこかへ行きそうで怖かった。夕陽が闇夜を背負って暮れていく。

「夏生、俺の為にお前は生きるんだ。これから先もずっと」

「分かった。……昴、ごめんな」

「謝るのはなしだ。さあ帰ろう」

身を屈め夏生にキスをした。唇で夏生の頬に流れた涙を拭う。

「また、来よう。ここに」

「うん」

手を引かれ夏生と昴は車に向かった。

そしてそれから夏生は憑きものが落ちたように笑うようになった。その姿に安心する。しゅんの面会は控えていた。一人で面会に行くことを昴はダメだと首を振る。夏生は頷いた。きっとしゅんは夏生のことを恨んでいるのだろう。そう言われればそうだと頷くほかなかった。

しとしととした梅雨が明け、初夏の太陽に目を細め見上げる。昴の仕事は順調だ。そして二人の生活も安定していた。変わらずにあきらの眠る墓へと向かい花束を代える。

夕飯を作っていた夏生。「ただいま」と玄関から声が聞こえた。

「おかえり」

愛しい昴の帰宅。昴はいつも通りに身を屈ませキスをする。

「あと少しでご飯出来てる。先にシャワー行ってこい」

「ああ。悪いな」

「うん。いつもお疲れ様」

「ありがとう」

昴は着替えを持ち浴室へと向かった。やがてシャワーの音が聞こえてくる。昴がシャワーを浴び終えた頃に夕飯が食卓にならんだ。

二人で食卓を囲んだ。

「肉ジャガ」

「お前の好物だろ」

「覚えてたのか。あの日も肉ジャガ作ってくれたな。あれもうまかった」

「時々お前の実家に行っておばさんに料理のレパートリー教えてもらってる。お前の好物は把握済みだ」

「いつの間にそんなに仲良くなったの」

昴は苦笑する。そして夏生は笑った。

「育ち盛りのお前の為にな」

「うん、俺としては嬉しいかな」

「だろ？」

「そう言えばそろそろ式の準備でもするか。どうだ、夏生は？」

「飯食ってから話す」

夕飯も終わり夏生は皿洗いを昴に頼み浴室に向かった。シャワーが終わり出てくる夏生を昴は当たり前のように膝に抱き髪を乾かす。

「式か。その前に俺はウェディングドレスは着ないからな」

「なんで。もったいない」

「身内婚だろ、スーツでもいいだろ。俺はそこまで男を捨てたわけじゃないぞ」

「ええ。見たいなー」

「馬鹿を抜かせ。これでも健全な男だ」

昴は夏生の細い首にキスをする。

「落ち着くなあ」

昴はほうっと、息を吐く。夏生の全てが愛おしい。仕事も夏生のおかげで支えられている。毎日の弁当に帰宅からのハグとキス。

「幸せだな」

「そうだな、幸せだ」

夏生は昴の胸にもたれて頷いた。こんなに幸せな時間はない。何もかもが順調だ。

昴の休みの日にウェディングプランナーの所へと訪れた。夏生は女としか見えず、プランニングのアドバイザーは驚いた顔を見せた。夏生は頬を掻き苦笑いを浮かべる。それでも色んなカップルがいる時代、柔軟に対応してくれた。

衣装のパンフレットを貰い二人で頭を悩まし、決めた。昴は白い薔薇を胸に飾った白いスーツ。夏生も白いスーツを選んだ。だが夏生の着るスーツには白百合の刺繍で綺麗にフレアするベールを掛けられた衣装を提案された。式場も選んだ。小さな身内婚。大きくなくていい。緩やかな階段が続く白い教会に至福を祝うベル。色々と悩みながら式の段取りは進んだ。

式は決まった。二週間後。まだ夏には涼しく、このままいけば充分な式を挙げられそうだった。そして式を挙げることを伝える紹介状を知人に送った。

「結婚するのかあ。なんか実感がわかないな」

「俺とは嫌か？」

ソファーに座る昴の後ろから手を伸ばし夏生は両手でペチンと頬を叩いた。

「嫌なわけないだろ！」

「はは、良かった」

夏生はキッチンに戻りお菓子を作っている。甘く香ばしい匂いが広がる。

「よし」

レンジから焼きたてのクッキーをトングで取り出し皿に盛り付けた。夏生は気分良く鼻歌交じりでキッチンからリビングに皿を持ち、昴に差し出す。

「クッキー作ってたの？」

「おばさんから教えてもらった。味に文句は言うなよ。後はしゅんの面会で渡すから」

「俺も行くからな」

「うん。出来ればしゅんも式に連れて行きたいんだけど、無理かな？」

「落ち着いているなら歓迎だ」

「ありがと」

昴は出来たてのクッキーを頬張る。うまいうまい、とサクサクと食べていく。

「馬鹿、これはしゅんのだ」

「えええ。おかわりは」

「ない！　俺の分まで食いやがって」

昴の額にデコピンした。

「地味に痛い」

「お前にはそれぐらいが丁度いいんだよ！」

「ヒドい」

夏生は残りのクッキーを袋に詰めリボンで結んだ。

「明日しゅんの面会に行ってくる」

「一人で大丈夫か？」

「大丈夫、心配するな」

ぽんと頭を叩き夏生は笑う。自分自身を許せ。その言葉の意味を理解したあの日から夏生の表情はとても明るくなった。無駄に傷付くこともなく、昴が傍で手を握ってくれる。もう怖いことはない。無実の罪に溺れて彷徨（さまよ）い尽くし探し出した自分の居場所。やっと羽を休め癒やされる時を願っていた。そして傷付いた羽を覆うように大きな翼が愛で埋め尽くされた。


あれから一対一で面会が出来なくなった。今日は介護士つきで面会した。

「しゅん、元気か？　ほらこれ、クッキー。中々会いに来られなくて悪かったな」

「ひ、なたく、ん。あたらしいほ、んほし、い」

「そうだな。次は外出しよう。なあ、しゅん？」

「な、に」

「結婚式って分かるか？」

「おいわい、パパとママ、になる？」

ニュアンスは違うが理解はしている。しゅんは頷いた。

「俺、結婚するんだ。お前も呼びたいんだけど来てくれるか？」

「日向様、医師に相談しましょう」

「はい、お願いします」

「今度来る時は新しい本買おうな」

すっとしゅんの頭を撫でようとした時、しゅんはビクンと身体がはねた。

「大丈夫です、大野君。今日はもういいよね。ほら。日向様、今日はここまでで」

夏生は頷き介護士に手を引かれるしゅんの背中を見詰めた。

そしてしゅんの担当医、山口に連絡を取った。直ぐに来てくれ夏生は内容を話して答えを待つ。山口は難しい顔で腕を組むが、頷いた。

「私が保護者として大野君に付き添いましょう。それでしたら大丈夫かと思います」

「ありがとうございます」

夏生はほっとして保護施設を後にした。少しでも気持ちを分かち合いたかった。幸せになる姿を見てほしい、そう想った。

マンションに帰りベランダに出てタバコを吹かす。もう失うモノはない。そう昴が教えてくれた。ずっと火傷のようにヒリヒリと痛んだ傷に昴は触れてくれた。その愛に浸りずっと眠っていたい。

夏の夕暮れ。茜色に夏生を照らす。見上げれば光をそっと放つ月の下で木星がオレンジ色に輝いていた。

去年は見られなかった流星群。今年は見られるだろうか。無数の星が流れまるで夜空が涙を流しているように溢れ消えていく。昴にも見せたい。

黒髪が風に舞う。夏生は髪を掻き上げ夕暮れを見詰めた。そろそろ昴が帰ってくる時間だ。夏生はベランダを出て窓を閉める。

タバコを灰皿にねじ消し、コーヒーをいれた。カシャン、玄関の鍵が開く。

「お帰り」

「ただいま」

いつも通りにキスを交わしハグをする。そして今日あったことを話した。昴は頷いて夏生を抱き寄せる。

夏生は星座の本を持ち昴の手を引いてソファーに座る。昴の膝の間に座り黒髪を耳にかけて本を開いた。パラパラとページをめくり手を止めた。

「これ夏に見られるペルセウス座流星群。三大流星群の一つで八月頃に見られるんだ。天体望遠鏡もって見に行こ、あそこなら綺麗に見れる」

写真に撮られた流星群を指先で辿る。昴は夏生に頬を寄せ写真を見た。

「肉眼でも見られる。去年は見られなかったけど今年は見られそうなんだ」

「そうだな、俺も見てみたい。流星群、毎年見られるのか？」

「見られる年は変わらないけどそれでも天候や雲がかかって見られない時もあって見られるのが奇跡なんだ」

「そんなに難しいんだな。やっぱりお前は天文学者より天文オタクだ」

「オタクで悪いか」

「いや、そうじゃない。お前の本気の気持ちが分かる。お前は凄いと想う」

夏生は笑った。そんな愛しい横顔を昴は見詰める。もう離したくはないと頬にキスをした。腰まで伸びた黒髪。改めてと昴は夏生に見惚れる。何度も恋に落ちる。いつもどんな時でも昴の瞳は夏生を映し揺らめいている。

そして夏生の薄いブラウンの猫目のような瞳が変わらずに昴を映す。こんな日々を送れるとはあの時は想ってみてもいなかった。愛しい人が傍にいる、恋慕った人が隣りにいる。あの頃、泣いていた夏生。同じ空の下にいる昴を何度も想い、いずれは昴のことを何も感じなくなることが出来るのか、そう涙し想う、それしか出来なかった。

今はとても幸せだ。穏やかな時間を共有する、そして心の底からお互いを想い愛している。結婚式まであと一週間。伝えたい人がたくさんいる。病に倒れた母親、アルコールにのまれた父親、そして唯一友であるあきら。

初夏の風、青く澄み渡った空。夏生は思いを巡らす。これまでのこと、これからのこと。幸せになる自分を許してほしい。答えは出たはずなのに心に残る。

結婚式の二日前。夏生は父親、母親が眠る墓に来ていた。昴は仕事だ。車で走り花束を買って墓石を拭き花を取り替え手を合わせた。

そして祖父母の家を訪れた。

「あらあ、夏生ちゃん。綺麗になったわねえ」

「ばあちゃん、俺結婚するんだ」

祖母のシワシワの手を握る。祖母は嬉しそうに頷いた。

「これでいいんだよ。それでいい、幸せになるんだよ。夏子さんと省吾のたった一つ残された大切な宝物。あなたは幸せになっておくれ。あなたは一人じゃない。これからは二人で辛いことも悲しいことも全部、分かち合って生きていくんだよ」

「うん。ありがとう」

「うん、うん。ほら夏子さんがあなたに渡してほしいと言って残した省吾との結婚指輪」

夏生は受け取った。リングの裏には結婚した日と夏子のイニシャルが記された、ダイヤが一粒飾られた結婚指輪だった。

「母さんたちは幸せだったの」

「そうだよ。おしどり夫婦、とても幸せだったとばあちゃんは思うよ、だから夏生ちゃんも夏子さんの倍、幸せになっておくれ」

「そうか、うん。よかった。じゃあばあちゃん、行くね。写真送るから」

「うんうん。気を付けるんだよ。式に出られなくてごめんねえ」

「ううん、ただ報告したいと思って。また来るね」

祖母は頷いた夏生の頭を撫でた。夏生は嬉しそうに笑い、手を振り車に乗って帰路に就く。夕暮れ、マンションに帰った。

「昴、ただいま」

仕事が終わり先に帰ってきた昴。夏生は昴の手を引きソファーに座った。夏生は大切そうに手にした母親夏子の残した結婚指輪を見せた。

「大事にしなきゃな」

「うん、大事にする。母さんたちおしどり夫婦だったって。親父は幸せだった。それならそれでいい。幸せだったって証がここにある」

「夏生」

「うん？」

「幸せにするから。お前の父さんと母さんが残した宝物、大切にする。だからお前は俺の胸で幸せになれ」

「充分、幸せだよ。結婚式まであと少しか」

「だな。お前のウェディングドレスは見られないけどここまで来られて良かった」

「招待するのはマスターと和也君、そして相原さんと佐々木さん。昴は？」

「ヒデくらいだな。あと母さんと父さん。だけど学校には言ってる、結婚すること」

「ああ、夢見てるみたいだな。あと一日で結婚式か」

夏生の気分はふわふわしている。思っても見なかったこと。

「今日、実家帰りたいんだけどいい？」

「うん」

少しオーバーサイズのシャツを着ている夏生。細い首と華奢な鎖骨が見える。昴の平常心が乱れそうになる。

「夏生、そんな格好したらダメ」

「は？」

「俺の平常心が乱れる！」

「お前馬鹿だろ！」

夏生は昴の頬を叩く。その手を取られキスをする。舌が絡まる深いキス。

「ふ、は」

「もっと」

「ほざけっ！」

昴の舌を噛む。

「なつきー、俺の気持ちも分かってー」

「そのうちなっ！　この変態っ！」

夏生は乱れた黒髪を手ぐしで整える。はあ、と深い息を夏生は吐いた。

「今は……これで精一杯なんだよ」

恥ずかしそうに瞼を伏せる。睫毛が濡れ黒髪が流れた。

「ああっ！　なんでお前はそんなに可愛いんだよっ！」

「俺を可愛いって言うんじゃねえ！」

逃げようとする夏生。掴まえ抱き締める。

「誰にも渡せねえ」

「お前以外のもの好きはいない！」

昴に抱きかかえられ夏生のつま先は揺れる。

「でかいんだから邪魔なんだよっ！　離せ！」パチパチと昴の頬を叩く。

「実家帰るんだろ、準備しろ！」

「うう。分かった」

昴は夏生を伴い車を実家まで走らせた。キッとブレーキを踏み実家の前に車を停めた。

「ただいまー」

「お帰りなさい。なっちゃんは？」

「こんばんは」

「ふふ、いらっしゃい。さあ上がって」

昴は夏生の手を引き玄関に上がる。今日は父親も休みの日だ。前夜祭まではいかないが、
お祝いをしてくれるらしい。

テーブルに並んだ豪華な手料理。夏生は頭を下げる。

「いいのよ。私たちも幸せだわ、ねえ、父さん」

「ああ、勉強しか出来なかったお前も立派に教師になって、こんな花嫁さんを連れてくるとはな。夢にも思わなかった。夏生ちゃん、どうだい昴との生活は？」

「幸せです」

夏生は微笑む。

「さあ、座ってちょうだい。まずはこれね」

昴の母親はキッチンから大振りの純白のカサブランカを夏生に渡した。

「結婚のお祝いよ。受け取ってくれるかしら」

「ありがとうございます」

夏生は両手に余るくらいのカサブランカの花束を受け取った。

カサブランカの香りで心は幸せになる。

「さあ、頂きましょう。ほら、座って」

夕飯が身に染みた。これから夫婦になること、昴を支えられること、そして明後日は結婚式だ。昴の母親、父親のように歩いて行くと決めた昴。差し出された手を握る。これからは守るべき存在になる夏生を大事にしようと、夕飯後の父親と交わしたビールで覚悟を決めた。

そして結婚式当日。ドーベルマンの田中と馴染みの客。昴の両親と昴の友達ヒデ、ご祝儀を手に参列する。それから少し経った頃に保護施設から担当医の山口としゅんが式場に来た。夏生の腰まで伸びた黒髪は三つ編みで結われてまとめ上げられ白いスーツに百合の刺繍のベールを頭からふんわりとかけられた。もちろん昴も白いスーツに白い薔薇の花を胸ポケットにさし、凛々しさを纏った。

「夏生、綺麗だ」

「お前も似合ってる」

控え室で待つ二人。この上ない至福を感じた。そろそろ披露宴の時間だ。クラシカルな音楽が流れる。教会の中訪れた人々の視線を集め、厳かに立っている白い十字架を前に二人は立つ。神父が唱え、夏生は瞼を伏せ昴は神父を真っ直ぐに見詰めた。

「誓いのキスを」

昴は夏生にかけられたベールをめくり、二人そっと誓いのキスを交わした。たちまち広がる祝福の拍手と喝采。ふと夏生はしゅんの担当医、山口が焦っている姿を目にした。何があったのか分からないがしゅんの手を引いているはずの山口の傍にしゅんがいない。背がまた低い方でここからは見えないのかも知れない。二人はゆっくりとなだらかな階段を下りる。

「結婚おめでとう」

「日向君、おめでとう」

昴の母から白い薔薇の花束とドーベルマンのマスター田中から純白のカサブランカを夏生と昴は受け取った。白い薔薇の花びらが舞う。甘い香りと共に白い薔薇の花びらが二人を祝福した。

気になってしゅんの姿を探すが見当たらない。山口が焦っているのが分かる。声をかけたいが会場は賑わい昴の手は夏生の腰に回されてそれどころではなかった。

夏生はブーケを投げた。受け取ったのは誰だろうと見渡した時、しゅんの姿が見えた。息を切らすしゅん。山口はしゅんを見付け、手を取ろうとするが真っ直ぐに夏生に向かって駆けて来る。

キラリと光るモノ。夏生は瞬時に理解する。ドスッ。両手を広げた夏生の胸にしゅんが飛び込む。

夏生はしゅんを受け止めた。

ずっずず、と腹に包丁が刺さる。ぽろりと夏生は涙を零し、しゅんを抱き締めた。更に深く刺さる刃。綺麗にセットされた黒髪がほどけ風に舞う。

「ひ、ひなく、んわるいこ」

周りからは抱擁だと見られていた。夏生は口から血を吐き、しゅんを抱き寄せ前のめりに倒れ込んだ。

「しゅ、ん。ごめんな。寂しかっただろ」

悲鳴が上がった。白いスーツが血で滲む。

「なつきっ？」

「なっちゃん！」

「日向様っ！」

しゅんを抱き締めて泣きながら頷いた。

「ごめんな、しゅん。あきらは、いない」

ゴフッと吐血する。

「あき、らくん、ころした、あきら、くん！」

幼い子供が泣くように、しゅんの歪んだ泣き声が響いた。

「なんで、なんで、なんで、なんでっ！」

血に濡れたしゅんは何度も何度も同じことを叫び続ける。まるで壊れたオモチャのようだった。

山口と昴が二人を引き離す。夏生の腹には包丁が刺さったまま。昴は包丁を引き抜き、夏生を抱き寄せた。

「な、なつき、なつきっ！」

騒然とするなか、夏生は血を吹き出し昴の頬に触れる。

「こう、なるこ、と、どこか、でわかっ、ていた」

「いい、喋るな！」

昴は血が溢れる腹部を片手で押さえて夏生を必死に抱き寄せた。しゅんはただ泣き叫んでいた。遠くから救急車とパトカーのサイレンが聞こえてきた。意識が遠くなる。真っ暗な視界。

「すばる、すばる、どこだ」

「ここにいる！　ここだ、なあ分かるだろう？　嫌だ、嫌だ！　ほら、手！」

血に濡れた手の平で夏生は昴を探す。その手を握りしめて昴は自分の頬に夏生の手の平を当てた。

「分かるだろっ、俺はここにいる！」

「見えない。見えないよ、すばる」

夏生の意識は朦朧と混濁し昴の頬に触れる手を握った。

「ほら、見ろよ、分かるだろ、なつき、なつきっ！」

昴の両親も共に夏生が倒れた所に駈け寄った。

「なっちゃん、なっちゃん！」

「なあ！　なつき……！　頼むから、頼むからっ！」

至福に舞い散った白い薔薇の花びらが赤く染まる。

「あ……見えた。すば、る、キスして」

血に濡れた手が昴の頬に触れる。昴は吐血した夏生の唇にキスをする。

「すばる……だいすきだよ、あいしてる……。幸せになれ」

「嫌だ嫌だ！」

「あいしてる、って言って」

「愛してるっ！」

「す、ばる……幸せだったよ」

夏生は口から血を吹き出し瞼を閉じた。

「なつきーーー！」

救急車が到着し、救急隊が直ぐに応急処置に入る。包丁は内臓まで達し応急の処置のかいもなく、夏生は多量出血で息を引き取った。

「……。十六時九分。息を引き取りました」

昴は夏生を抱き締めて離さない。大粒の涙が夏生の頬に伝い落ちる。夏生の表情は幸せに満ちていた。頬に笑みを残しその命の終幕を迎えた。泣き叫ぶしゅんは取り押さえられ、手首に重い手錠がかかった。

「いやだ、いやだ。なつき、目を覚ましてくれ、お願いだ。お願いだから、目を覚ませっ」

敷き詰められた白い薔薇の花びら。辺り一面を血で深紅に染めた。

「こちらに」

差し出された救急隊の手を払い、昴は夏生の頭を抱き締め雄叫びのように泣き叫んだ。

「いつものように笑ってよ、いつものように怒ってよ、いつものように……、なあ」

眠った夏生。瞼に額に黒髪に濡れた睫毛にキスを落としていく。そして唇にキスをした。

夏生は東屋家の墓に眠った。あれから三日経つ。昴の顔はやつれていた。大切なモノを亡くした。失った、奪われた。しゅんを憎みたくても憎めない。夏生の祖母に夏生が亡くなったことを伝えた。泣きながら伝えた。祖母も声を震わせ涙した。

誰もいない部屋。夏生の名残が残された部屋。心が壊れそうだった。夏生が呟いた言葉が胸を締め付ける。

「こうなることはどこかでわかっていた」

夏生は知っていた、気付いていた。それに気付けなかった昴。ドンと壁を殴った。

「殺してやりたい」

呟いた。昴はキッチンから包丁を取り出す。

「幸せになれ」

夏生の言葉が昴の足を止める。カランと包丁が手から落ちた。夏生が残したもの。全部、大切なモノ。夏生の香り、自分を見詰める薄いブラウンの猫目。もう見ることは出来ない。一秒も一分もその先も瞳に映っていたい。電話が鳴る。

「すばる」

「うん、なに母さん」

「実家に帰っておいで」

「帰らないよ。俺は夏生と暮らす」

「……いいわ。でも一度帰ってきなさい」

「うん、そのうちにね」

「……死ぬことは許さないわよ」

「はは、分かってるよ。じゃあね、母さん」

電話を切りベランダに立つ。夏生を失った世界になど興味もない。未練などない。ここから飛び下りれば夏生に近づけるのか、そんな馬鹿なことを考えていた。

ベランダに手をかけ見下ろす。

「幸せだったよ」

夏生が零した言葉。

「うっ、く、ううぅ」

頭が狂いそうになる。心が乱れる。何もかも捨てたくなる。

「お前だけが必要だ。お前だけ……」

三階のマンション。昴は足をかけ虚ろな瞳で夏生を映し飛び下りた。

通行人が直ぐに救急車を呼び昴は緊急搬送された。ふと目を覚ます。目の前には夏生の怒った顔。

「ああ、なんだ」

昴は夏生を見詰める。そして駆けだした、その瞬間に病院で昴は目覚めた。

「ばかなことをっ！」

父親が怒っている。視線を回せば母親は泣いていた。

「ああ、生きてる。どうして」

「すばるっ！」

母親が昴の頬を強く叩いた。泣きながら何度も叩かれた。昴の父親は肩を震わせていた。

「かあ、さん、いたいよ」

「そうよっ！　生きてる証なのよっ！　なっちゃんの後でも追いかけようとでもしたの？　そんなこと許されるとでも思っているの？　あんたはなっちゃんの分まで生きなきゃいけないのよ」

「お願いだ、死なせてよ。夏生と一緒に俺はいたいんだ」

その言葉に父親が昴の胸ぐらを掴んで気持ちのまま昴の頬を殴った。

「お前まで逝ってどうするっ！　夏生ちゃんが喜ぶとでも思ってるのかっ？　あの子があの優しいあの子がそんなことを望んでいると思ってるのか！　お前が生きなくてどうする、あの子を想ってあげられるのはお前しかいないんだぞ！　お前の想いがあの子を幸せにしてやれる、他にあるかっ？」

殴られた頬が痛い。口元が血で滲む。父親は本気で向き合っていた。家族として父親として息子に死ぬことだけはしてほしくなかった。

「う、くっ……！」

昴は涙を流す。

「なら俺はどうすればいい」

父親は声を絞って呟く。

「夏生ちゃんの分も生きるんだ。強く生きるんだ。じゃなければ、あの子は浮かばれない。そんな悲しいことなどあの子は望んでいない」

「はは……だから夏生は怒っていたんだな」

「悲しいのはあんただけじゃないのよ。なっちゃんの分も、あの子の分も生きて、生きていきなさい」

「……生きる。俺が？　どうやって？　どんなふうにっ？　俺は夏生と暮らすんだ！　なつき、と……」

「もう、やめてくれっ、昴。お前までいなくなったら私たちはどうなる？　大切なモノを二度もなくしたくはないっ！」

昴の胸に顔を押しつけ父親は泣いた。初めて見せた父親の泣き顔。そして呟いた。

「生きなさい」

ボロボロと昴は泣き続ける。夏生を失った。それでも生きなければいけない。それも夏生を想う為に生きていかなければならない。

「まるで拷問だ」

昴は呟いた。

「拷問じゃない。それがお前の生きていく上での糧になる。あの子が眠れるように、祈るんだ」

昴はぼんやりとしていた。

「流星群見に行こう」

夏生が言った言葉。そうだ。流星群を見に行かなきゃいけない。夏生と約束した。

「……分かったよ。約束だもんな」

昴は呟いて瞼を閉じた。


昴は天体望遠鏡を持ち丘へと来た。芝生を踏み天体望遠鏡を組み立てた。夏生が見たいと言っていた流星群。

約束をした。それを果たしに来た。

「お前が眠って二週間。俺はちゃんと生きられているか？」

ペルセウス座流星群。極大を迎える八月。

昴は夜空を見上げる。月も身を潜め、観測の日には条件が合った。

すっ。

一粒、星が流れる。もう泣かないと決めた昴。夏生の為に生きることを考えた。

闇に静まる。星は煌々ときらめき昴は言葉をなくした。それくらい今まで見てきた星空とは違い、凜と星々が輝いている。

すっ。

また流れる。昴の瞳が追いかける。そろそろ時間だ。

「俺は泣かない。一生お前と共に生きていく。だから、幸せに眠れ」

今夜は時期がいいのかペルセウス座流星群が肉眼でも分かるほど流れ消えていく。

「夏生。見えるか、綺麗だぞ。そう言えば初めて星を見に行ったよな、あの頃の夜空も綺麗だったけど、今夜も負けないくらい星が輝いてるよ。思い出すな、天体望遠鏡を持って天体観測したこともあったな。あの時に初めて星が綺麗なんだって思えた。それに流れ星あの日初めて見たな。まるで夜空が泣いてるみたいだった」

昴は色んなことを思い出す。泣きそうになるのを堪えた。左指には婚約指輪。夏生を失ったあの日から誰も愛さない、誰も愛せないと誓った。

「お前じゃなきゃ意味がない。今日も明日も明後日も想うよ、お前のこと。それは永遠に永久に、お前だけを想い続ける。それで俺は満足だ。お前の永遠を手に入れた」

すっ。

星が流れる。泣かないと決めた昴の想いが届いたのか今夜は星が夜空に涙するように流れ続けた。瞬間に、秒数に星は昴の想いに沿うように夜空が涙し続けた。泣くのを耐えただ見上げる。

「流星の泪……」

ぽつりと口から出た。そう、それだけの星が泣き続けるように夜空へと光り消えていった。昴はいつまでも見ていた。

白々と朝もやが立ちこめ、夜が明ける。

「すばる」

呼ばれたように昴は振り返った。白く染まる夜空の下。そこに陽炎(かげろう)に揺れる夏生がいた。昴は駆け出す。両手を広げて抱き締めた。ふっと消える。そしてまた現れる。もう触れられない夏生。二度と見られない夏生。白々と煙る朝日に夏生は微笑んだ。

遠く、夏生は黒髪を揺らし薄く開いた唇が、

「アイシテル」と動いた。

その瞬間、昴は堪えきれずに夏生の名を叫んだ。泣かないと決めていた。それなのに涙が溢れ愛おしい人を求める。

「なつきっ、なつき」

膝が崩れる。手を伸ばしても届かない。ただもう一度だけ抱きしめたかった……。

昇る朝日が昴を照らす。

「もう泣かない。お前が笑ってくれるから」

「夏生、いつまでも君を想う」

「そう」

「アイシテル」

著者プロフィール

叶 砦（かのう とりで）

孤児院で育つ。
いつも一人で夜空を眺めていた何もない私にとって
この本は夢であり、人生である。

流星の泪 ～君ヲ想フ～

2023年８月15日　初版第１刷発行

著　者　叶 砦
発行者　瓜谷 綱延
発行所　株式会社文芸社
〒160-0022　東京都新宿区新宿1－10－1
電話　03-5369-3060（代表）
03-5369-2299（販売）

印刷所　株式会社晃陽社

ISBN978-4-286-24345-0